로크미디어가
유혹하는
재미있는 세상

ROK
MEDIA
로크미디어

상위 0.001% 랭커의귀환 2

2023년 3월 14일 초판 1쇄 발행
2023년 3월 17일 초판 1쇄 발행

지은이 유우리
발행인 강준규

기획 이기헌 왕소현 박경무 강민구 조익현
책임편집 김홍식
마케팅지원 이원선

발행처 (주)로크미디어
출판등록 2003년 3월 24일
주소 서울시 마포구 마포대로 45 일진빌딩 6층
Tel (02)3273-5135 **Fax** (02)3273-5134
홈페이지 rokmedia.com **E-mail** rokmedia@empas.com

© 유우리, 2023

값 9,000원

ISBN 979-11-408-0764-2 (2권)
ISBN 979-11-408-0799-4 04810 (세트)

ROK
MEDIA
롴ㅋ미디어

유우리 퓨전 판타지 장편소설

2

상위 0.001%
랭커의귀환

CONTENTS

달리는 유령열차 (2)	7
던전 상인, 잭	21
저렙이라면서요?	47
D-5, 도깨비	61
상인은 상인답게	89
버그	129
이매망량	157
도깨비의 왕	197
행복한 동화나라, 로테월드	211
야간 개장	249
던전화 (1)	315

달리는 유령열차 (2)

강서준은 파죽지세로 던전을 공략했다.

통과.

통과.

통과.

[!]

[놀라운 업적을 발견했습니다.]

[칭호, '고속의 던전 돌파자'를 습득했습니다.]

[던전에서의 경험치 습득량이 2% 증가합니다.]

모두 역무원을 삥 뜯은 덕이었다.

놈이 가진 마스터키는 F구역을 모두 열 수 있는 특수 아이템이었고, 그로 인해 관련된 퀘스트는 모두 무효로 인정된 것이다.

오대수가 걱정스러운 어조로 물었다.

"정말 이래도 되는 걸까요? 퀘스트를 전부 무시하고 한 번에 여기까지…… 테마 던전은 퀘스트를 깨질 않으면 공략할 수 없다고 들었는데요."

"맞는 말입니다. 하지만 그것만이 정답이 아닐 뿐이죠."

"네?"

"던전 공략은 결국 플레이어의 재량입니다. 퀘스트를 그대로 따라서 정석적인 플레이를 하거나, 아니면 퀘스트 이외의 조건을 달성해서 변칙적인 플레이를 하거나."

"이게 그 변칙적인 플레이라는 겁니까?"

강서준은 어깨를 으쓱이며 답했다.

"좋게 보면 '이스터 에그'고, 나쁘게 보면 '치트'겠죠. 뭐, 이것도 나름 던전 공략의 한 방법입니다."

막말로 눈앞에 스킵 버튼이 있는데 지루한 스토리를 굳이 감상할 필요는 없었다.

지금처럼 한시가 급한 때에는 더더욱 시간 단축을 해 주는 공략이 절실한 법.

최하나가 사족을 덧붙였다.

"앞으로 이런 일은 비일비재할 거예요. 존재 자체가 '합법

치트'인 사람이 함께잖아요. 안 그래요?"

최하나의 말마따나 강서준은 변칙적인 플레이의 고수였
다. 누구나 잘 닦여진 아스팔트 길을 따라가기 마련인데, 그
는 항상 비포장도로로 달려 지름길을 찾아내는 것이다.

으레 그렇듯 이번에도 결국 지름길이 되었고, 아무도 쉽게
생각하지 못한 반전을 그려 냈다.

최하나가 강서준을 괴물 보듯 봐도 할 말은 없었다.

'그러는 본인은 더한 짓도 했었으면서…….'

플레이어의 정점에 있는 천외천 중에 정상적인 플레이를
한 사람이 얼마나 있을까.

원래 남들의 위에 올라서려면 남들이 하질 않는 걸 해야
하는 법이다.

클라크는 그런 의미에선 강서준조차 쉽게 해내질 못하는
독한 플레이를 해낸 전적이 있었다.

푸쉬이익.

[F-5. '안전 구역-객실 나무쉼터'에 진입했습니다.]

F-4구역을 넘어, F-5구역으로 들어서니 일단 공기부터
달라졌다.

먼지가 가득했던 화물칸, 곳곳에 밴 피비린내가 잔상처럼
남은 게 지난 네 개의 구역이었다면 이곳은 심신을 편안하게

해 주는 나무 향이 가득이었다.

보아하니 이곳은 화물칸도 아니었다.

"여긴……."

던전 내에 존재하는 유일한 안전 구역.

적어도 몬스터의 침입은 불허하는 이곳은 던전을 공략하느라 지친 플레이어에게 점검과 휴식의 시간을 제공하는 장소였다.

특히 본래의 퀘스트를 깨고 여기까지 오느라 밤낮없는 반복된 사냥으로 꽤 지쳤을 '테마 던전의 플레이어'에겐 더더욱 필요한 곳이었다.

'우린 해당 사항이 없지만.'

어쨌든 그곳엔 선객이 있었다.

"으응?"

"응?"

문을 열고 나타난 강서준 일행은 도시락을 까먹던 일련의 무리를 마주할 수 있었다. 그들의 머리맡에 떠 있는 이름표가 너무나도 잘 보였다.

〈???〉

붉은색.

몬스터, 혹은 레드 플레이어라는 징표.

안전 구역에는 몬스터가 들어올 수 없는 게 시스템으로 정해진 설정값이니, 저자들이 몬스터일 리는 없다.

강서준은 미간을 좁히며 상대의 복장을 더욱 자세히 살폈다.

'이놈들이 악덕 상인이로군.'

다른 건 몰라도 정체를 알 수 없는 수상한 보따리 짐과 그 줄줄이 소시지처럼 묶여 있는 사람들만 봐도 알 수 있었다.

'이미 영혼은 제압당한 건가.'

목에 쇠사슬이 걸린 이들의 눈동자엔 흰자만이 가득했다. 침을 흘리면서 간간이 울음을 토해 내는 게 마치 짐승 같지 않은가.

악덕 상인 중 평범한 일상복에 가죽 코트를 걸친 자가 슬쩍 자리에서 일어나더니 말했다.

"승차권은 가지고 계십니까?"

강서준은 바로 알아들었다.

'암구호로군.'

역무원 일깨비를 삥 뜯어 얻어 낸 보상인 도깨비 보따리 속에는 의외의 물건이 있었다.

바로 이 던전을 이용하는 상인들의 비밀문서.

철두철미한 악덕 상인들은 그들만의 암구호를 만들어 주고받고 있던 것이다.

강서준은 그 내용을 상기하며 대답했다.

"전 오늘같이 더운 날을 안 좋아합니다."

주고받는 대화는 완전히 이어지질 않는 내용이었다. 하지만 대답을 들은 상인들은 고개를 끄덕이며 긴장을 풀었다.

빌어먹을. 이러니 이놈들이 꼬리가 쉽게 밟히지 않는 것이다.

'암구호의 내용은 매일 바뀌니까.'

단순히 하나의 암구호만 알고 있다고 끝나는 게 아니었다. 질문은 같아도 매일 답변이 달라지는 것이 이들의 암구호였다.

만약 도깨비 보따리를 얻지 못했다면 속수무책으로 정체가 발각되고 말았으리라.

"이쪽으로 오시죠. 고생 많으셨습니다."

안내를 받아 자리에 앉으니 상인들의 면모가 훤히 보였다. 나이는 얼추 30대에서 40대로 보이는 아저씨들.

그들은 도시락을 까먹으면서 지난 회포를 풀고 있었다.

'우리도 앉죠.'

강서준은 그런 의미를 담아 일행들을 둘러봤고, 일행은 용케 그 의미를 알아차렸는지 눈치껏 의자에 걸터앉았다.

강서준도 조심스레 의자에 앉으면서 인벤토리에서 먹을거리를 꺼냈다. 자연스럽게, 최대한 자연스럽게 상인들의 무리에 합류하기 위해서였다.

'배고프기도 했고.'

안 그래도 식사를 제대로 할 시간도 없이 여기까지 왔다. 이곳은 선택의 미로처럼 허기를 채우질 않아도 괜찮은 공간은 아니니, 매끼를 골고루 챙겨 줘야 전투력도 유지된다.

"음음……."

한참 배를 불리는 사이 한쪽에서 날카로운 시선이 느껴졌다. 확인해 보니, 오대수가 불만 가득한 얼굴로 강서준을 노려보고 있었다.

그는 말없이 한쪽에 묶인 사람들을 보고, 악덕 상인들을 보고, 마지막으로 강서준을 바라봤다.

이렇게 음식이나 먹으며 노닥거려도 되냐는 눈빛. 이에 강서준은 소리 없이 고개를 끄덕여 줬다.

'생각해 보면 무작정 영혼을 쫓는다고 능사가 아니야.'

아이들이 위험한 건 영혼인 채로 어딘가로 끌려갔기 때문이었다. 시간이 지날수록 몸과 떨어진 영혼은 자아가 파괴되기 마련.

해서 아이들을 가능한 한 빨리 되찾으려고 여기까지 빠르게 왔다.

'하지만 어떻게 되돌리겠어.'

영혼을 되돌리는 방법, 혹은 조건을 알지 못했다. 강서준의 류안은 그저 흐름을 읽을 뿐이기에 그 정도나 세세한 정보는 알 수 없었다.

'결국 던전 안에서 찾아내야 한다는 건데…….'

때마침 악덕 상인을 만나게 됐다.

모르긴 몰라도, 이들이 가진 정보가 도움이 될 것이다.

'적어도 이면 계약서에 대한 정보만 알아낸다면 상황은 종료야.'

즉 아이들의 생사는 악덕 상인들을 어떻게 구워삶느냐에 따라 정해진다.

그때 종전에 말을 걸었던 상인이 입을 열었다.

"나는 보따리상인 송 씨라고 해요."

"아, 저는 강 씨입니다."

연달아 자신을 소개하는 악덕 상인들은 성만을 붙인 채로 지내는 듯했다. 아무래도 그들 스스로의 정체를 숨기려는 최소한의 전략으로 보였다.

'워낙 계약서로 장난을 치는 족속들이니까.'

자칫 잘못 책잡히면 끝인 걸 누구보다 잘 알고 있으니, 미리 경계를 하는 것이다.

그때 악덕 상인 중 스스로를 '이 씨'라고 소개한 사람은 대뜸 최하나를 향해 다가가 물었다.

"혹시나 했어요. 당신 연예인 최하나 맞죠?"

"……네?"

"팬이었습니다! 이런 곳에서 만나다니 믿기지 않아요!"

최하나는 미세하게 일그러진 입꼬리로 웃었다.

"아, 네……."

"이럴 때가 아니지. 싸인, 싸인 좀 해 주세요."

"……물론이죠."

이 씨는 대뜸 보따리를 내밀었다. 뭔가에 더럽혀진 보따리였다.

"너무 더럽죠? 죄송해요. 벌레를 잡다 보니 그만……."

"아닙니다."

하지만 사인을 이어 나가는 최하나의 얼굴은 점차 굳어 갔다. 보따리에 묻은 건 오물이나 벌레의 사체가 아니었다.

젖은 건 피요, 묻은 건 누군가의 살점.

'……빌어먹을 놈들.'

한편 강서준은 객실을 둘러보다 뭔가 수상한 낌새를 눈치챌 수 있었다. 송 씨가 자꾸만 시계를 보면서 다리를 까딱거리는 것이다.

단순히 그것뿐이라면 신경 쓰진 않았으리라.

'뭐야?'

[스킬, '류안(A)'를 발동합니다.]

그냥 팔짱을 끼고 있는 줄 알았는데, 숨겨진 손에서 뭔가가 미세하게 자꾸 흘러나오고 있었다.

그건 다음 구역인 F-6으로 향했다.

해서 바로 알았다.

……도대체 어디서부터 잘못된 거지?

강서준은 가볍게 혀를 차면서 물었다.

"언제부터 알아차린 거야?"

"네?"

"빌어먹을. 처음부터 들킨 건 줄 알았다면 굳이 연기할 필요도 없었잖아."

그 말이 끝나는 것과 동시에 F-6구역의 문이 활짝 열리면서 작은 다리의 소년 도깨비가 우르르 몰려나왔다.

바로 기립하며 당황하는 상인들.

아무래도 낌새를 알아차린 건 송 씨 하나인 모양이었다.

"……너도 눈치가 꽤 빠르군."

"글쎄. 내 질문엔 답을 안 해 줄 거야?"

"물론, 해 줘야지."

송 씨는 으스대며 말했다.

"지난 달 암구호를 말하더군."

설마 이놈들. 달마다 전체 암구호도 바꾸는 거야?

"……왜 이렇게까지 쓸데없이 철저한 거야."

"네놈 같은 쥐새끼가 하나둘이어야 말이지."

그리고 송 씨의 명령에 일사불란하게 움직이는 소년 도깨비들.

새끼 도깨비들의 상위 개체로, 허리까지 오는 도깨비들이 묵직한 철제 방망이까지 휘두르며 접근하고 있었다.

최하나는 빠르게 마탄을 발사해 전투를 개시했다.

타아아앙!

손쉽게 꿰뚫는 공격. 단 한 발에 소년 도깨비는 허무하게 쓰러졌고, 송 씨의 눈이 대번에 휘둥그레졌다.

"뭐, 뭐야? 어떻게!"

불안한 얼굴의 상인들이 눈치를 보다 바쁘게 F-6으로 움직인 건 그때부터였다. 하지만 그곳엔 불같이 일렁이는 눈을 한 오대수가 서 있었다.

상인들이 다급하게 외쳤다.

"비켜!"

오대수는 나지막이 말했다.

"옛날이었다면 미란다원칙을 고하고 싹 다 체포해서 감빵에 처넣어야 하겠지만, 세상이 많이 바뀌었지?"

"뭐라는 거야? 미친 새끼가!"

타아앙!

오대수의 권총이 불을 뿜으면서 상인들의 발걸음을 멈추게 했다.

"영화 봤지? 이 다음은 실탄이야."

"뭐래! 고작 현대 총으로 뭘-."

타앙!

오대수가 쏜 총알은 상인들의 가족 코트에 막혀서 튕겨 나왔다. 본인들의 안전은 무척 신경 쓰는지 역시 고가의 아이템이었다.

"이거 방탄조끼야! 병신아!"

악덕 상인들은 물밀듯 오대수를 향해 돌진했다. 권총이 먹히질 않으니 그들의 발엔 망설임은 없었다.

하지만 오대수는 물러나지 않았다.

"알아, 권총 안 먹히는 거. 그냥 꼭 한 번 쏴 버리고 싶었을 뿐이야."

그리고 꺼낸 건 푸른 창.

파도잡이의 창에 걸맞게 파도가 일렁이진 못했지만, 특유의 모양새가 '섭종 보상'임을 보여 줬기에 충분히 위압감은 줄 수 있었다.

근접한 상인들의 얼굴엔 당황이 떠올랐다.

"이젠 이쪽이 더 어울리는 시대니까. 안 그래?"

프슈우욱!

빠르게 찔러진 창.

상인 하나가 반응조차 못 하고 절명했다.

아무래도 비전투 직종인 상인들은 레벨도 마땅히 높진 않았는지, 오대수 혼자서도 충분히 감당할 수 있는 수준이었다.

그들이 내세울 수 있는 건 오직 소년 도깨비들의 무력.

하지만 그조차 최하나에게 묶여 있었다.

"그래 봐야 혼자야! 덮쳐!"

강서준은 도망치는 악덕 상인 중 송 씨를 주목했다.

오대수의 공격 범위를 벗어나 은밀하게 그곳을 빠져나가는 솜씨가 일품이었다. 이동에 특화된 걸까.

　강서준은 최하나를 향해 말했다.

　"여길 맡길게요."

　"걱정 마세요!"

　타아아앙!

　소년 도깨비 수십 마리 정도는 최하나 혼자서도 상대할 수 있었다. 그녀도 여기까지 오면서 꽤 렙업을 했으니까.

　빠르게 송 씨의 뒤를 쫓은 강서준이 물었다.

　"어딜 그리 급하게 가냐?"

　"커헉!"

　냅다 뒤통수를 얻어맞은 놈은 바닥에 널브러졌다. 예상대로 레벨은 낮진 않았는지 죽진 않았다. 피로 물든 얼굴로 놈이 표독스럽게 말했다.

　"네놈이…… 네놈이 감히 잭 님을 거스르려는 것이냐!"

　……뭐?

　들려온 말에 강서준은 다소 황당해서 행동을 멈출 수밖에 없었다.

　그러니까 이놈이 방금 뭐라고 한 거지?

　"하핫! 이제야 스스로 무슨 짓을 했는지 실감이 나는 모양이구나! 네놈은 방금 랭킹 9위의 잭 님을 상대로 반기를 든 것이다!"

강서준은 헛헛하게 웃으며 송 씨를 내려다봤다. 놈은 갑자기 웃음을 터뜨리는 강서준을 이상하게 여기며 올려다볼 뿐이었다.

강서준이 묻는다.

"잭? 그 사기꾼 새끼가 여기에 있어?"

던전 상인, 잭

랭킹 9위, 던전 상인 잭.

비전투 직업인 '상인'으로 천외천의 자리까지 오른 희대의
상인.

그는 여러 가지 수식어를 동시에 갖고 있는 특이한 인물이
었다.

―잭은 악랄해.

잭은 '돈'에 있어서는 누구보다 귀신처럼 독한 사람이었
고, 종종 그에게 돈을 빌린 이들은 꿈에서도 나올 법한 무시
무시한 일을 당한다고 했다.

해서 절대 잭에게만큼은 돈을 빌려선 안 된다는 것이 고인물 사이에선 은연중에 퍼져 있는 정보였다.

심지어 던전에서 가격을 후려치는 건 또 어떤가.

던전 폭리라고 할까.

잭이 파는 물건은 하나같이 비싼 것이다. 고작 하급 포션조차 마을에선 최상급 포션을 구매할 가격에 팔아 재끼는 놈이었다.

'최악은 살 수밖에 없었다는 거야.'

아무리 값이 비싸더라도 잭을 이용하는 이유는 간단했다.

상급 던전까지 친히 방문 판매를 나오는 상인은 극히 드물었으니까.

소비 아이템은 떨어졌고, 장비는 허름하고, 상황이 여의치 않은 순간이 허다한데 어쩌겠는가.

돈보다 귀한 건 목숨이었고.

던전 공략을 실패해서 캐릭터가 삭제되는 것보다 덤탱이를 쓰는 게 나았다.

―아니, 잭은 믿음직해.

아이러니하게도 잭은 '믿음직하다'는 표현도 어울리는 사람이었다.

그의 거래는 늘 공평하고 진실됐으며, 신뢰를 바탕으로 했다.

여타 다른 고인물도 잭이 아니면 무언가를 사고파는 걸 종종 꺼려 할 정도로 잭에 대한 상인으로서의 신뢰는 상당했다.

솔직히 그건 강서준도 인정하는 부분이었다.

잭의 아이템은 그 누구의 것보다 훨씬 품질이 좋은 편이었고, 없는 게 없다 싶을 정도로 수많은 아이템을 보유하고 있었다.

가장 신기했던 건, 그가 한창 플레이하며 모으고 있던 '퀘스트 재료 템'까지 가지고 있었던 것이었다.

'비싸긴 더럽게 비쌌지만.'

그만큼 아이템의 품질은 자랑할 만했고 사후 A/S도 꽤 철저한 편이었다.

추가로 금액을 받아 '잭 케어 플러스'라는 보험 상품을 자체 개발해서, 1년의 품질 보증서까지 동봉해 주는 것이다.

'하지만 누구나 인정하는 잭의 별명은 신기루였어.'

드림 사이드에서 잭이 갈 수 없는 땅은 없었다. 제아무리 상급 던전이라고 할지라도 소비자가 있다면 어떻게든 파견을 나오는 게 잭이었다.

HP포션이 떨어져 고립됐다?

그럴 때에도 잭이 나타나 아이템을 판매하고 홀연히 사라지곤 했던 것이다.

어떻게 일개 상인 혼자 그럴 수 있었을까.

있다가도 없고, 없다가도 있으며.

악랄하고 믿음직하기까지 한 자.

해서 고인물들은 그를 두고 '신기루' 같다고 한 것이다.

'아니, 한 가지 더.'

섭종 전.

잭은 강서준에게 몹쓸 짓을 한 가지 했다. 무려 '거래 사기'를 통해서 그의 특별한 아이템을 훔쳐 간 전적이 있는 것이다.

빌어먹을 놈.

강서준은 미간을 좁히며 물었다.

"그 사기꾼 새끼가 바로 여기에 있단 말이지?"

강서준의 웃음에 미약한 살기가 돋아났다. 이를 마주한 송씨가 영문도 모른 채 몸을 떨었다.

"그래서 잭은 어디에 있지?"

하지만 송 씨는 답하지 못했다. 입술을 바르르 떨더니 점차 안색이 파리하게 질렸기 때문이었다.

이상한 낌새를 눈치챈 강서준이 바로 송 씨의 입을 벌렸지만, 그곳에서 진한 아몬드 냄새만 풍겨 났다.

'청산가리?'

추리 영화에서 보기만 하던 독극물 '청산가리'를 삼킨 송씨는 입에 거품을 물고 쓰러졌다.

그건 비단 송 씨에게만 벌어지는 일이 아니었다.

대다수의 상인이 오대수에게 죽거나, 막힌 길을 벗어나질 못해 '자살'을 선택하고 있었다.

그건 예상하지 못한 일이었다.

강서준이 외쳤다.

"저들을 막아요!"

"네?"

"자살 못 하게 막으라고요!"

그제야 사태를 파악한 일행은 상인에게 들러붙어 입을 벌렸지만, 이미 모든 상인이 자살을 택한 뒤였다.

입안에 뭔가 장치라도 해 놓은 걸까.

그도 아니면 유사시에 자살하도록 어떠한 '계약서'라도 적어 놓은 걸까.

궁지에 몰린 악덕 상인이 집단 자살이라는 극단적인 선택을 하면서 상황은 복잡해지고 말았다.

타아아앙!

마지막으로 마탄이 발사되며 소년 도깨비는 모두 쓰러졌다. 그동안 상인들을 한데 모아 수색하던 오대수는 고개를 가로저으며 참담한 목소리를 냈다.

"전부 죽었어요."

죽은 자는 말이 없고, 죽은 자의 인벤토리는 열어 볼 수조차 없다.

시체를 수색하던 장기용은 찝찝한 얼굴로 말했다.

"그런데 왜 자살한 걸까요?"

그건 강서준도 의문이었다.

대관절 이들이 자살까지 해야 하는 이유가 있었는가. 계약서로 인해 '타의'로 자살을 선택하게 됐다면 모를까.

……잠깐.

강서준은 상인들을 둘러보다 대번에 미간을 구겼다.

어쩐지 너무 쉽게 죽는 것 같더라니.

"자살한 게 아니야."

"네?"

"그냥 이 몸을 버린 거야."

강서준은 일행을 돌아보면서 말했다.

"저놈들 죽일 때 메시지 봤습니까?"

"무슨 메시지요?"

"플레이어 처치 보상요."

그제야 오대수는 화들짝 놀라며 고개를 가로저었다. 로그 기록을 확인한 장기용도 마찬가지였다.

분명히 심장에 칼을 박았고, 창으로 그들을 찔러 죽였음에도 아무런 메시지가 떠오르지 않았다.

'그건 불가능해.'

그들은 레드 플레이어.

몬스터로 분류되기에 사망 시 경험치와 아이템을 줘야 했다.

한데, 그런 과정이 전부 생략된 것이다.

이 상황에서 해석할 수 있는 정보는 하나였다.

"역시 죽은 게 아닙니다. 몸을 버렸을 뿐이지."

동시에 영등포역에서 만난 코볼트들을 떠올렸다. 계약서로 인해 몸을 빼앗긴 그들은 영혼을 코볼트에 저당 잡혀야 했다.

여기서 의문이 있었다.

왜 그들은 '몸'을 빼앗겨야만 했을까.

영혼을 잃은 몸을 필요로 한 이유가 대관절 무엇이기에?

왜 상인들이 그들의 몸을 훔쳐 갔는지 전혀 상상조차 못하고 있었는데.

이젠 잘 알겠다.

"이놈들 '여분의 목숨'을 만든 겁니다."

만약 죽는 것과 동시에 납치한 아이들의 몸으로 영혼이 전송되도록 어떤 조치를 취해 뒀다면?

계약서로 그런 조건을 갖춰 놨다면.

- 충분히 가능한 일이었다.

'계약서는 시스템에 의해 조정되니까.'

현실이 게임이 된 이상 시스템은 신의 말이나 다름없다. 이 세계의 어떤 존재도 감히 거역할 수 없는 단 하나의 명제.

강서준은 확신했다.

놈들은 시스템을 악용하고 있다고.

'물론 그 과정에서 놈들도 잃는 게 많겠지만⋯⋯.'

대량의 경험치, 영구적으로 회복되지 않을 스탯, 영혼의 일부마저 소멸되는 일이 그 과정 속에 있을지도 모른다.

하지만 그조차 목숨값에 비하면 아주 싼 값이었다.

강서준은 미간을 구기며 말했다.

"빌어먹을 놈들⋯⋯."

강서준을 필두로 그들은 더 본격적으로 상인들의 짐을 수색했다. 다행히 그들의 보따리는 인벤토리로 포함되지 않았는지 그 내용을 전부 취득할 수 있었다.

"가면 세 개랑⋯⋯ 잡다한 아이템들."

동물의 외형을 본 딴 가면이 세 개 정도 들어 있었고, 잡다한 아이템은 대개 도시락이나 옷가지에 불과했다. 종종 잡템도 몇 개 들어 있었지만 중요한 건 보이지 않았다.

강서준은 그중 '이면 계약서' 한 장을 발견할 수 있었다.

계약서

'갑'은 '을'에게 생존에 필요한 아이템을 제공하며, '을'이 제공받은 아이템을 사용하는 것으로 계약이 본격적으로 성립되는 것으로 간주한다. '을'은 '갑'에게 빌린 보상을 반드시 갚아야 할 의무가 있으며, 빌린 물건을 갚는 데에는 기간을 두지 아니한다.

신우현이 말했던 것처럼 아이템을 빌려주고, 무기한으로

언젠가 갚으라는 방식의 '착한 계약서'.

누군가가 서약하기 이전에 어떤 식으로 적혀 있는지 여실히 적혀 있었다.

뒷면에 아주 작은 글씨로 이면 계약에 대한 힌트도 숨겨져 있었다.

진짜 깨알 같았다.

'계약과 동시에 내용은 전에 봤던 그 악질적인 내용으로 변하는 거지.'

'을'에게 절대적으로 불리한 조건으로, 무엇이든 앗아 갈 수 있는 악질적인 계약.

영혼까지 앗아 가는 이면 계약서였다.

"고작 이 종이 쪼가리로……."

한편 오대수는 계약서를 내려 보면서 입술을 꽉 깨물었다.

그는 유난히 정이 많은 사람이었다.

괜히 경찰이 아닌 듯, 불의를 지나치질 못하는 성격이었다. 특히 이런 불합리한 상황은 용납하질 않는 듯했다.

강서준도 그 기분을 십분 이해했다.

사람의 목숨, 신체의 자유, 영혼 등이 고작 종이 한 장에 결정된다는 건 아무리 게임이라도 불공정하니까.

누군가의 수십 년이 이딴 문장 몇 개로 소멸된다는 건 다시 생각해도 불쾌한 일이었다.

"그래서 이 모든 일이 잭의 소행이라는 거죠?"

최하나는 불같은 눈동자를 이글거리며 말했다. 번 블러드를 활성화시키지 않았음에도 붉게 물든 그녀의 얼굴은 얼마나 화가 났는지 보여 줬다.

"상인들의 입에서 잭이 나오긴 했지만 배후라고 확신하진 못합니다. 놈이 아무리 악랄하단 소문이 돌았어도 이 정도 쓰레기는 아니었잖아요?"

"그야 모르는 일이죠. 게임에서 그 정도면 현실에선 더한 놈일지도……."

강서준은 고개를 끄덕이며 동감했다. 게임 속 '잭'을 떠올리면서 그의 모든 걸 장담할 수는 없었다.

최하나도 그렇다.

시크한 남성을 연상케 하는 아바타였는데, 실상은 아이돌이지 않은가.

잭이라고 더 독한 놈이 아니라고 말할 수는 없었다. 어쩌면 게임이라서 더 순화됐던 걸지도 모르지.

괜히 섭종 전에 사기를 쳤겠는가?

최하나는 대뜸 벽을 쾅 내리치며 말했다.

"잭은 믿을 수 없는 사람입니다."

"알겠어요. 일단 잭은 용의 선상에 올리기로 하고."

"아뇨, 확실해요. 잭이 범인이에요."

하지만 최하나의 단언에도 강서준은 섣불리 그렇다고 답할 수가 없었다.

그가 섭종 전에 그를 상대로 사기를 쳤다고 해도 말이다.

'잭은 상인이야.'

그리고 상인의 기본 덕목은 신뢰.

잭이 물건의 값을 후려치는 경우나 정보를 일부러 더 비싸게 팔아먹은 적은 있어도, 마지막 단 한 번만 빼고는 계약서를 갖고 장난을 치는 건 본 적이 없다.

한 번 왜 그러는지 물어본 적이 있다.

사기꾼을 해도 골백번을 했을 놈이 왜 정작 사기를 치진 않냐고.

'계약서 잘못 만지면 직업이 사기꾼으로 바뀐다던가?'

즉, 놈이 이번에도 상인이라면?

자잘한 사기 몇 번으로 드림 사이드의 장래를 바꾸는 모자란 짓을 한 놈은 아닐 것이다.

상인으로 얻을 수 있는 이점이 사기꾼으로 얻을 이점보다 궁극적으로 보면 훨씬 클 테니까.

그때, 가만히 있던 장기용이 물었다.

"잭이 그렇게 나쁜 사람인가요?"

최하나는 고개를 절레절레 저으며 답했다.

"천하의 사기꾼이에요. 웃는 얼굴로 다가와서는 가슴에 비수를 꽂는 게 일상인 녀석이죠. 제가 힘들 게 구한 총도 그놈이 아니었으면……."

그제야 강서준은 최하나가 왜 잭을 신뢰하지 못하는지 알

만했다. 결국 그녀도 그와 같은 경험을 갖고 있는 것이다.

"……최하나 씨도 당했습니까?"

"네? 혹시 서준 씨도?"

서로 눈을 마주치며 전에 없던 커다란 동질감이 형성됐다. 아무래도 잭이 서비스 종료 이전에 뒤통수를 친 멤버는 하나가 아닌 모양이었다.

'……설마 랭커들의 뒤통수를 전부 친 건 아니겠지?'

강서준은 한숨을 푹 내쉬면서 말했다.

"그래도 잭은 용의 선상에만 올려 둡시다. 확실한 증거는 아직 없으니까요."

"알았어요. 대신 놈을 만났을 때 한 대만 때려도 되죠?"

"그 정도야……."

그때였다.

덜컹!

객실 한쪽에서 갑자기 큰 소리가 들려왔다. 소리가 난 방향은 분명히 아무도 없었던, 상인들의 짐을 모아 둔 방향이었다.

'아니, 아무도 없는 건 아니지.'

강서준은 경계심을 끌어올리며 상인들의 짐 쪽으로 다가갔다. 그곳엔 상인들이 어디선가 납치해 온 사람들이 영혼을 잃은 채로 묶여 있었다.

그중 한 명.

강서준은 사내의 귀에 달린 익숙한 십자가 귀걸이를 보면서 미간을 좁혔다.

〈천사의 귀걸이〉

레벨 제한이 무려 300인 고인물 전용 아이템이자, 소지자는 단 한 명이던 유니크 아이템.

왜 이제야 발견한 걸까.

침을 흘리며 이상한 울음을 흘려 대는 사람들 사이에서 한 사람만은 어색하게 웃으면서 손을 흔들었다.

"……짜자아안."

그는 잭이었다.

'진짜 잭이라고?'

악덕 상인의 포로 사이에서 어색하게 손을 흔드는 남자.

귀걸이만 아니었다면 아무런 의심조차 하지 않고 넘어갔을 정도로 평범한 느낌의 사내였다.

"……짜, 짜자아안."

그는 다른 포로처럼 영혼을 빼앗긴 것처럼 보이지 않았다.

당연하다면 당연한 일이었다.

그가 착용한 '천사의 귀걸이'는 계약서의 독소 조항 정도는 쉽게 파악하고 제거할 수 있을 테니까.

천외천, 랭킹 9위.

애초에 던전 상인 '잭'이 악덕 상인 따위에게 당할 리가 없지 않은가.

'근데 왜 잭이 여기에 있지?'

'흑막' 내지 '유력한 용의자'로 손꼽히는 게 바로 잭이었다. 느닷없이 포로 사이에 묶여 있을 이유가 전혀 없었다.

악덕 상인이 거짓말을 한 걸까?

잘못된 정보?

……모르겠다. 생각할수록 미궁에 빠지는 기분이다.

'굳이 고민할 것도 없지.'

의문을 풀어 줄 상대가 앞에 있다. 이자가 정말 그 '잭'이라면, 답을 알려 줄 것이다.

하지만 그보다 먼저 최하나가 선수를 쳤다.

"……잭?"

옆으로 다가온 최하나는 대뜸 권총부터 꺼내어 겨눴다. 귀걸이를 보고 그녀도 바로 알아차린 모양이었다.

뒤늦게 상황을 파악한 오대수와 장기용도 무기를 쥐고 경계를 했다.

상황은 긴박하게 이어졌다.

턱 끝까지 긴장감이 차오르는 순간.

양손을 위로 든 잭이 말했다.

"오, 오해입니다. 전 모르는 일입니다."

"역시 잭이야."

"저는 그런 사람 모릅니다. 사람 잘못 보셨어요. 잭이라뇨. 어우, 농담도."

철컥!

어느새 장전된 마탄의 리볼버 앞으로 마력이 집적됐다. 방아쇠만 당기면 총알은 남자의 미간을 꿰뚫을 것이다.

"잭, 당신이 진짜 이번 일의 주범이야?"

손을 바짝 든 남자는 파리한 안색으로 빠르게 고개를 가로저었다. 최하나는 의심의 눈초리를 거두질 않고 여전히 총을 겨눈 채로 물었다.

"그 귀걸이는 뭔데?"

"홍대에서 만 원 주고……."

"천사의 귀걸이잖아."

"천사같이 예쁜 귀걸이긴 하죠, 하하."

오가는 대화 속에서 강서준은 여지없이 남자의 정체를 잭이라고 확신했다. 어쨌든 저 귀걸이를 가진 존재는 이 세상에 단 한 명뿐이었다.

천사의 귀걸이.

저건 상인 랭킹 1위에게 부여되는 징표였다.

'모조품이 마력을 품고 있을 리도 없고.'

최하나는 시선을 냉랭하게 깔면서 말했다.

"잭."

"……아니라니까요."

"바른대로 말해."

"네?"

"정말 모두 네 짓이야?"

"대체 무슨 얘기를-."

타아아앙!

최하나의 권총이 불을 뿜으며 잭의 볼을 스치고 지나갔다. 잠시 말이 없어진 그를 향해 최하나가 말했다.

"다음은 없어."

재장전된 최하나의 권총으로 마력이 예열됐다. 싸늘한 시선이 잭에게 닿는다. 아이돌 최하나가 아닌, 냉혹한 저격수 클라크의 시선이었다.

잠시 침묵하던 잭은 표정을 싹 바꿨다. 그는 바로 넙죽 몸을 말아 엎드리면서 외친다.

"사과드립니다! 그때는 진짜 섭종하는 줄 알고 그랬어요! 살려 주세요! 다시는 사기 치지 않겠습니다!"

"뭐?"

"네, 전 잭이 맞습니다. 맞아요. 죄송합니다! 클라크 님의 총을 훔친 건 제 실수입니다. 깊이 반성하고 있어요!"

'……뭔가 이상한데.'

뭔가 묘하게 어딘가 어긋났다는 걸 깨달은 강서준은 최하나의 권총을 내리면서 앞으로 나섰다. 최하나도 뭔가 알아차렸는지 순순히 뒤로 물러나 줬다.

"잭, 뭔가 착각한 것 같은데? 우리가 물은 건 드림 사이드 1의 이야기가 아니라-."

"죄송합니다, 케이 님! 전 이렇게 게임이 이어질 줄 생각도 못 했다고요!"

"……."

"……."

서로의 시선이 공중에서 부딪쳤다. 가만히 잭을 응시하던 강서준은 나지막이 미약한 살기를 품었다.

역시 그 '잭'인 걸까.

모르는 건 없는 건가.

강서준은 날카롭게 입을 열었다.

"어떻게 알았어?"

"네?"

"내가 케이인 거 말해 준 적이 없는데."

여기에 있는 그들은 강서준을 단 한 번도 케이라고 부른 적이 없었다. 또한 강서준의 몸에는 케이를 나타낼 그 어떤 아이템도 없는 상태.

"아, 아? 아!"

게임에서의 모습과는 다르게 다채로운 표정 변화를 보여 주는 잭.

강서준의 머리는 더 복잡해졌다.

상황을 정리하자면 잭은 범인이 아니었다.

"그러니까 넌 사칭범을 쫓아서 이곳으로 들어왔고, 우릴 마주치게 된 건 우연이라고?"

"반 정도는요?"

그리고 잭이 케이를 알아본 이유는 듣고 보면 더욱 단순했다.

"GPS를 쫓았거든요."

"GPS?"

"네. 1에서 케이 님을 찾을 때 쓰라고 주신 거 있잖아요. 그걸 섭종 보상으로 가져왔거든요."

"그건 그 던전 한정이었는데?"

"개조했죠."

섭종 보상으로 '케이'의 위치를 특정하는 아이템을 가져왔다는 것이다. 해서 강서준이 선택의 미로를 벗어난 순간, 바로 강서준이 있는 위치를 특정할 수 있었다고 한다.

그는 뻔뻔하게도 말을 이었다.

"어딜 가더라도 케이 님 옆보다 떼돈을 벌 수 있는 곳은 없으니까요. 헤헤."

바보같이 웃고 있는 잭을 보면서 강서준은 다소 허무한 감정을 느꼈다. 이런 녀석을 두고 '흑막'이니, '유력한 용의자'

니 고민을 했던 게 다소 어이가 없었기 때문이었다.

'설마 잭이 중학생일 줄이야.'

나이는 고작 14세이니, 중1.

랭커들에게 가격을 후려치던 악랄한 그 상인이 고작 14살 미성년자일 줄은 꿈에도 몰랐다.

클라크가 사실 여자였고, 아이돌 가수였다는 것과 비슷한 정도의 충격이었다.

'잠깐…… 그러면 드림 사이드를 한창 플레이할 때는 초등학생이었다는 건데?'

강서준이 한 초딩의 악랄함에 혀를 내두르는 사이, 최하나도 잭, 아니 '지상수'를 향해 말했다.

"그만 웃어. 나까지 바보가 되는 것 같으니까."

"하지만 좋은 걸 어떡해요. 케이 님에 이어서 클라크 님도 만났잖아요? 오늘 전 '잭 팟' 터졌습니다."

"하아…….'

"그리고 제 실수도 전부 눈감아 주신다면서요!"

지상수는 덧붙여서 말했다.

"이런 말 하기 부끄럽지만 클라크 님, 아니 하나 누나. 사실 저 팬입니다. 헤헤, 누나 팬클럽 1기. 집에 사인 CD도 있어요. 저 공방도 자주 갔는데…… 기억하시려나?"

최하나는 마지못해 고개를 끄덕여 긍정했다. 처음엔 너무 정신이 없어 알아보진 못했지만, 시간이 흘러 곰곰이 살펴보니 아는 사람이라는 것이다.

"기억하지…… 근데 그 순수한 애가 그 잭일 줄이야."

"누나도 만만치 않거든요? 전 클라크는 적어도 담배에 쩔어 있는 배불뚝이 아저씨인 줄 알았으니까."

"죽을래?"

"죄송합니다."

강서준은 한숨을 밀어내고 그들 사이로 끼어들었다.

그가 중딩이든 최하나의 팬이든, 중요한 건 '잭'이라는 사실이다.

그가 알던 그 상인이라면 아마 많은 정보를 갖고 있을 것이다.

"사칭범은 무슨 소리야?"

"말 그대로예요. 누군가가 겁도 없이 제 닉네임을 도용한답니다. 쯧. 그러다 큰일 날 텐데."

"왜?"

"다른 랭커에게 들키면 죽음이잖아요. 제가 한두 명을 속인 것도 아니고."

"……"

역시 랭커들에게 전부 손을 댄 건가.

하기야 랭킹 1위였던 케이의 뒤통수도 친 놈이다. 모르긴 몰라도, 그를 아는 대부분의 랭커는 뒤통수를 맞질 않았을까?

강서준은 가볍게 혀를 차면서 말했다.

"괜찮아, 상수야. 설마 게임에서 그랬다고 현실에서 보복할까?"

"무기를 아작 냈어요."

"……응?"

"아마 눈치챌 사람은 눈치챘겠죠. 제가 준 강화 재료에 불순물이 섞여 있었다는 걸."

그때 최하나는 뭔가에 얻어맞은 얼굴로 지상수를 돌아봤다. 그제야 지상수는 실수를 깨닫고 입을 손으로 막았다.

"설마 그때 그 강화 재료…… 너?"

"누나! 봐, 봐주기로 했잖아요!"

"그건 섭종 안내 후의 얘기지! 바른대로 말해. 너 또 얼마나 사기 치고 다닌 거야?"

강서준은 최하나로부터 도망치던 지상수를 붙들고 다시 말을 걸었다.

"상수야, 일단 정보부터 불어. 가능하면 요점만 간단히."

"알겠어요. 대신 누나 좀 말려 주세요!"

강서준은 최하나를 바라봤다. 다소 얼굴이 붉어진 그녀가 미안한 듯 머리를 긁적이며 뒤로 물러났다.

"사칭범 소식을 들은 건 얼마 안 됐어요."

지상수는 꽤나 오랫동안 정처 없이 서울을 떠돌았다고 한다.

그에겐 '케이'를 찾을 수 있는 특수한 아이템은 있어도, 정작 케이가 '선택의 미로'에 들어간 동안엔 그를 찾는 게 불가능했기에 어쩔 수 없었던 것이다.

"게다가 전 상인이잖아요. 싸움은 제 특기도 아니고. 그간 여기저기 돌아다니면서 자잘한 상비품들을 판매하면서 경험치작 위주로 플레이를……."

"상수야, 요점만."

"이제 나와요. 여하튼 저는 케이 님의 GPS가 나오자마자 이쪽으로 도착했고요. 그때 저에게 접근한 무리가 바로 이놈들이었어요."

악덕 상인은 겁도 없이 지상수에게 음식으로 덫을 놓고 바로 계약서를 작성하게 했다.

물론 천사의 귀걸이의 효능으로 이면 계약서의 독소 조항은 모조리 소용도 없었지만, 지상수는 오히려 기회로 여기기로 했다.

"여기 돈 냄새가 났거든요."

게다가 사칭범에 대한 소식도 들려오지 않은가.

공교로운 상황 속에서 잭은 가벼운 마음으로 '잠입'을 결정한 것이다.

그리고 지상수는 상인에게서 얻은 정보를 나열하기 시작했다.

"송 씨는 이곳에서 벌어지는 경매장에 참여하려고 했어

요."

"경매장?"

"네. 새로 개방된 D-5구역에 암시장이 있거든요. 그곳의 경매장은 각종 희귀한 아이템이 나올 예정이라고 아주 들떠 있더라고요."

최하나의 눈이 가늘어졌다.

"혹시 저 아이들도?"

"네. 절 상품이라고, 다치진 않게 하려고 꽤 극진히 끌고 왔으니까 아마 맞을 겁니다."

지상수의 얘기는 더 이어졌다.

악덕 상인 송 씨가 저지른 패악한 행동들, 가만히 들어 주기 불편한 그들의 악랄한 짓.

대번에 분개하는 오대수였지만, 강서준은 침착하게 그 말에 집중했다.

하지만 더는 나오지 않았다.

"……끝?"

"글쎄요. 물어보신 건 다 알려 드린 것 같은데요."

"혹시 저 포로들이 빼앗긴 영혼들, 그러니까 이면 계약서에 관련된 내용을 들은 건 없어?"

"이면 계약서라…… 흐음."

지상수는 곰곰이 고민하더니 말했다.

"아쉽지만 그 정도 고급 정보는 아직 구하지 못했어요. 아마 여기 있던 상인들도 자세히는 모를걸요. 자세한 건 전부 절 사칭한 '그놈'이 알 겁니다."

'그놈'이라…….

감히 천외천의 이름을 사칭하고 이만한 수준의 사기를 치는 존재가 대체 누구일까.

생각해 봤지만 당장 떠오르는 인물은 없었다. 지상수는 어깨를 으쓱이면서 마저 말을 이었다.

"저도 사실은 그놈에 대한 정보를 캐내기 위해서 잠입한 거예요. 절 사칭하다니, 어떤 놈인지 제가 제일 궁금하다니까요."

강서준은 최하나와 시선을 교차했다.

지상수가 말한 정보가 도움이 안 되는 건 아니었지만, 정작 가장 듣고 싶던 정보는 없었다.

이 정도라면 영혼을 되돌리는 법은커녕 되찾기도 요원한 일이었다.

강서준이 말했다.

"일단 이동하죠. 던전을 돌파하다 보면 또 다른 정보를 얻을 수 있을 겁니다."

"네. 다음은 E구역이었죠?"

"빨리 갑시다."

그때 지상수가 박수를 짝 치면서 외쳤다.

"아! 저 지름길 알아요."

"응?"

"이곳에 상인들만 이용하는 비밀 통로가 있어요."

"비밀 통로?"

일자로 이어진 열차에서 다음 칸으로 넘어가는 비밀 통로
가 또 있을까. 만약 존재만 한다면 시간이 부족한 강서준에
겐 가장 유용한 정보였다.

'포탈이 있을지도 몰라.'

강서준이 물었다.

"어딘데?"

"그런데요. 지름길로 가려면 먼저 해치워야 하는 놈이 있
어요."

"응?"

"엘리트 몬스터가 있어요. 중간보스 같은 녀석인데, 듣자
하니 플레이어가 조종하는 개체라더라고요. 이름이 뭐더라.
역, 역마살?"

"역무원."

"아, 맞아요. 그런 이름이었어요. 아마 그놈이 거주하는
곳에 있댔어요."

지상수는 은근히 물었다.

"그놈 엄청 강하다던데…… 가능할까요?"

강서준은 어깨를 으쓱이며 답했다.

"……뭔들 안 되겠니."

저렙이라면서요?

"지름길은 F−10구역에 있어요."

지상수가 말을 하는 와중에도, 강서준은 부지런히 움직이고 있었다.

악덕 상인에게 잡혀 온 포로들. 그들을 일단 안전 구역의 한쪽에 잘 모여 앉도록 한 것이다.

'마음 같아서는 전부 풀어 주고 싶지만…….'

그래선 저들이 어디로 튈지 몰라 위험했다. 자칫 다음 구역으로 넘어가면 어떡한단 말인가.

퀘스트는 부여될 것이고, 여지없이 이들은 새끼 도깨비들에게 공격당한다.

'그렇다고 내가 데려갈 수도 없어.'

앞으로 무슨 일이 벌어질지 모른다. 저들까지 데려가 지키면서 싸우는 건 솔직히 무리였다.

차라리 몬스터의 침입은 없을 '안전 구역'에 묶어 두고 가는 게 훨씬 그들에겐 안전했다.

한편 지상수는 끈질기게 따라붙으면서 말을 이었다.

"역무원은 형이 생각하는 것보다 강해요. 일깨비의 외형을 가졌지만 그 강함은 이깨비에 가깝죠. 제아무리 누나랑 형이라고 해도 역무원은 어려울걸요."

"……."

"마침 우린 테마 던전에 있잖아요. 테마 던전은 경험치도 조금 더 챙겨 주니까, 이참에 레벨을 잔뜩 올리고 올라가면……."

강서준은 귀찮다는 듯 미간을 구기며 말했다.

"글쎄, 시간이 없다니까."

같은 대화의 반복이었다.

레벨 업을 하고 올라가야 한다는 지상수의 주장과, 이를 무던히도 거절하는 강서준의 대답.

하지만 지상수는 쉽게 포기하지 않았다. 그는 마치 자살특공대라도 보는 듯 측은한 눈으로 말했다.

"형이 아직도 랭킹 1위인 줄 알아요? 선택의 미로도 세 달씩이나 걸렸으면서."

"그건 다 사정이 있었다니까."

"1에서는 한 달밖에 안 걸렸으면서!"

물론 지상수의 걱정을 이해 못 할 바는 아니었다. 그가 생각하기에도 자신의 복장은 D급 던전을 공략하기엔 꽤 무리가 있어 보였으니까.

하지만 굳이 입 아프게 설명을 해 줄 필요가 있을까?

백문이 불여일견.

곧 알게 될 것이다.

강서준은 막무가내로 F-6구역으로 넘어갔다.

"진짜! 다들 저 형 좀 말려 봐요!"

하지만 일행은 말없이 강서준의 뒤를 따를 뿐이었다. 최하나까지 이동하자, 지상수도 한숨을 푹 내쉬며 F-6으로 진입할 수밖에 없었다.

그리고 메시지가 나타났다.

['새끼 도깨비'를 '100마리' 사냥하기]
['클리어 보상'으로 '열쇠'를 획득할 수 있습니다.]
[!]
[특수 조건을 만족시켰습니다.]
[F-7구역이 개방됩니다.]

"어라?"

뒤따라 구역을 넘은 지상수는 얼빠진 목소리를 냈다. 강서준은 가볍게 무시하며 F-6을 가로질렀다.

['새끼 도깨비'가 '마스터키'의 소유를 확인했습니다.]
['새끼 도깨비'가 두려움에 몸을 숨깁니다.]

거기다 소문이라도 났는지 새끼 도깨비는 아예 달려들지
도 않았다. 가뿐히 구역을 지난 강서준은 문 앞에 서서 개폐
버튼을 눌렀다.

푸쉬이익.

"……문은 또 왜 열려?"

지상수의 헛바람 섞인 의문.

그 반응은 목표로 했던 F-10구역에 다다를 때까지 계속
이어졌다.

결국 지상수는 의문을 해소하지 못한 채 최하나에게 물었
다.

"누나, 여기 온 적 있어요?"

"아니."

"그럼 왜 다 열려요? 새끼 도깨비들 상태는 또 왜 저러
고."

그러던 중, 강서준이 F-10구역 문을 열자 지상수가 깜짝
놀라며 말했다.

"아앗! 형, 거긴 안 된다니까! 여긴 F구역 층간보스인 역무

원이 있는 칸인데…… 어라?"

뒤따라 F-10 구역에 진입한 지상수가 헛웃음을 삼키며 말했다.

"역무원 어디 갔어요?"

강서준은 어깨를 으쓱이며 말했다.

"낮잠이라도 자나 보지."

"네?"

"됐고. 지름길 어디야?"

지상수는 렉이라도 걸린 캐릭터처럼 약간 버벅였다. 그리고 한 손으로 한쪽 구석을 가리켰다.

"……출구 좌측의 천장요. 거기가 입구예요."

"아, 찾았다."

구석에 수상하게 놓인 막대기로 천장을 몇 번 두드려 보니, 위로 올라가는 계단이 툭 떨어졌다.

다락방으로 올라가는 계단같이 생긴 걸로 인해 천장 너머 열차의 지붕으로 올라갈 수 있는 것이다.

지상수는 미간을 좁히며 물었다.

"누나. 서준이 형, 선택의 미로 나온 지 아직 일주일도 안 됐죠?"

"아마도?"

"레벨은 몇인지 알아요?"

"글쎄…… 본인 입으로는 37이라고 말했었는데."

잠시 후, 일행은 계단을 밟아 위로 올라가고 있었다. 강서준은 아직 올라오지 않고 혼자 멍하니 서 있는 지상수를 향해 물었다.

"안 가?"

"……가요."

부랴부랴 뒤따라 올라온 지상수는 복잡한 목소리로 입을 열었다.

"형, 솔직히 말해요. 진짜 레벨 몇이에요?"

"46."

똥 씹은 얼굴의 지상수는 한동안 말이 없었다.

◆◆◆

열차 지붕을 밟고 올라선 지금, 가장 먼저 느낀 감정은 시원하다는 것이었다.

먼지가 가득한 화물칸이 아닌, 밤공기가 서늘하게 닿는 자리. 시원한 밤바람이 머리카락을 이리저리 휘날렸다.

"이곳이 송 씨가 말한 지름길이야?"

"네. 열차의 지붕을 지나 E구역은 건너뛴다고 했어요. 아무래도 E구역은 상인들도 안전하게 지나다니기 어려우니, 이쪽으로 길을 만들었다더라고요."

강서준은 고개를 들어 하늘을 올려다봤다. 새카맣게 물든 하늘엔 촘촘히 별이 떠 있었다.

그들이 들어왔던 전철은 분명 '지하'를 달리고 있을 테지만, 던전에서 천장을 뚫고 나와 보이는 건 무려 '밤하늘'인 것이다.

그게 신기했는지 오대수가 의문을 품었다.

"이곳이 전철로 들어온 공간이라는 게 믿기지 않을 정도입니다. 어떻게 이런 하늘이 멀리 펼쳐져 있는지……."

그뿐일까.

차창 너머로 보이던 서부극의 풍경이 360도로 광활하게 펼쳐져 있었다. 마치 이 세계만 따로 동떨어진 느낌이었다.

그리고 그 추측은 정확할 것이다.

"다른 차원으로 넘어왔다고 생각하면 편해요."

"……다른 차원요?"

강서준은 먼저 계단을 밟고 지붕에 올라서며 설명을 이어 나갔다. 밤바람이 세차게 불어와 체온을 앗아 갔지만 이 정도는 버틸 만한 수준이었다.

"일반적으로 F급 던전까지는 본래의 형태를 유지하죠. 다른 차원에 있던 것들이 이곳을 침식하는 과정의 산물이니까요. 하지만 E급부터는 달라요."

"……성장."

"네. 성장한 던전은 그곳에 본인만의 생태계를 구축합니다. 내부의 몬스터들이 가장 살기 적합한 형태의 세계가 완성되는 거예요.”

해서 ‘무너진 학교’는 대학교 캠퍼스처럼 생겼으며, 이곳 ‘달리는 유령열차’는 끝없이 달리는 거대한 철길이 완성됐다.

강서준은 주변을 둘러보며 과거의 기억을 상기했다.

‘C급, B급…… 상급 던전으로 올라갈수록 던전의 규모는 차원이 달라져. 사실 이 정도도 우스운 수준이지.’

그중 악마들의 땅인 ‘지옥’이나 천사들의 영역인 ‘천국’에 선 전쟁 규모의 전투도 벌였다.

그에 비하면 이 정도는 뭐…….

키키키킷!

그때, 한쪽에서 상념을 지우는 소리가 들려왔다.

고개를 돌려 미간을 좁힌 강서준은 먼 하늘에서 뭔가가 우르르 날아오는 걸 볼 수 있었다.

뭐지?

휘영청 걸려 있던 달을 가리는 건 마치 벌 떼 같았다. 자세히 살펴보니, 검은 천 쪼가리를 걸친 유령들이 편대비행을 하고 있었다.

강서준이 물었다.

“안전한 길이라며?”

“……전 그렇게 들었는데요.”

“몬스터들을 피하는 방법은 따로 없어?”

“몬스터가 나타난다는 얘기도 못 들었는데요.”

유령들이 접근하니 정체도 쉽게 파악할 수 있었다.

기다란 낫을 쥐고 사신처럼 플레이어의 목숨을 앗아 가는 유령 몬스터.

'스펙터.'

[히든 구역, '열차 지붕'에 진입했습니다.]
[히든 퀘스트, '사신들의 밤'이 시작됩니다.]

"옵니다!"

낫을 들고 쇄도하는 스펙터의 무리를 보면서 강서준은 무기를 점검했다. 그나마 위안이 될 만한 정보는, E-1구역부터 E-10구역까지 풀어야 할 열 개의 퀘스트를 단 한 개의 히든 퀘스트로 퉁 친다는 점이다.

'어쩔 수 없지.'

오히려 바라는 바다.

자잘한 퀘스트는 시간만 낭비할 뿐, 당장 그에게 대단히 필요하지도 않았다.

기왕 속도를 내기로 한 던전.

위험을 무릅쓰더라도 이쪽이 훨씬 나았다.

강서준은 장기용과 오대수를 돌아봤다.

"두 사람은 알아서 살아남아요."

"괜찮아요. 걱정 안 하셔도 돼요."

오대수 혼자라면 힘들겠지만, 장기용과 둘이라면 어떻게든 살아남을 수는 있을 것이다.

강서준은 최하나를 보면서 말했다.

"그럼 우린 퀘스트 공략에 집중해 보죠."

"네."

고개를 끄덕이던 최하나는 문득 지상수가 보이질 않는다는 걸 깨달았는지, 헛웃음을 지었다.

"얜 이번에도 신기루라 불리겠네요."

"그러니까요."

강서준은 어깨를 으쓱이며 답했다. 지상수가 자취를 감춘 건 진즉에 눈치채고 있었기 때문이다.

놀랄 일도 아니지.

잭이 '신기루'라고 불린 이유는 다 이래서였다.

아마 그가 가진 아이템이 가진 전용 스킬일 것이다. 전투 능력이 없는 잭일지라도 상급 던전을 마음껏 활보하는 유일무이한 이유였으니까.

키아앗! 키앗!

그때, 스펙터 무리는 낫을 높이 들고 고공 강하를 직행했다.

살벌한 울음소리를 내며 다가오는 놈들을 향해 최하나는 마구잡이로 마탄을 발사했다.

"유령은 물리 공격 면역이라는 거 잊지 마세요!"

"네!"

강서준은 가까이 다가선 스펙터의 낫을 피하면서 주먹에 마력을 담았다.

[스킬, '마력 집중(F)'를 발동합니다.]

트리거를 상대할 때처럼 오랜 시간, 많은 마력을 집적시킬 필요도 없었다. 실낱같은 수준만 담겨도 스펙터에게 데미지가 들어간다.

그렇게 운용하면 마력을 더욱 오랫동안 사용할 수 있었다.

[스킬, '마력 집중(F)'의 숙련도가 상승합니다.]

강서준은 그를 지나치는 스펙터의 얼굴에 그대로 주먹을 꽂아 넣었다.

끼이이익!

[몬스터 '스펙터'를 처치했습니다.]

동시에 강서준의 눈이 사방을 훑었다. 류안은 강하하는 스펙터 무리의 흐름을 빠짐없이 읽어 냈다.

'많기도 하군.'

하지만 강서준은 유령 앞에서 더 귀신같은 몸놀림으로 움직이기 시작했다. 놈들의 흐름을 읽고 미리 대처하자, 더더욱 쉽게 공격할 수도 있었다.

콰앙! 쿠쿠쿠쿵!

모든 것이 강서준 쪽이 유리했다.

이변 없는 전투가 속절없이 이어지고, 꽤 많은 칸을 이동했다고 여겼을 즈음이었다.

허공에서 갑자기 지상수가 나타나더니 큰 목소리로 말했다.

"모두 도망쳐요!"

"뭐야?"

"자이언트 스펙터라고요!"

얼마 안 있어 정면에서 소름 끼치는 울음이 들려왔다. 바람에 흩날린 땀방울이 얼어붙을 정도로 차가운 한기가 휘몰아쳤다.

심연을 머금은 눈동자.

거대한 유령 한 구가 하늘에서 강림하듯 나타났다.

[히든 E구역 보스 몬스터, '자이언트 스펙터'가 등장했습니다.]

스펙터를 너무 많이 때려잡은 걸까. 갑작스런 히든 중간 보스의 등장에 일행은 그저 침을 삼켰다.

"저놈······ 못해도 진짜 이깨비급이에요! 역무원은 쨉도 안될 거라고요. E급 충간보스급일 겁니다!"

지상수의 깨방정에 오대수나 장기용의 얼굴에도 그늘이 졌다. 당장 느껴지는 몬스터의 위압감을 생각해 보면 충분히 두려울 법했다.

강서준은 저도 모르게 소름이 끼치는 팔뚝을 내려다보며 호흡을 정돈했다.

"다들 준비해요. 이대로 돌파할 거니까."

최하나는 예의상 물어봤다.

"도와드릴까요?"

"아뇨. 그냥 멀리 떨어져 있어요."

양보할 생각 없으니까요.

[아이템 '관종의 반지'를 발동합니다.]
[근처에 아군이 없습니다. 체력이 20 상승합니다.]

⬥

최하나는 일행을 데리고 뒤로 물러났다. 지상수는 혼자 전장으로 나서는 강서준을 보면서 나지막이 의문을 품었다.

"뭐야, 서준이 형 혼자 싸운다고? 안 도와줘도 돼요?"

"그렇다는데."

"아니…… 진짜 다들 뭘 모르나 본데. 저 형 지금 레벨이—."

쿠우우웅!

앞에서 엄청난 굉음이 터지면서 걸레짝이 되도록 얻어맞은 자이언트 스펙터가 있었다. 본래 레벨을 몰랐더라면 자이언트 스펙터가 고작 새끼 도깨비급이라고 착각할 정도의 장면일 것이다.

최하나는 말했다.

"음…… 서준 씨 레벨은 아마 저렙이 맞을걸. 아직 선택의 미로를 빠져나온 지도 며칠 안 됐으니까."

하지만 지상수는 여전히 정면을 응시하면서 믿을 수 없다는 듯 중얼거렸다.

"대체 어디가요……?"

쿠우우우우웅!

D-5, 도깨비

열차의 앞 칸.

푹신한 시트 위에 다리를 올리고 피처럼 붉은 와인을 소주처럼 벌컥벌컥 마시는 사내가 있었다.

그의 앞으로 활성화된 건 홀로그램.

누군가가 서로 치고 박고 싸우는 영상이었다.

"그렇지! 좋아! 가! 가라!"

남자의 목소리는 점차 크기를 키워 갔고, 높아지는 언성만큼이나 영상은 끝을 향해 치달았다.

치열한 전투.

단검을 쥔 여자가 도끼를 쥔 남성을 상대로 박빙의 승부를 벌이고 있었다. 전투 스킬은 발휘되지 않는, 순수한 무력의 격돌은 당장 스크린을 뚫어져라 쳐다보는 남자에게 화려한 볼거리를 제공하고 있었다.

마침 영상 속에서 힘에 밀린 여자를 향해 도끼가 푹, 내리 찍히려는 순간이었다.

푸쉬이익!

문을 열고 종종걸음으로 걸어오는 도깨비 한 마리가 있었 다.

머리에 달린 뿔만 세 개. 삼깨비 라이칸은 정중하게 한쪽 무릎을 굽혔다.

"보고."

"뭐야, 나 바빠."

"보고드립니다. 화, 확인을……."

하지만 잭은 영상을 보는 것에만 집중했다. 그저 시야를 가린 두터운 라이칸의 근육이 거슬렸던 그는 발끝으로 도깨 비의 가슴을 툭툭 밀었다.

"야, 비켜. 안 보이잖아."

라이칸은 말없이 물러났다.

잭은 그제야 화면이 제대로 보인다며 씨익 웃었지만, 영상 의 말미를 보며 얼굴을 종잇장처럼 구겼다.

영상은 여자가 찰나의 틈을 비집고 남자의 목에 단검을 찔 러 넣고 있었다.

부들부들 떨면서 쓰러지는 남자. 꽂아 넣었던 단검을 여자가 다시 뽑아 들면서 영상은 끝났다.

동시에 열차는 정적에 휩싸였다.

"에이, 벌써 죽었어?"

잭은 신경질적으로 들고 있던 와인을 던져 버렸다. 공교롭게도 와인은 라이칸의 머리에 맞아서 깨졌고, 촤르륵 도깨비의 몸을 적셨다.

잭은 성난 목소리로 말했다.

"너 때문에 졌잖아? 어떻게 책임질래?"

"……."

"흥만 식었잖아!"

잔뜩 욕지거리를 내뱉던 잭을 라이칸은 묵묵히 기다렸다. 짜증을 일삼던 잭이 기세를 조금 줄였을 때야, 라이칸이 다시 고개를 들었다.

"보고를……. 확인 부, 부탁."

"뭐야?"

다시 잭의 눈초리로 신경질적인 기운이 감돌았다. 마침 내기에서 져서 화풀이할 대상이 필요했던 잭은 라이칸을 보면서 입꼬리를 씩 올렸다.

말투는 퍽 화가 난 것만 같았다.

"너 일 제대로 안 해? 특이 사항 생기면 바로 보고를 해야지. 여태 뭐 했어?"

잭은 라이칸의 볼을 툭툭 쳤다. 순간적으로 도깨비의 눈에 불꽃이 일렁이면서 살기가 차올랐지만 그건 바람 위의 등불처럼 순식간에 꺼졌다.

이유는 있었다.

잭의 얼굴에 쓴 아이템.

도깨비감투.

모든 도깨비를 종속시키고 부릴 수 있는 무소불위의 아이템이 있는 한, 도깨비는 잭에게 반항할 수 없었다.

"그래, 쓸모없는 도깨비야. 보고할 게 뭐냐?"

잔뜩 화를 풀던 잭이 도리어 본인이 지쳐 묻자, 라이칸은 그제야 주섬주섬 보따리를 풀었다.

라이칸이 말했다.

"일깨비가 다, 당했습니다."

"일깨비?"

"F."

잭은 곰곰이 생각하다 뭔가 떠올랐다는 듯 손가락을 튕겼다.

"아, 그 역무원?"

기억이 난다. 그나마 일 처리가 빨라서 F구역으로 파견 보냈던 도깨비 한 마리.

안쪽의 영혼은 인간이었지만, 그까짓 건 중요하지 않았다.

"근데 걔가 죽었어?"

잭의 미간이 곡선을 그렸다.

역무원을 연임할 정도의 일깨비라면 그 수준이 가히 '이깨비'에 다다를 텐데.

　그 정도를 이길 존재가 서울에 있던가? 잭이 의심스러운 눈초리를 보내자 라이칸이 확답했다.

　"주, 주, 죽었습니다."

　이 정도까지 확신하는 걸 보면 뭔가 있긴 한 모양. 잭은 약간 흥미가 동한 듯 움츠러든 라이칸을 응시했다.

　사실 이놈을 보고 있다고 답은 안 나온다. 이 던전의 보스 몬스터인 주제에 지능은 어린애보다 못해서, 화풀이 대상 그 이상의 쓸모는 없는 놈이니까.

　"흐음…… 어디 한번 확인해 볼까."

　잭은 종전에 보던 홀로그램을 조작하기 시작했다. 곧 이 던전의 모든 구역이 CCTV로 찍은 것처럼 그곳에 비춰지고 있었다.

　그가 확인한 영상은 F구역의 모습.

　일깨비를 상대로 전투를 벌이는 장면이었다.

　"……진짜네."

　그때 미간을 좁힌 잭의 눈에 한 사람이 보였다. 잭은 CCTV 영상을 확대해 보고, 깜짝 놀랐다.

　아니, 어떻게 이럴 수가 있지?

　"최하나라고?"

　재밌는 장난감이라도 발견한 그 표정 속에는 해소할 수 없는 갈증과, 끊임없이 밀려오는 욕망 같은 게 덕지덕지 달라붙었다.

잭은 싱그럽게 웃으면서 말했다.

"진짜 아이돌 최하나야?"

여전히 고개를 숙인 채 부복한 삼깨비 라이칸과, 그 앞에서 침을 흘리며 더러운 욕망을 드러낸 잭.

이후로 도깨비들에게 한 가지 명령이 하달되었다.

[침입자를 잡아라. 여자는 반드시 사로잡되, 다른 이들은 죽여라.]

열차 전역으로 퍼져 나간 명령에 모든 도깨비들이 몸을 부르르 떨었다.

＊＊＊

덜컹!

강서준은 D구역에서도 안전 구역인 D-5칸으로 바로 진입할 수 있는 연결 지점을 내려다봤다.

이곳이 바로 놈들의 암시장이란 곳.

지름길이란 말이 썩 어울리게 손쉽게 여기까지 도달한 기분이었다.

정말 다른 상인들처럼 '스펙터'를 피할 수 있는 대책만 갖고 있었다면 더더욱 쉽게 도착했는지도 모르는 일이었다.

물론 '시간'이 허락하지 않아서 그랬지, 이처럼 사냥을 하고 오는 것도 그에겐 썩 나쁜 경험은 아니었지만.

'그나저나 저곳까진 안 가서 다행이네.'

한편 강서준은 아래로 내려가기 직전, 히든 구역을 좀 더 자세히 둘러봤다. D구역 지붕 위에도 마련된 특유의 히든 구역.

그곳에서 어마어마한 마력이 진동하고 있었다.

'괴물이군.'

직접 보지 않아도 열차 지붕 위로 놈의 수준을 알 법했다.

마찬가지로 이 던전의 보스 몬스터도 어느 정도인지 대충 예상할 수 있는 부분이었다.

'더럽게 강해.'

강서준은 고개를 저어 잡념을 털어 냈다. 아직 나타나지도 않은 보스 몬스터를 걱정해 봐야 별수 없었다.

당장 눈앞의 일에 집중하는 게 이로웠다.

그는 일단 정비를 마치기로 했다.

"상수의 말대로라면 이 앞 칸부터는 가면을 착용해야 해요. 의심받지 않으려면 우리도 가면을 쓸 필요가 있죠."

마침 도깨비 보따리엔 세 개의 가면이 있었다.

장기용은 고개를 갸웃하며 물었다.

"가면이 부족하잖아요."

사람의 숫자는 다섯 명.

가면의 숫자는 세 개.

일행의 시선이 지상수에게 닿자, 그는 서서히 먹으로 지우듯 흐릿한 존재감을 남기며 시야에서 사라졌다.

신기루 같은 스킬을 쓸 수 있는 자.

애초에 그는 가면이 필요하지 않았다.

"따라갈게요."

"그래."

허공에서 들린 목소리에 장기용이 화들짝 놀란 눈치였다. 반면 강서준은 전보다 더 선명하게 지상수의 기척을 쫓을 수 있었다.

[스킬, '류안(A)'를 발동합니다.]

주변에서 가장 이질적인 흐름을 가진 곳, 그곳을 살펴보면 지상수의 윤곽이 흐릿하게 보였다.

'1에서는 이 정도로 보이는 수준은 아니었는데.'

고작 몬스터의 몸속에 있는 마력의 흐름을 파악해서 '약점'을 아는 정도. 하지만 2에선 훨씬 더 수월하게 주변을 파악할 수 있었다.

'스킬 등급의 차이인지…… 현실이라 그런 건지.'

어쩌면 두 가지 전부일지도 모른다.

적어도 강서준은 드림 사이드 1에 비해서 '류안'의 성장 속도는 가히 미쳤다고 해도 과언이 아니었으니까.

'하기야 내가 선택의 미로에서 얼마나 혹사시켰는데.'

그곳처럼 마력이 폭주하는 곳은 보기 드물었다. 이처럼 강서준이 선택의 미로를 좀 더 늦게 탈출한 데에는 이런 저변의 이유도 몇 개 더 있었던 것이다.

장기용은 어깨를 으쓱이며 다시 말했다.

"그래도 가면이 부족하잖아요."

남아 있는 사람은 최하나. 하지만 강서준은 그녀에게 오히려 가면을 씌우질 않았다.

이것도 다 이유가 있었다.

"들어가죠."

모든 준비를 마친 일행은 문을 열고 D-5구역으로 넘어갔다. 그리고 바로 보이는 곳은 솔직히 예상하지 못했던 정경이었다.

'······혹시 문에 포탈이라도 달았나.'

안전 구역은 무려 4층으로 구성되어 있었다. 단순히 열차의 고급 칸 정도로 생각했던 강서준의 상상을 초월할 정도의 규모였다.

오대수가 침음을 삼키며 말했다.

"여긴······ 유명 카지노 같아요."

정선에 있을 법한 분위기의 카지노를 어떻게 열차 속에 넣어 놨을까. 하지만 이런 식으로 따지고 들어가면 끝도 없을 것이다.

던전의 메커니즘. 게임으로 구현된 이 공간을 솔직히 어찌 과학적으로 설명할까.

강서준은 잡념을 털어 내며 사람들을 둘러봤다. 생각보다 많은 사람들이 삼삼오오 모여 얘기를 나누고 있었다.

허공에서 지상수가 말을 덧붙였다.

"아시다시피 이곳엔 경매가 벌어져요. 송 씨는 그곳에 물건을 납품할 상인이었고요."

강서준은 그들에게 다가오는 일련의 도깨비를 보았다. 누가 D급 구역이 아니랄까 봐, 웨이터처럼 차려입은 도깨비는 뿔이 무려 두 개였다.

이깨비.

놈은 꽤 훌륭한 발음으로 말했다.

"소개장을 제시해 주시겠습니까?"

역시 내면은 사람인가. 말투조차 몬스터답지 않게 유창하게 독특했다.

하기야, 안전 구역에 몬스터가 있을 리가 없지. 이놈은 몬스터의 탈을 쓴 인간이었다.

"상인이신가요? 어떤 물건을 납품하실 거죠?"

강서준은 은근슬쩍 이깨비의 귓가에 다가가 속삭였다. 그 말을 들은 이깨비가 눈을 크게 뜨며 놀란다.

"호오…… 그게 정말입니까?"

이깨비의 눈초리가 빠르게 강서준의 뒤편에 선 최하나를 훑었다. 일부러 모자를 쓰게 해서 당장 얼굴은 가려 놨지만, 실루엣 자체만으로 빛이 나는 그녀였다.

이깨비는 미간을 좁히며 물었다.

"물건을 확인해 볼 수 있겠습니까?"

"그럼, 당연하지."

강서준은 은근슬쩍 모자를 들춰 최하나의 얼굴을 보여 줬다. 역시 아이돌 가수. 오래 씻지 못해서 떼가 낀 상태에서도 백옥 같은 피부였다.

이깨비는 고개를 주억거리며 말했다.

"확실하군요."

한데 어째 콧김을 내뱉는 게 약간 흥분한 것 같다. 놈은 이글거리는 눈으로 강서준을 응시했다.

그게 썩 이상했지만 일단 모른 척 넘어가기로 했다.

"따로 마련된 장소로 가시겠습니까?"

"좋아."

강서준은 고개를 끄덕이며 이깨비가 이끄는 대로 움직였다.

한쪽에 마련된 통로는 카지노의 뒤편으로 이어져 있었다.

내부엔 밖에선 잘 보이지 않던 수많은 도깨비가 각종 무거운 짐들을 나르고 있었다.

음식부터 아이템, 어쩌면 경매장에 납품될 것들.

종종 철창에 갇힌 몬스터도 있었다.

'살다 살다 오크를 사고파는 장면을 보게 되는군.'

저런 흉악한 걸 상품으로 내놓는 걸 보면, 또 사는 놈이 있다는 것이다. 역시 세상일은 알다가도 모르는 일.

강서준은 줄지어서 나오는 '오크 종족'의 행렬에 혀를 내둘렀다. 어디서 튀어나온 놈들인지는 몰라도 운 하나는 더럽게도 없는 놈들이다.

기껏 던전을 빠져나온 주제에, 고작 테마 던전 속 철창에 갇혀서 이송되는 신세라니.

강서준은 미간을 구기며 그쪽을 일별했다.

몬스터 따위의 운명이 중요한 건 아니었다.

때마침 그들의 정면으로 줄줄이 소시지처럼 끌려오는 사람들이 있었다.

"그어어어억!"

"그어억!"

도깨비들의 갖은 핍박 속에서 걸어오는 사람들.

침을 흘리고, 눈은 희게 물들었다.

이면 계약에 의해, 이지를 상실한 누군가의 신체였다.

강서준은 원하는 곳으로 제대로 찾아온 것이다.

그리고 그때.

오대수가 화들짝 놀라며 강서준의 옷깃을 잡아당겼다. 왜 그런지 의문이 생길 즈음, 강서준은 보고야 말았다.

"똑바로 안 걸어?"

살아 있는지, 아닌 건지. 비틀대면서 무리의 끝자락에서 질질 끌려가는 사내.

하지만 불안한 듯 눈동자를 이리저리 굴리는 게 보였다. 그는 다른 이들과 다르게 의식이 있었다.

당연했다.

'……공지원?'

반주역의 생존자로, 스켈레톤 사냥까지 함께했던 남자.

어떻게 그가 여기에 있을까.

강서준이 한참을 그쪽을 응시하고 있으니, 이깨비가 호기심을 갖고 물었다.

"관심이 있으십니까?"

"……조금 흥미가 있군. 저건 얼마 정도나 하지?"

"경매장에 납품될 녀석들입니다. 부르는 게 값이죠."

질질 끌려가는 모습은 점점 멀어졌지만 강서준을 비롯한 일행은 어떠한 행동에도 나서지 않았다.

몸을 바르르 떠는 오대수도 매한가지였다.

'……조금만 더 버텨 주세요.'

아직은 때가 아니었다.

그들이 왜 상인인 척하고 여기까지 들어왔겠는가.

구태여 '최하나'를 상품 취급하며 잠입했겠는가.

모두 작전이었다.

여기서 대뜸 뒤엎으려고 시작한 작전은 아니었다.

하지만 그 인내도 무색하게.

이미 모든 게 발각된 상태라는 걸 알게 된 건 그로부터 머지않은 미래의 일이었다.

⚜

"달리는 유령 열차는 본래 코볼트들이 등장하는 던전이었어요."

때는 아직 D-5칸으로 넘어가기 전이었다. 지상수는 못다 한 정보를 토해 내듯 조심스레 말했다.

"도깨비는 코볼트들을 밀어내고 이 던전을 차지한 거죠."

"그걸 왜 이제야 알려 줘?"

"안 물어보셨잖아요."

강서준이 미간을 좁히며 그를 바라보자 지상수는 어깨를 으쓱할 뿐이었다. 옆에서 듣고 있던 오대수는 의문을 품고 물었다.

"근데 그게 가능한가요? 원래 던전의 주인인 코볼트를 밀어내고 다른 몬스터가 던전을 차지한다는 게."

"이론상 가능해요. 보스 몬스터가 죽기 전에 놈의 일부를 다른 몬스터가 먹으면 그 권한이 이어지니까."

하지만 이런 경우는 상급 던전에서나 벌어질 법한 일이다.

던전 보스를 삼킨다는 행동 자체는 몬스터에게 그만한 지능이 있어야 가능한 일이니까.

'몬스터끼리 싸우지 않는 건 암묵적으로 정해진 불문율이야. 그런데 서로 공격하는 것도 모자라, 던전을 빼앗았다고?'

드림 사이드는 몬스터끼리 서로 공격하지 않는다는 보이지 않는 규칙이 존재했다.

그리고 그건 지능이 없는 하급 몬스터는 당연히 깨뜨리지 않았으며, 상급 몬스터조차 암묵적으로 지키기 마련이었다.

'그래. 특별한 계기가 없는 한 벌어지지 않는 일이야.'

드림 사이드가 게임이었기에 단언한다. 몬스터는 '플레이어'라는 공동의 적을 없애는 걸 최우선할 뿐이다.

그런데도 던전을 빼앗았다고?

그것도 도깨비가?

강서준은 그제야 원인을 알 수 있었다.

"또 컴퍼니였군."

"맞아요. 이 던전은 컴퍼니의 소유입니다."

코볼트의 일반 던전에 불과하던 이곳은 컴퍼니의 개입으로 인해 도깨비가 출몰하는 테마 던전이 된 셈이다.

결국 이 모든 것들이 인위적으로 벌어진 일이라는 건데…….

강서준은 짜증 섞인 한숨을 뱉었다.

이래서 컴퍼니는 절멸시켜야 한다.

놈들과 엮여서 좋은 꼴은 본 적이 없다.

"컴퍼니는 이 던전을 활용해서 그들의 아이템을 수급하고 있어요. 일종의 보급책인 셈이죠. 형이 말한 일수꾼이니, 이면 계약은 그저 놈들이 버젓이 저지르는 범죄 행각 중 일부에 불과할 거예요."

특히 최근엔 D급으로의 승격을 해내서 놈들의 사업 규모가 더 커졌다고 했다. 이곳에서 벌써 3회 차로 벌어진 경매가 그 증거였다.

"이곳은 서울의 암시장이에요. 더러운 욕망이 필터링 없이 그대로 배출되는 장소라고요."

사람을 사고파는 일은 예삿일이 아니었다. 이지를 상실한 누군가의 몸, 빼앗긴 아이들의 신체, 버젓이 제정신인 사람조차 구속해서 팔았다.

그중 단연 으뜸이 되는 건, 바로 '경매장'이었다.

없는 게 아니라면 죄다 가져다 파는 것이다. 설령 더럽고 추악한 배신으로 점철된 누군가의 유품조차도.

"그것도 제 이름을 걸고 말이죠."

울분을 쏟은 지상수를 뒤로하고 강서준은 경매장으로 향하는 문을 바라봤다. 많은 생각이 스치고 지나갔다.

"경매장이라……."

그것이 지상수에게 들은 이동 던전 '달리는 유령열차'의 비사였다.

◈◈◈

이깨비의 뒤를 따라 도착한 곳은 거대한 홀이었다. 홀의 중앙에 짐승을 가둬 두기 편한, 쇠로 된 감옥이 있었다.

어디선가 아릿한 혈향이 느껴지는 곳.

섬뜩한 기운이 아스라이 걸려 있는 분위기 속에서 이깨비가 차갑게 웃으면서 말했다.

"특별한 손님을 위해 마련된 공간입니다."

"특별한 손님이라……."

강서준은 별안간 류안을 발동시키며 헛웃음을 지었다. 안 보이던 것들도 훤히 보이니, 놈들의 생각도 쉽게 보였다.

F-5구역의 상인들부터 이놈의 던전은 뭐가 이렇게 눈치가 빠른 건지.

"쯧…… 이럴 거면 처음부터 알려 달란 말이야. 왜 자꾸 귀찮게 연기를 하게 만들어?"

강서준은 혀를 차면서 바로 최하나의 손을 묶어 뒀던 수갑을 부숴 버렸다. 강서준의 돌발 행동에 장기용을 비롯한 일행이 깜짝 놀란 목소리를 냈다.

"어엇?"

하지만 곧, 눈에 띄게 변하는 주변의 분위기에 입을 꾹 닫았다.

허공에서 서서히 모습을 드러낸 지상수는 각자 무기를 쥐
며 정비를 시작한 일행을 돌아보며 말했다.

"나가는 문이 막혔어요. 처음부터 함정이었나 봐요."

강서준은 미간을 좁히며 주변을 둘러봤다. 어두운 공동
너머로 몇몇의 도깨비들이 살기를 품고 모습을 드러내고 있
었다.

지상수가 물었다.

"언제부터 들통났던 걸까요?"

"글쎄. 솔직히 우리가 워낙 티가 나긴 했던 편이라."

강서준은 가볍게 혀를 찼다. 사실 처음부터 어느 정도 위
험은 감수해야 할 일이라는 건 알고 있었다.

그들은 이곳에 대해서 아는 게 없어도 너무 없었으니까.

요일마다 특별한 암구호를 지정해서 서로를 구분하는 놈
들이었고, 그조차 주기적으로 달마다 바꿀 정도로 철저하게
감추는 것이 이곳의 룰이었다.

경매장에서도 따로 준비한 게 없을 리가 없었다.

그럼에도 강서준은 강행했을 뿐이다.

'시간이 없었으니까.'

놈들의 목적을 아는 한 좋은 상황이 나타나길 기다릴 여유
는 없었다. 또한 영혼이 언제까지 버텨 줄지도 모르는 일인
데, 천천히 일을 진행시킬 수는 없었다.

강서준은 어깨를 으쓱이며 말했다.

"어쨌든 다른 사람들은 없는 놈들만의 공간으로 들어왔어요. 지금도 아주 나쁜 상황은 아닙니다. 얼른 해치우고 이동하죠."

가능했다면 놈들 몰래 더 많은 일을 할 수 있었으면 좋았을 것이다. 하지만 모든 여건이 부족한 상황에서 그 이상을 바라는 건 사치.

강서준은 나지막이 이깨비와 서서히 모습을 드러내는 도깨비를 응시하며 말했다.

"그러니까, 이번엔 번거롭게 굴지 말고 한 번에 덤벼라. 알겠지?"

"인간…… 오만하군."

강서준은 점차 그들을 중심으로 사방에서 모습을 드러내는 일깨비를 바라봤다. 숫자만 대략 수십.

방망이를 휘두르며 으르렁댔다.

그리고 갑자기 몸을 풍선처럼 부풀리더니 3m는 될 법한 크기로 강서준을 내려다보며 말했다.

"그 오만이 너를 죽일 것이다!"

동시에 노도와 같은 기세로 떨어지는 이깨비의 주먹.

콰앙!

하지만 내리쳐진 거대한 주먹은 강서준의 한 뼘 앞에서 부들부들 떨리면서 멈춰 섰다.

막아 낸 건 강서준의 오른손이었다.

"내 생각도 같아. 너도 오만해서 죽을걸."

쾅아아아앙!

강서준이 내지른 일격에 이깨비는 멀리 날아가 벽에 부딪치고 말았다. 무수한 돌가루를 흩날리며 쓰러진 이깨비가 힘겹게 몸을 일으켰다.

"너…… 어떻게 인간 주제에 벌써 마력을 주먹에!"

"너도 하는 걸, 내가 못 하겠냐."

강서준은 몸을 풀면서 한 발짝 앞으로 걸어갔다. 이깨비는 이를 악물고 주변을 둘러보더니 외쳤다.

"모, 모두 덮쳐!"

우어어어어!

일깨비들이 내지른 함성이 거대한 홀을 뒤흔들었다. 살 떨리는 소음 속에서 강서준은 피식 웃었다.

그의 시선엔 어떤 물약의 마개를 열고 시원하게 원샷을 때리는 한 여자가 걸리고 있었다.

"근데 너희들은 우리에 대해서 자세히는 모르나 봐?"

"……뭐?"

"고작 일깨비를 데려온 걸 보면."

일깨비들이 벌 떼처럼 뭉쳐 우르르 달려왔다. 펄쩍 높이 뛰어 방망이를 휘두르는 놈부터 전력 질주로 몸통 박치기를 하려는 놈들까지.

모두 눈에 혈안이 되어 죽이고자 하는 살기만 가득했다.

하지만.

타당탕탕탕! 타앙! 탕!

순식간에 일행의 주변으로 마탄이 폭풍처럼 휘몰아쳤다. 전보다 훨씬 강화된 그녀의 마탄은 닿는 즉시 연쇄 폭발을 일으키며 일깨비들을 차례로 토벌했다.

"우리도 슬슬 끝내 보자고."

바로 이깨비의 앞으로 접근한 강서준은 주먹을 휘둘러, 이깨비를 또 한 번 날려 버렸다.

두 대를 두드려 맞으니 3m처럼 커졌던 몸뚱아리는 바람 빠진 풍선처럼 쪼그라들었다.

볼썽사납게 바닥을 구른 이깨비가 이빨 빠진 얼굴로 말했다.

"이, 인간…… 대체 정체가 뭐냐!"

"알아서 뭐 하게?"

"뭐, 뭣?"

"피차 번거로울 것도 없다니까."

어느덧 일깨비 무리를 상대로 드잡이를 끝낸 최하나가 아직 열기가 가시지 않은 얼굴로 다가와 말했다.

"걔 제가 잡아도 돼요?"

"안 돼요."

"아직 체력이 많이 남았는데……."

"그럼 저쪽 벽이나 부숴 봐요."

"아하."

최하나는 금세 이동하더니, 막혀 버린 문을 향해 무수한 마탄을 발사해 댔다. 포션의 성능이 다 떨어지기 직전까지 그녀의 마탄은 문을 너덜너덜하게 만들고 결국 부숴 버리기까지 했다.

이를 본 이깨비의 안색이 새파랗게 질렸다.

"어떻게 저 문을……."

강서준은 어깨를 으쓱이며 슬금슬금 도망가려던 이깨비의 뿔을 손에 꽉 쥐고서 말했다.

"어디 가니?"

"인간…… 아니, 선생님. 살려 주십쇼."

강서준은 눈을 가늘게 뜨며 이깨비를 내려다봤다. 자꾸 인간, 인간 하길래 사람이었던 기억을 잃은 놈인 줄 알았는데. 단순히 컨셉충이었나?

놈의 눈동자에서 선명하게 박힌 두려움을 보면서 강서준이 씨익 미소를 지었다.

"저는 사실 사람입니다요. 나쁜 놈들에게 속아서 이렇게 도깨비가 되었죠."

"……정말?"

"네! 전 진짜 아무 잘못이 없습니다. 시킨 대로 움직인 죄밖에 없어요."

이깨비는 간곡한 말투로 말을 이었다.

"믿기 어려우시겠지만 전 사실 플레이어입니다! 잭에게 속아서 이렇게 도깨비의 몸속에 갇힌…… 하는 수없이 말을 따를 수밖에 없던 거죠. 네! 그런 겁니다!"

"아, 그래?"

빠각!

강서준은 가차 없이 이깨비의 뿔 하나를 꺾어 버렸다. 도깨비에게 있어 뿔은 급소와도 같은 곳. 놈은 자지러지게 비명을 지르며 괴로워했다.

"으아아악! 왜, 왜! 전 사람인데!"

"알아. 사람인 거."

처음부터 알고 있었다.

이곳은 D-5, 안전 구역.

몬스터가 어떻게 이곳으로 들어오겠어. 버젓이 움직이는 놈들은 전부 도깨비로 변한 플레이어뿐이다.

"근데 피해자 코스프레는 좀 아니지 않냐?"

도깨비의 몸을 차지하는 조건은 오직 하나, 존속살인.

해당 자격을 갖춰야만 도깨비가 될 수 있으니 당연히 이들 중 피해자가 있을 수는 없다.

"그니까 개수작 그만 부리고 내 질문에나 답하지 그래?"

강서준은 남은 뿔을 꽉 쥐면서 말했다. 이깨비는 공포에 질린 표정으로 강서준을 올려다봤다.

"질문에 답하면 살려 주시는 겁니까?"

"질문은 내가 해. 확 꺾어 주랴?"

"……."

"네 대답 여하에 따라서 널 어찌할지 생각해 볼 거야. 똑바로 대답하는 게 좋을걸?"

이깨비의 눈이 순간적으로 번쩍였다. 죽을 날만 보고 있던 사람이 희망을 발견한 것처럼 도깨비는 세차게 고개를 끄덕인다.

"계약서 어딨냐?"

"……네?"

"사람들 몸을 훔쳐 갔을 때 쓴 이면 계약서. 따로 보관하고 있잖아."

이깨비는 식은땀을 흘리며 답했다.

"저도 잘 모릅…… 아아! 생각해 보니 기억이 납니다! 아, 그랬죠! 확실히 기억이 나요!"

강서준이 한쪽 주먹을 꽉 쥐고 들어 올리자 딸려 올라온 도깨비가 몸을 떨면서 열심히 말을 이었다.

"보스요! 보스가 갖고 있어요!"

"여기 던전 보스?"

"아뇨, 아뇨, 아뇨, 아뇨! 저희 도깨비들의 주인요!"

그 이후로 강서준은 이깨비한테 유익한 정보를 몇 가지 더 들을 수 있었다. 놈은 간이며 쓸개까지 꺼내 줄 것처럼 꽤 열

정적으로 알려 줬다.

"우리를 알아본 건 최하나 씨의 얼굴을 봤기 때문이고, 최하나 씨를 제외하고는 전부 죽이라는 명을 받았단 거지?"

"네, 넵. 그렇습니다. 저도 하기 싫었는데요. 그러라고 명령이 떨어진 건 따라야죠. 그게 직장인의 숙명이잖아요? 하핫."

강서준은 놈의 말 속에서 현재 이 던전에서 벌어지는 모든 일의 원인에 대해서 얼추 파악할 수 있었다.

어쩐지 도깨비더라니.

문득 시선을 마주친 지상수가 고개를 절레절레 저으며 말했다.

"도깨비감투네요."

"……하, 별걸 다 섭종 보상으로 가져오고 있네."

도깨비감투.

모든 도깨비를 조종하고 강제할 수 있는 특별한 아이템. 사용 조건이 대단히 까다롭고 여러모로 제약도 많아 썩 좋은 아이템은 아니었는데.

조건만 갖춰진다면 이보다 특이한 아이템은 또 없었다. 지상수는 곰곰이 생각하더니 말했다.

"얼추 아이들을 구할 방법을 알겠네요."

"응. 그러려면 너의 도움이 필요하겠어."

"걱정 마세요, 그건 제 전문이니까. 하지만 그 이외에는 제가 할 수 있는 건 없어요. 알죠?"

"알지."

"그리고 이걸로 제가 진 빚은 모두 퉁 치는 걸로 하는 것
도 역시."

"알겠다고."

약간 신경질적으로 대답한 강서준은 다시 이깨비에게 시
선을 돌렸다. 놈은 모든 답을 성실하게 말한 만큼, 애처로운
시선 속에서 미약한 희망을 품고 있었다.

강서준은 놈을 향해 싱긋 웃어 주었다.

"대답 고마웠다."

빠각!

나머지 뿔까지 두 동강 내자, 놈은 다시 괴로운 비명을 지
르며 울컥 피를 토해 버렸다. 이깨비는 원한에 찬 눈으로 강
서준을 바라봤다.

"대체 왜! 왜! 전부 말해 줬잖아!"

이에 답했다.

"응. 그래서 정상참작해 주잖아."

"뭐?"

"원래 고통스럽게 죽이려 했는데, 특별히 아프지 않게 보
내 준다고."

"……생각해 본다며!"

"응. 이게 생각해 본 결과야."

강서준이 주먹을 말아 쥐고 마력을 그 위에 덮어씌웠다.

이깨비가 분노에 찬 함성과 함께 주먹을 휘두르려고 했지만, 뿔을 두 개나 잃어버린 도깨비의 물주먹은 무서울 게 없었다.

"이 사기꾼 새끼……!"

콰아아아앙!

머리가 통째로 터져 나가면서 이깨비는 단번에 힘을 잃고 앞으로 쓰러졌다. 부풀었던 몸통에서 흰 연기가 쇄아악 빠져나가면서 더는 도깨비가 숨을 내뱉는 일은 없었다.

[플레이어 '배일구'를 처치했습니다!]

[레벨이 올랐습니다!]

상인은 상인답게

"미리 말하지만 지금의 전 D급 던전의 보스를 이기지 못해요."

이깨비를 쓰러트린 강서준이 대뜸 내뱉은 말이었다. 일행은 말도 안 된다는 눈으로 그를 바라봤다.

"……농담이시죠?"

"아뇨, 진짜입니다. 전 아직 D급 보스를 상대할 정도로 강하지 않아요."

D급 보스의 수준은 최소 레벨 120 언저리 수준이었다. 그리고 강서준의 현재 수준은 스텟을 최대한 끌어당겨도 겨우 120을 넘긴 상태.

하물며 상대는 아마도 '삼깨비'로 추정된다. 지금까지의 등장 패턴을 보면 확실할 것이다.

'삼깨비는 강해.'

강서준이 조금 레벨이 높다고 해도 쉽게 이기기 어려운 난 적이었다. 그런 상대를 두고 불리한 게임을 시작할 수는 없는 노릇이었다.

오대수가 머리를 긁적이며 되물었다.

"지난번에 D급의 보스 몬스터인 본디시를 잡으셨잖아요."

던전 브레이크를 통해 업그레이드된 D급 보스 본디시. 그놈을 말하는 것이다.

강서준은 어깨를 으쓱이며 답했다.

"본디시는 숨 고르기로 들어간 상태였죠. D급으로 진화한 지 얼마 안 된 놈이라 진짜 D급 보스라고 하기에도 애매합니다."

하지만 삼깨비는 진짜 D급의 보스 몬스터였다. 그 수준부터 차이가 어마어마할 것이다.

강서준은 어깨를 으쓱이며 말했다.

"그래서 전 여기서 팀을 나누고자 합니다."

"팀요?"

"네. 두 개로 나눠서 움직이도록 하죠."

강서준은 일행을 돌아보며 말을 이었다.

"결국 우리가 이 던전을 안전하게 벗어나려면 삼깨비를 쓰러트려야만 할 겁니다."

이 경매장의 흑막엔 '도깨비들의 왕'이란 놈이 있다. 그놈
이 바로 잭의 사칭범이었고, 컴퍼니의 일원이었다.

"놈은 도깨비감투를 가졌어요. 도깨비들의 절대 충성을
얻을 수 있는 특수한 아이템이죠."

사칭범을 상대하려면 이 던전의 도깨비를 상대로 싸워야
만 한다. 그중 '삼깨비'는 당연히 포함된다.

즉, 이 던전을 무사히 빠져나가려면 던전의 보스 몬스터를
상대해야 한다는 건 필연적이었다.

해서 작전이 필요했다.

오대수는 불안한 미래를 상상했는지 눈썹을 자르르 떨면
서 물었다.

"……그럼 어쩌죠?"

강서준은 몸을 풀면서 답했다.

"제게 방법이 있어요."

정비를 마친 일행은 두 팀으로 나눴다. 경매장 팀으로 낙
점된 오대수는 함께 걸어가는 지상수를 보면서 말했다.

"강서준 씨는 정말 괜찮을까?"

"……누가 누굴 걱정하는 거예요?"

"하지만 불가능이란 말은 처음 하시는 것 같아서. 사실 케

이 님이라면 뭐든 가능한 줄 알았거든."

"오해할 만해요. 저도 아까 서준이 형이 자이언트 스펙터를 쓰러트릴 때 소름 끼쳤으니까."

지상수는 앞서 걸어 나가면서 말을 이었다. 그는 허공을 휘저으며 뭔가를 확인하고 있었다.

인벤토리라도 보는 걸까?

"근데 서준이 형도 신은 아니죠. 고작 플레이어고, 레벨, 장비, 스킬…… 뭐든 딸리면 지는 겁니다. 당연한 얘기죠."

전투력이 부족하면 질 수밖에 없는 게 플레이어의 한계. 그건 케이라고 예외는 아닐 것이다.

"다만 서준이 형이 다른 점은 딱 하나죠. 대체 불가의 천상계 플레이어라는 것."

난공불락의 요새라고 할지라도 천상계 플레이어가 마음먹고 공략을 시작하면 결과는 알 수 없게 된다.

처음엔 안 되는 게임이라도.

두 번째, 세 번째엔…….

강서준은 어떻게든 난공불락의 요새를 뚫을 방법을 찾아낼 것이다. 이번에도 마찬가지였다.

당장 여건이 불가능하다고 해도 그는 파쇄법을 알아낼 것이다. 지상수는 지난 게임에서 케이가 보여 줬던 경이로운 플레이 기록을 믿었다.

오히려 어떤 창의적인 공략을 가져올지 기대가 됐다.

그는 오대수를 돌아보며 말했다.

"그러니 우리만 잘하면 돼요. 우리도 전장으로 들어가는
건 똑같으니까."

오대수는 기다란 복도 끝에 있는 문을 바라봤다.

경매장으로 향하는 문.

강서준이 언급한 첫 번째 조건을 달성하려면, 이곳에서 두
사람이 해낼 임무가 무척 중요했다.

지상수는 씨익 웃으면서 말했다.

"간만에 플렉스해 보자고요."

곧, 문을 열고 경매장으로 진입한 오대수는 진득하게 느껴
지는 술 냄새부터 온갖 산해진미가 가득한 식탁을 볼 수 있
었다.

빠져나온 곳의 근처엔 가면무도회라도 열린 것처럼 가면
을 쓴 사람들이 사방을 오가고 있었다.

서울에 이만한 숫자의 플레이어들이 한데 뭉친 풍경이라.

'……이들이 전부 경매장의 손님.'

물론 경매장의 손님이라고 모두 악인은 아닐 터였다. 인신
매매는 경매장의 한 과정일 뿐. 희귀한 아이템을 구하러 온
돈 많은 플레이어도 단순히 참여했을지도 모른다.

하지만 그렇다 해도…….

"뭐 해요? 안 가요?"

어느덧 지상수는 가까이에 있던 닭꼬치 하나를 들어 입에

물고 있었다. 그는 익숙한 듯 가면을 쓴 채로 사람들 사이를 활보했다.

오대수는 고개를 끄덕이며 그 뒤를 쫓았다. 그나마 가면을 쓰고 있어서 긴장한 얼굴이 안 보여서 다행이었다.

'그래. 다른 걸 생각할 때가 아니야.'

경매장으로 온 이유는 단 하나.

공지원을 비롯한 사람들을 구하기 위해서였다.

오대수는 각오를 다지면서 경매장이 펼쳐지는 곳에 다다를 수 있었다.

"아, 아, 마이크 테스트."

경매는 연회장의 가운데에서 슬슬 시작하고 있었다. 동그란 무대 위에서 이깨비가 마이크를 쥐고 말했다.

"다들 주목해 주시죠? 오늘의 메인~~ 이벤트! 한정 경매를 시작~~ 하겠습니다!"

환호와 함께 동그란 무대를 중심으로 수많은 사람이 모여들었다. 인파에 섞인 오대수는 지상수와 떨어지지 않기 위해 무던히도 노력했다.

"우선 각자 단말기를 확인해 주십시오. 경매 방법은 간단합니다. 원하는 상품이 나타났을 때, 단말기에 여러분이 지급할 수 있는 금액을 적어 주시면 됩니다."

오대수는 지나다니던 이깨비한테 받은 단말기를 내려다봤다. 고작 숫자와 엔터밖에 없는 조촐한 기계였지만, 경매를 하기엔 모자람이 없었다.

"그럼 한정 경매를 시작하겠습니다!"

이깨비의 신호에 맞추어 동그란 무대에 장치된 폭죽이 펑 터졌다. 무대를 제외하고 모든 조명이 꺼지면서 이목이 집중됐고, 그 가운데로 리프트가 올라오면서 첫 번째 상품이 나타났다.

"이 아이템으로 말하자면 오래된 고블린의 사원에서 힘겹게 구한 물건으로 예스러운 멋을 가진 모자……."

설명이 끝나기도 전에 지상수가 단말기에 금액을 입력했다. 동시에 시작된 경매에 이깨비가 잠시 당황했지만 순발력 있게 넘어갔다.

"호오? 조금 성급한 고객님이 오셨군요. 좋습니다, 100골드 나왔습니다. 다음 없습니까?"

어느덧 리프트가 멈추고 아이템의 모습이 드러났다. 레벨 90제의 아이템인 '고블린의 환상모자'는 사람들의 시선을 한 몸에 끌기 시작했다.

"200골드!"

"300골드!"

"500골드!"

순식간에 치솟는 금액.

이 시국에 경매장을 찾을 만큼 적당히 여유가 있는 사람들은 역시라는 말이 나올 정도로 거침없이 금액을 적어 냈다.

그리고 슬슬 아이템의 가치가 금액보다 떨어질 즈음이었다.

"1,001골드."

마지노선이던 1,000골드를 넘어서 지상수가 슬그머니 1,001골드를 제출했다. 사람들이 헛웃음을 짓는 사이, 1,000골드를 제시했던 이가 1,100골드를 입력했다.

"1,101골드."

장난하는 것도 아니고.

지상수의 베팅에 1,100골드를 입력한 이는 찌그러진 맥주캔 같은 얼굴을 했다.

"1,500골드!"

이미 아이템의 가치는 훨씬 뛰어넘은 상태. 이대로 구매해도 손해가 클 테지만 상인은 오기로라도 가격을 높이고 있었다.

하지만.

"1,501골드."

여지없이 따라붙은 지상수는 결국 아이템을 낙찰받아 냈다.

"1,501골드 낙찰되었습니다!"

이후로 비슷한 상황은 계속 이어졌다. 브레이크가 없는 열차처럼 지상수는 모든 아이템을 낙찰받기 시작한 것이다.

"2,001골드."

"4,501골드."

"3,071골드."

수번이나 상황이 반복되자 사람들의 불만이 터져 나오기 시작했다. 옆에 있던 오대수도 당황하며 지상수에게 귓속말로 물었다.

"우리 계획은 이게 아니잖아. 팔려 나가는 사람들만 구매하면 되는 거였는데…… 이러면 너무 시선을 끌지 않겠어?"

경매장에서 '사람들'을 낙찰받아 이면 계약서를 얻어 내는 것. 그게 강서준이 말한 첫 번째 계획이었다.

지상수는 피식 웃으면서 답했다.

"플렉스하자고 했잖아요. 걱정 말아요, 계획은 그대로 진행할 겁니다. 다만 저만의 방식으로요."

"너만의 방식?"

"전 상인입니다. 상인은 신뢰가 모든 것이죠. 감히 제 이름을 갖고 장난을 치는 놈들을 그대로 둘 수는 없잖아요?"

"어차피 넌 랭커들 뒤통수를 쳐서 신뢰고 뭐고……."

"어쨌든요."

오대수가 걱정스러운 눈으로 바라봤다.

"무얼 하려는지는 몰라도 괜찮겠어? 지금 네가 지불해야 할 금액만 10만 골드가 넘을 텐데. 공수표가 들키면 그래도 쫓겨날 거야."

10만 골드.

일개 상인이 가지기엔 너무나도 큰돈이었다. 하물며 오픈한 지 세 달밖에 안 된 게임에서 개인이 10만 골드를 소유한다는 건 말이 안 되는 이야기.

"누가 공수표래요?"

지상수는 웃으면서 오대수를 안정시켰지만, 그는 도통 진정할 수 없었다. 금방이라도 사람들이 지상수를 색출해 내려고 안달인 것처럼 보였기 때문이었다.

자칫 잘못하면 계획 자체가 망가질 수도 있었다.

그리고 예상대로 반발은 대대적으로 일어났다.

"도대체 누구야? 누가 자꾸 장난질을 하는 거냐고!"

"맞아! 어떤 새끼인지 얼굴 좀 보자!"

"이거 무효라고!"

원하는 아이템을 낙찰받지 못한 상인들이 담합하기 시작했다. 작은 목소리는 메아리치듯 커졌다. 이깨비도 그대로 경매를 이을 수 없는 상황으로 번져 갔다.

"이거, 너무 일이 커졌군요. 잠시 해명이 필요하겠는데요?"

사실 이깨비도 썩 마음에 드는 상황이 아니었다. 경매 물품이 나올 때마다 설명을 채 잇기도 전에 금액을 제시하는 누군가.

장난이라도 하듯 1씩 올려서 낙찰받는 누군가는 분명 순수한 의도가 있는 것처럼 보이지 않았다.

이깨비는 입꼬리를 실실 올리며 관중을 둘러봤다. 일단 이럴 땐, 화살을 돌리는 게 좋았다.

"혹시 〈294번〉…… 해명 가능하겠습니까?"

이깨비의 진행에 따라 관중은 조용해졌다. 사람들은 주변을 둘러보며 294번을 찾기 위해 눈을 크게 떴다. 오대수가 지상수의 단말기에 적힌 294번을 확인한 순간이었다.

지상수는 앞으로 나서려고 했다.

"……어쩌려고?"

"해명해 달라잖아요."

"그래서?"

"걱정 마요. 저 잭입니다."

당당하게 오대수의 손을 뿌리치고 나아가는 지상수의 뒷모습을 바라봤다. 정말로 이 상황을 타개할 방법이 있는 걸까?

오대수는 침을 꼴깍 삼켰다.

'……그래, 믿자. 그는 잭이야.'

지상수가 말했듯, 그는 진짜 잭이다. 랭킹 9위에 다다르는 천외천 '던전 상인 잭'이 바로 그였다.

그렇다면 믿어야 한다.

강서준의 전장이 몬스터와 검을 나누는 피 튀기는 현장이라면, 지상수의 전장은 이처럼 상인들끼리 돈과 돈으로 맞부딪치는 거래의 현장.

이곳이 바로 지상수의 무대니까.

지상수는 가면을 고쳐 쓰며 무대 위로 올라갔다.

"내가 294번이야."

"호오…… 당신이."

"뭐가 문제지?"

"문제랄 건 없습니다. 그저 불만 사항이 접수되면 풀어야 하는 게 제 일인지라."

이깨비의 말에 지상수는 어깨를 으쓱했다.

"내가 실수한 게 있나? 난 이 경매장의 룰대로 물건을 구입했을 뿐이야."

이깨비는 고개를 끄덕이며 긍정했다.

"그렇죠. 하나 물건을 구매할 능력을 증명해야 할 겁니다. 우리 도깨비들은 돈을 갖고 장난을 치는 족속들을 혐오하거든요."

"……그거 내가 좋아하는 마인드인데."

지상수는 그를 노려보는 수많은 상인들을 돌아봤다. 의심의 눈초리 속에는 종종 살기도 숨겨져 있었다.

얕보이면 잡아먹을 셈인가.

"해명해 달라고?"

지상수는 인벤토리를 가시화하여 사람들에게 내밀었다. 그가 강조해서 보여 주는 부분은 인벤토리에 명시된 현금의 액수.

[10,000,320G]

오대수는 벙 찐 얼굴로 지상수를 보면서 생각했다.

'도대체 뭘…… 어쩔 셈인데?'

전혀 속을 알 수 없는 지상수의 행보였다.

"처, 천만 골드?"

"……믿을 수가 없군."

"어떻게 저만한 돈을 벌써!"

무대 위에 선 지상수는 사람들이 수군대는 소리를 들을 수 있었다. 가면을 쓰고 있어도 무슨 얼굴을 하고 있는지 뻔히 보였다.

탐욕스러운 상인들.

지상수는 어깨에 힘을 빡 주면서 말했다.

"이 정도면 증명이 되나?"

지상수가 입을 열자, 사람들은 씻은 듯이 조용해졌다.

가시화한 인벤토리였다.

이보다 더 확실한 증거는 없으리라.

또한 상인들은 그의 행동 하나하나를 눈여겨보기 시작했다.

1천만 골드를 들고 나타난 의문의 남자. 더는 그를 쉽게 무시할 수는 없었다.

상인에겐 돈이 곧 권력.

게다가 드림 사이드 2가 오픈한 지 세 달 만에 1천만 골드를 모았다는 건 그만큼 높은 수준의 플레이어라는 걸 증명했다.

"참고로 난 오늘 경매에 나온 모든 물건을 살 생각이야."

지상수는 자신만만한 미소를 유지하며 그를 바라보는 사람들에게 말했다.

"감당할 수 있으면 베팅해 봐."

그리고 그 말에 대한 파급력은 대단했다.

하나둘 조금씩 떠든다는 게 모이고 모여, 순식간에 경매장은 도떼기시장처럼 떠들썩해지고 있었다.

뒤늦게 이깨비가 지상수에게서 마이크를 빼앗았지만, 이미 할 말을 다한 지상수는 느긋하게 무대에서 물러날 뿐이었다.

이깨비는 당황한 목소리로 말했다.

"아, 아…… 착오가 생겨 잠시 휴장하도록 하겠습니다. 1시간 후 경매가 재개되오니, 잠시 후에 뵙겠습니다. 그간 모쪼록 저희들이 준비한 만찬을 즐기시며 기다려 주십시오.'

진땀을 뻘뻘 흘리는 이깨비를 응시하는 사이, 오대수가 걱정스러운 눈으로 다가와 지상수에게 귓속말을 건넸다.

"……이것도 다 계획된 일이야?"

"흐음."

"도대체 무슨 생각이야? 이렇게 흐름을 끊어서 뭘 어떡하겠다고……."

"조금만 기다려 봐요."

지상수는 오대수를 가만히 바라봤다. 마치 불량 청소년을 계도하지 못한 경찰 같은 표정. 지상수는 여전히 느긋한 태도로 말했다.

"걱정 마요. 잘된다니까."

"무슨……."

그때였다.

상황을 정리한 이깨비가 으르렁대는 눈빛으로 다가오더니, 지상수의 앞에 섰다. 키가 두 배는 차이가 나서 체급도 더더욱 크게 느껴졌다.

"……왕께서 너를 찾으신다."

이 말을 남기고 홀연히 어딘가로 걸어가는 이깨비. 지상수는 오대수를 돌아보며 말했다.

"봐요, 됐죠?"

"……되긴 뭐가!"

오대수의 미간은 좀처럼 펴지질 않았다.

도깨비를 따라가는 지상수는 생각했다.

'서준이 형의 계획은 간단해.'

첫째, 경매장에서 판매되는 모든 사람들을 구매할 것.

무력으로 경매장의 물건을 되찾는 건 미련한 짓이었다. 이면 계약서를 되찾질 않으면 몸을 되찾아도 그저 빈 몸을 마주할 뿐.

즉 경매장에서 적법한 절차를 통해 '이면 계약서'를 찾는다는 전제가 있어야만 했다.

그리고 그건 충분히 할 수 있는 일이었다.

천외천의 상인, 잭이 있으니까.

금전 관련 문제는 걱정할 게 없었다.

'둘째는 도깨비의 왕을 만날 것.'

사실 이면 계약서를 차지한다고 모든 일이 완벽하게 끝나는 건 또 아니었다. 아이들의 몸을 되찾아도, 여태껏 빼앗긴 기억은 어떡하겠는가?

그조차 모두 되찾아야 이번 작전은 비로소 성공했다고 말할 수 있다.

그리고 그 계획의 중심엔 단 하나의 아이템이 반드시 필요했다.

'도깨비감투.'

도깨비감투가 있어야만 조각난 영혼을 합칠 수 있었다. 왜냐하면 영혼을 다루는 건 '도깨비'만의 특권이기 때문이다.

해서 지상수와 오대수는 이면 계약서를 따내기 위해 경매장으로 향했고, 강서준은 도깨비감투를 되찾기 위한 일환으로 다른 일을 수행하러 떠났다.

지상수는 가볍게 혀를 차면서 생각했다.

'……하지만 그것만으로는 부족해.'

강서준의 계획은 간단하고 쉬웠지만 중요한 게 빠져 있었다. 정말 '이면 계약서'를 되찾는 것만으로도 충분한 걸까. 적어도 지상수는 단호하게 아니라고 말할 수 있었다.

'이쪽에서 묘하게 돈 냄새가 난단 말이지.'

지상수는 감이 좋은 편이었다.

특히 무엇이 이득이고 해가 되는지에 대한 감은 천부적인 재능이라고 할 정도로 특별했다.

상인의 감이라고 해도 좋으리라.

그는 이 감을 십분 활용하여 '던전 상인 잭'이라는 캐릭터를 육성했고, 그 감으로 여태껏 살아남아 왔다.

이걸 안 믿는다면 무얼 믿는단 말인가.

만약 그의 계획이 성공한다면, 강서준과 약속한 일을 성공시키는 것은 물론 엄청난 보상도 얻을 수 있을 것이다.

지상수는 계산해 봤다.

충분히 가능한 계획이었다. 다른 누구도 아닌, '잭'이기에 할 수 있는 일.

'잘 해낸다면 돈방석에 앉을 거야.'

그건 지상수에게만 한정된 이야기가 아니었다. 이 일에 가

담한 강서준도 엄청난 이득을 취할 수 있을 것이다.

그래.

계획만 성공한다면 말이다.

어느덧 그들은 D-10구역까지 걸어서 이동했다. 앞서 연결통로에 선 이깨비는 뒤를 돌아보면서 말했다.

"이곳이다. 안에서 왕께서 기다리신다."

이깨비는 정중하게 노크를 하더니, 조심스레 문을 열었다.

푸쉬이익, 바람 빠지는 소리를 내면서 열리는 문.

외관부터 화려한 가구가 들어 있는 보스방 내부가 눈앞에 펼쳐지고 있었다.

'어디 사칭범의 면상이나 제대로 확인해 볼까.'

지상수는 오대수와 시선을 맞춘 뒤, 천천히 안으로 입장했다. 보스방 안엔 우선 골격이 대단한 삼깨비 한 마리가 정승처럼 선 채로 이쪽을 노려보고 있었다.

살벌한 게, 금방이라도 달려들 것만 같았다.

'삼깨비.'

안쪽에서 게걸스러운 웃음소리가 들린 건 그때였다.

"크하하하…… 귀인께서 등장하셨군!"

사칭범 잭.

지상수는 놈의 얼굴을 들여다본 순간, 헛웃음이 먼저 나왔다.

기왕 사칭할 거라면 좀 잘생기기라도 할 것이지. 누가 악당이 아니랄까 봐 뱀처럼 눈이 옆으로 째져 비열한 느낌이 강한 남자였다.

나이는 얼추 20대 후반? 많지도 그렇다고 적지도 않은 나이였다.

지상수는 어차피 가면을 쓰고 있어, 얼굴이 보이지 않을 테니 더욱 당당하게 목소리를 깔고 말했다.

"네놈이 이 경매장의 주인이로군."

놈은 오만한 눈으로 고개를 끄덕였다. 지상수가 피식 웃으면서 말을 이었다.

"그렇다면 네놈이 던전 상인 잭이겠고."

"영광이군. 날 알고 있나?"

"그럼, 상인으로서 잭을 모르면 쓰나."

"크하하하! 그것까지 알면서도 이리 당당하게 쳐들어왔다는 건가."

지상수는 어깨를 으쓱이며 답했다.

"쳐들어오다니? 초대한 건 그쪽이지."

지상수의 말에 사칭범은 벽에 걸린 와인을 가져왔다. 투명한 유리잔에 영롱한 붉은 와인이 점차 차올랐다.

"당돌한 친구로군. 재미있어."

"그쪽이야말로 생각보다 호걸이군."

확실히 도깨비의 왕은 뱀처럼 생긴 것에 비해선 전체적인 분위기가 호탕한 편이었다. 겉과 속이 그다지 다르진 않을 것 같은 느낌.

어쩌면 굳이 속일 필요가 없어서 그런 걸지도 몰랐다.

"한 잔 들겠는가?"

"사양하진 않겠어."

아직 미성년자인 지상수는 술이 생소했지만 술을 받아 드는 데엔 전혀 초짜라는 느낌이 없었다.

완벽한 연기.

두 사람은 와인 잔을 소리 나게 부딪쳤다. 피처럼 붉은 색의 와인이 파도처럼 이리저리 찰랑였다.

지상수는 일단 마시진 않았다.

이게 만약 그냥 '물'이었어도 바로 마시진 않았을 것이다.

놈이 눈을 날카롭게 뜨면서 말했다.

"독은 없어. 먹어도 괜찮아."

"……."

"의심이 많은 친구로군. 그래서 더 마음에 들어. 그래도 술잔을 받았다는 데에선 나와 생각이 일치한다는 걸로 받아들여도 되겠지?"

"물론이지."

사칭범은 와인을 마치 소주를 마시듯 단번에 들이켜더니 말했다.

"탐욕스러운 상인들 앞에서 돈 지랄을 한 데엔 그만한 이유가 있겠지. 단순히 돈 자랑을 하다 객사당할 생각이 아니었다면 말이지.”

“……”

“말해라. 날 찾은 목적이 뭐지?”

가만히 사칭범을 바라보던 지상수는 입꼬리를 씩 올리면서 웃었다. 가면으로 가려져 있어서 표정이 안 보이는 게 천만다행인지도 모르겠다.

월척을 낚은 기분…… 들키진 않았겠지.

지상수는 짐짓 모르는 척 입을 열었다.

“흥미롭더군. 이동 던전을 하나의 암시장으로 운용하는 계획이라. 누가 고안해 냈는지 무척 참신해.”

“좋게 봐줘서 고맙군.”

“해서 의뢰인이 너를 적임자로 뽑았다.”

지상수의 말에 사칭범은 고개를 갸웃했다. 빈 와인 잔에 와인을 다시 가득 따르더니 말했다.

“……의뢰인?”

“그래. 사실 우리는 그깟 경매에 관심이 없어. 진짜 흥미로운 건 ‘잭’이란 인물 자체지.”

“무슨 말을 하는지 모르겠군.”

“우린 너와 거래를 하고 싶다고 말하는 거다.”

사칭범은 지상수의 말에 흥미가 돋웠는지 씨익 웃고 말았다. 이 얼마나 솔직한 얼굴 표정인가.

지상수는 그 표정을 응시하며 말했다.

"정확히는 독점 거래 계약이야."

"자세히 알려 주겠나?"

"우린 경매장을 거치질 않고 양질의 상품을 지속적으로 공급받길 원한다. 그 과정에서 번거로운 절차는 가능한 없애는 게 좋겠지."

원하는 물품은 크게 분류할 수 있었다. 사치품부터 인간, 몬스터…… 가리는 것 없이 전부 통용될 것이다.

"그만한 물건을 구매하려면 어마어마한 재화가 필요할 텐데?"

"천만 골드로 증명이 안 되나?"

"부족하지. 우린 좀 더 믿을 법한 의뢰인을 만나고 싶어."

생각보다 신중한 녀석이었다. 그러니 다른 사람한테 먹히지 않고 이곳을 계속 유지하고 있었겠지.

지상수는 툭 털어놓고 말했다.

"솔직히 의뢰인의 신분은 밝히기 곤란하다. 다만 의뢰인은 아크에서 유명한 분이라는 것만 말해 두지."

"아크라……."

놈은 고개를 주억거리더니 말한다.

"공개를 못 할 만도 하군. 하나 누군지는 얼추 예상이 가. '그'라면 믿을 만하지."

……그?

지상수는 사칭범에 반응에 고개를 갸웃했다. 하지만 당장 중요한 건 아니기에 일단 상대의 행동을 더 눈여겨봤다.

사칭범은 관자놀이를 꾹꾹 누르면서 짐짓 고민하는 자세를 취했다. 문득 놈의 머리에 어설프게 얹어진 아이템이 보인다.

도깨비를 다루는 아이템.

—도깨비감투.

생긴 걸로 봐선 무척 평범해 보였다.

'저거 저렇게 쓰는 거 아닌데…….'

어찌 됐든 사칭범이 손가락을 튕기면서 말했다.

"좋다. 응하도록 하지."

"결정이 빨라서 좋군."

곧 이깨비가 종종걸음으로 이면 계약서 뭉치를 들고 왔다.

지상수는 테이블 위에 올려진 서류를 빠르게 살펴볼 수 있었다.

대충 살펴도 수십 장은 되는 계약서 뭉치. 생각보다 훨씬 많은 양의 서류에 침을 꼴깍 삼켰다.

"서류를 미리 준비해 뒀다고?"

"이제 와서 말하지만 솔직히 우린 네놈들이 접촉할 걸 알고 있었으니까."

"뭐?"

"그렇게 냄새를 풍겨 댔는데 모르겠는가? 우린 그저 네놈들이 접촉하길 기다렸을 뿐이야."

단단히도 지상수 일행을 아크 쪽 사람이라고 착각하는 모양이었다.

지상수는 약간 편안한 안색으로 계약서를 빠르게 훑어보고, 바로 펜을 들었다.

"……좋아. 서명하지."

서명은 순식간에 이뤄졌다.

지상수와 사칭범은 서로를 마주 보며 흡족한 미소를 지었다. 계약서의 효력은 금세 발휘됐다.

파츠츠츠츠츳!

"거래가 성사됐군."

"모쪼록 좋은 거래였어야 했을 텐데."

그때였다.

지상수의 손목에 검은색의 쇠사슬이 생겨난 건.

지상수는 눈을 가늘게 뜨며 물었다.

"이게 무슨 짓이지?"

"너무 불쾌하게 생각하진 말게. 우리도 보험이 하나쯤은 있어야 하지 않겠나."

지상수는 눈을 어지럽히는 메시지의 행렬에 일단 혀를 내둘렀다. 숨겨져 있던 '이면 계약서'의 내용이 이제야 효과를 발휘하고 있었다.

['이면 계약서'의 효력이 발동합니다.]

[당신의 신체는 플레이어 '젝'에게 귀속됩니다.]

[당신의 인벤토리는 플레이어 '젝'에게 귀속됩니다.]

[당신의……]

이놈…… 이름이 진짜 젝이었나?

모음 하나 차이였으니, 마냥 사칭이라고 하기엔 조금 애매한 기분도 들었다.

재밌네.

지상수는 크게 동요하지 않은 시선으로 입을 열었다.

"근데 당신. 크게 착각하는 것 같은데."

스스스스스…….

어디선가 스산한 바람이 불어왔다.

언제 차가워졌는지 급격히 떨어진 내부의 온도는 겨울밤 같았다. 새벽의 공기처럼 한기를 두르고 언뜻 사위는 어두워졌다.

무릎까지 차오른 안개.

드라이아이스를 깔아 놓은 듯한 무대효과처럼 을씨년스러운 분위기가 조성됐다.

"이건 대체 뭐-."

끼이이이익!

끔찍한 비명과 함께 천장의 한 구멍이 부서지면서, 무수한 유령이 보스 방으로 쏟아지기 시작한 순간.

지상수는 씨익 웃으면서 말했다.
"보험은 너만 들어 둔 게 아니거든."

끼이이이익!
소름 끼치는 비명이 터지면서 보스방은 안개로 뒤덮였다.
쭉 떨어진 온도만큼이나 오한이 드는 그곳에서 발 없는 망령
이 날뛰기 시작한 건 금방이었다.
사신의 낫을 들고 있는 망령들.
스펙터의 습격을 받은 보스방은 때 아닌 혼란 속으로 빠져
들었다. 사칭범은 미간을 구기며 호통을 쳤다.
"……네놈이 꾸민 짓이냐?"
지상수는 어깨를 으쓱이며 대답을 대신했다. 수십 마리의
스펙터가 순식간에 삼깨비를 향해 강하했고, 수십 마리의 스
펙터에게 삼깨비는 뒤덮이고 말았다.
뭔가가 부딪치는 소리가 들린다.
사칭범은 억누른 분노를 표출하며 말했다.
"어떻게 스펙터들을 이곳으로 끌어들였는지는 몰라도 감
히 내 방을 어지럽힌 죄는 그 목숨으로 갚아야 할 거야."
놈이 쌍심지를 켜며 말했다.
"삼깨비! 놈들을 죽여!"
"……네."
묵직한 대답과 함께 스펙터에게 둘러싸여 있던 삼깨비가

기지개를 켰다. 놈의 포효에 태산이 흔들리듯 보스방 전체가 떨려 왔다.

삼깨비는 무심한 방망이질을 시작하여 스펙터를 벌레 잡듯 짓이기기 시작했다.

사칭범의 명령은 더욱 강력하게 하달되었다.

"도깨비들은 들어라! 감히 주제도 모르고 날뛰는 스펙터와 그 종자들을 모조리 제압하라!"

"우어어어!"

어디선가 숨어 있었는지 수많은 도깨비가 함성을 토해 내며 나타났다. 각종 병장기가 부딪치며 순식간에 보스방은 전장이 되고 있었다.

사칭범은 으스대듯 시선을 돌려 지상수를 바라봤다. 한 손엔 계약서를 흔들었다.

"자, 이제 네놈의 차례다. 발칙한 짓을 했겠다?"

"……."

"같잖은 짓을 한 죄는 달게 받아라."

사칭범은 대뜸 계약서를 앞으로 내밀었다. 그곳에서 빛이 터지면서, 지상수의 손목으로 흉악한 빛이 옮겨붙었다.

계약서를 위반한 자에 대한 대가. 시스템에 의해 직접적으로 영향력을 행사하기 시작했다.

오대수는 깜짝 놀라 지상수를 바라봤고, 지상수는 괴로운 듯 얼굴을 구기며 비명을 질렀다.

"으아아앗!"

곧 문신으로 스며들었던 흉포한 빛이 잦아들었다. 그 위로 불꽃이 옮겨붙어 문신은 화르륵, 타올랐다.

지상수는 여전히 괴로운 듯 비명을 질러 댔다.

"으아앗!"

"……."

"으앗! 으앗!"

"……."

어색한 공기를 느낀 지상수는 멋쩍게 웃으면서 손을 흔들었다. 문신의 잔재가 그의 행동에 따라 공중으로 흩날렸다.

"……으앗. 사라졌네?"

그 행동에 사칭범은 미간을 구기며 손에 쥔 계약서를 내려다봤다.

"……무슨 짓을 한 거지?"

"응?"

"어떻게 계약서를 무효화시킨 거냐."

놈은 화를 내면서 계약서를 좌르륵 찢어 버렸다. 하지만 찢어진 계약서는 금세 원상 복구되고 있었다.

지상수는 이를 보며 짐짓 모른 척 말했다.

"모르지. 그냥 없어지는데."

"그게 말이 된다고 생각하느냐?"

"안 될 건 또 뭐야."

도끼눈을 뜬 채로 노려보는 사칭범.

그 분노가 전염이라도 되듯 도깨비들의 기세가 더욱 강렬해졌다. 몇몇은 스펙터를 무시하고 지상수를 직접 공격하려고도 했다.

"감히…… 감히 날 능멸하다니 건방진!"

그때 지상수는 사칭범의 말을 잘라먹으면서 말했다.

"아까부터 궁금했는데. 당신 입냄새 쩌는 거 알아?"

"뭐?"

"솔직히 극혐이거든? 양치질도 안 해?"

"이이익!"

더는 참질 못한 사칭범이 노성을 터뜨렸다.

"죽여라! 이놈을 반드시 죽여! 죽이란 말야!"

도깨비들의 눈이 형형하게 빛나면서 일시에 스펙터를 무시하기 시작했다. 모조리 지상수를 노려보는 도깨비들의 눈.

가히 공포스러운 광경이었다.

스펙터가 자신들의 목을 향해 낫을 들이밀어도 오직 지상수만을 죽이려고만 하는 놈들.

도깨비감투의 절대적인 명령은 굴복할 수밖에 없는 것이었다.

아마 죽으라고 해도 바로 따르겠지.

"근데 말이야. 잭. 아니, 짝퉁아."

"……짝퉁?"

"날 신경 쓸 때가 아닐걸."

"무슨 소리냐?"

쿠구우우우웅!

놈의 뒤편이 통째로 무너지면서 거대한 낫이 떨어졌다. 덩치는 삼깨비랑 맞먹는 커다란 유령.

보는 것만으로도 영혼을 저당잡힐 것만 같은 몬스터의 위엄이었다.

스펙터의 상위 개체.

[히든 보스 '벤시(D)'가 등장했습니다!]

[지옥의 망령이 귀곡성을 토해 냅니다!]

벤시였다.

놈이 입을 벌리자 수십 명의 목소리가 동시에 들려왔다. 여자의 비명, 남자의 외침, 할아버지, 할머니, 아이, 가릴 것 없이 수많은 사람들의 울음이었다.

벤시는 사납게 말했다.

"……도깨비."

"벤시."

삼깨비와 벤시가 서로를 노려보자 공중에서 파란 스파크가 튀었다. 한 곳에 동시에 존재할 수 없는 D급의 보스 몬스터들.

신경전만으로 가까이에 있던 스펙터나 도깨비들이 기절하고 있었다.

선제공격은 벤시로부터 시작됐다.

스거어억!

거대한 낫이 휘둘러지자 일깨비와 이깨비가 두 동강 났다. 반경 안에 있던 삼깨비만이 온전히 공격을 받아 낸 상태.

다음은 삼깨비의 차례였다.

쿠우우웅!

삼깨비가 방망이를 내리치자 충격파를 버티질 못한 스펙터들이 몸을 부르르 떨었다. 무식하게 방망이를 휘두를 때마다 스펙터는 통째로 터져 나갔다.

이를 보면서 사칭범이 말했다.

"……벤시까지 끌어들일 줄이야. 제법이구나."

이때의 사칭범은 그다지 두려워하는 기색이 아니었다. 왜일까? 분명히 믿고 있는 게 있는 눈치였다.

쿠웅! 콰아아앙!

삼깨비와 벤시의 충돌은 거칠게 이어졌다. 당장 누가 우위라고 할 수 없을 정도의 박빙의 전투.

하지만 점차 승기는 한쪽으로 기울고 있었다. 사칭범은 미리 알고 있었다는 듯 입꼬리를 올리면서 말했다.

"내가 그깟 벤시를 무서워할 줄 알았느냐? 크하하하. 어리석은 녀석아."

콰아아앙!

폭음이 터지면서 삼깨비에게 두드려 맞은 벤시가 벽에 틀어박혔다. 금세 빠져나왔지만 데미지가 컸던 모양인지, 그 속도가 조금 느려졌다.

하지만 오해가 있는 것 같았다.

지상수가 손을 저으면서 말했다.

"그거 말고 인마."

"……?"

"저쪽이라고, 진짜는."

지상수가 가리키는 방향은 천장이었다.

그곳엔 뒤늦게 보스방으로 내려오는 한 남자가 있었다. 가볍게 보스방에 착지한 그는 온몸에 묻은 먼지를 털어 내며 말했다.

"내가 좀 늦었나?"

"아뇨. 딱 맞춰서 왔어요."

강서준의 등장이었다.

❦

[보스 몬스터 '라이칸'의 포효가 울려 퍼집니다.]

[히든 보스 몬스터 '벤시'의 귀곡성이 사납게 울립니다.]

쾅! 콰아아앙!

라이칸의 방망이와 벤시의 낫이 교차하면서 거대한 폭음이 연달아 울렸다. 당장 승부를 점치긴 어려웠지만 미세하게 벤시가 밀리는 전투였다.

강서준은 눈을 가늘게 떴다.

'벤시에게 어그로를 걸어서 겨우 보스방으로 배달해 오긴 했지만…… 생각보다 조금, 아니…… 많이 아쉽군.'

좀 더 벤시가 라이칸을 압박해 주길 바랐는데, 오래 버티긴커녕 벤시는 거의 소멸 직전까지 몰리고 있었다.

'삼깨비에게 장비를 입힌 건가.'

D급 보스는 그 자체로도 강하다.

한데 빌어먹을 컴퍼니 놈들은 안 그래도 강한 라이칸에게 강력한 장비마저 입혀 놓은 것이다.

저런 놈을 상대로 싸운다면 동 레벨의 플레이어라도 사냥하기란 요원한 일.

강서준은 혀를 차면서 생각했다.

'어쨌든 스펙터를 끌어들이길 잘했군.'

강서준은 아직 라이칸을 쓰러트릴 수 없는 본인의 현실을 잘 알고 있었다. 아마 스펙터도 없이 싸워야 했다면 진즉에 쓰러지는 쪽이 됐을 터였다.

"이래서 불문율은 함부로 깨면 안 되지."

강서준은 재차 치열하게 전투를 벌이는 도깨비와 스펙터

의 무리를 바라보면서 흐뭇하게 웃었다.

본래 저들은 서로 싸우지 않는 게 암묵적인 룰로 적용되는 몬스터들.

하지만 도깨비가 코볼트들을 침략해서 이 던전을 먹었듯, 이곳은 한 차례 '불문율'이 깨진 공간이었다.

그리고 그곳의 몬스터는 일종의 변화를 겪는다.

더는 불문율을 지키지 않는 것이다.

"좋아. 이대로만 가자고."

강서준은 일단 몬스터들의 전투는 일별하고 지상수에게 다가가 아이템을 건넸다.

잭이 '신기루'로 불릴 수 있는 그만의 특수한 섭종 보상.

은둔자의 망토였다.

이것이 없었다면 '벤시'를 끌어들이는 건 있을 수 없었겠지.

"잘 썼어."

"뭘요. 도움이 됐으면 다행이죠."

그리고 부들부들 떨고 있는 남자에게 다가갔다.

뱀처럼 생긴 놈. 아마도 이놈이 '가짜 잭'일 것이다.

"반갑네. 사칭범 자식아."

"뭐?"

콰아아아앙!

일격을 날리니, 한껏 튕겨 나간 놈이 바닥을 몇 바퀴 굴렀다. 이빨이 빠진 얼굴로 고개를 든 놈은 살벌한 눈을 하고 있었다.

속 시원하네.

강서준은 이를 가볍게 무시했다.

그리고 오대수를 바라봤다.

"고생 많았어요."

한데 오대수의 상태가 썩 좋아 보이진 않았다. 죄지은 사람처럼 고개를 푹 숙이고 있었다.

"……죄송합니다."

"네?"

"저희의 계획은 실패했어요. 이렇게까지 해 주셨는데, 정말 미안합니다."

그들의 계획.

경매장에서 사람들을 구매하고 이면 계약서를 손에 넣는 일.

하지만 이면 계약서가 없다면 아이들의 몸을 되찾을 방법도 없었다.

빈 몸뚱이를 빼앗아 봤자, 큰 의미도 없는 법.

하지만 강서준은 고개를 갸웃했다.

"그럼 이건 뭐죠?"

"네?"

오대수는 지상수가 한 아름 들고 있는 서류 뭉치를 확인했다. 터무니없지만 그건 '이면 계약서'였다.

오대수가 황망한 눈으로 물었다.

"뭐가 어떻게 된 거야?"

지상수는 짓궂게 웃으면서 아이템을 하나 더 꺼냈다. 그의 손에 쥐어진 건 오대수도 익히 알던 것이다.

"도깨비감투는 또 언제……."

"저 잭입니다. 의뢰받은 물건은 반드시 구해 드린다고요."

강서준은 오대수의 반응과 지상수의 자신만만한 얼굴을 바라보며, 얼추 상황이 어떻게 전개됐는지 알 수 있었다.

하기야 잭은 이래야지. 순순히 그의 계획대로 따를 거라고 생각하는 건 오산이었다.

강서준은 사칭범을 가리키며 말했다.

"저놈, 계약서에 장난질 친 거지?"

"세 살 버릇 여든 간다잖아요."

"멍청한 놈. 잭을 상대로 그런 짓을 벌이다니."

가뿐히 도깨비감투까지 움켜쥔 강서준. 사칭범은 이를 보며 경악할 수밖에 없었다. 머리를 몇 번 더듬어 봤지만, 이미 사라진 도깨비감투는 되찾을 방법이 없었다.

"너…… 내 물건을 어떻게!"

그때 보스방으로 연결되는 문이 열리면서 새로운 도깨비들이 나타났다. 그놈들은 방망이를 휘두르며 바로 이쪽으로 달려왔다.

오대수는 그쪽을 바라보면서 꽤 느긋한 얼굴을 했다. 도깨비감투는 빼앗았다. 이젠 놈들을 조종할 수 있다고 생각하는 모양이었다.

강서준은 나지막이 말했다.

"형사님, 피해요. 걔네 조종 못 하니까."

"네?"

"도깨비감투를 빼앗았어도 놈들의 조종 권한은 아직 못 뺏어요. 여전히 우릴 공격할 겁니다."

"……그걸 왜 이제 말해 줘요?"

지척에 다다른 도깨비를 피해서 몸을 던진 오대수. 한편 스펙터도 도깨비들의 무리에 반응하면서 점차 상황은 난장판으로 이어졌다.

겨우 도깨비 무리에게서 벗어난 오대수가 물었다.

"그럼 이제 어떡하죠?"

"어쩌긴요. 삼깨비부터 공략해야죠."

"네?"

콰아아앙!

크게 폭발하는 소리와 함께 벤시가 바닥에 처박혔다. 방망이 끝으로 벤시의 하나뿐인 해골이 산산조각이 나면서, 전투는 끝 무렵이었다.

여태 당황하던 사칭범이 삼깨비에게 한달음에 달려가며 말했다.

"주, 죽이라고! 저놈들!"

"……네."

쿵! 쿵!

묵직한 걸음으로 다가오는 삼깨비의 눈은 붉게 물들었다. 위압감에 절로 몸이 떨리는 지경. 강서준은 천천히 호흡을 내뱉었다.

"도깨비감투를 가진 자는 도깨비의 왕이 되는 법. 하지만 새 술은 새 부대에 담으라는 것처럼 기존의 도깨비들은 영혼으로 묶인 왕을 배신할 수 없죠."

코앞에 다다른 삼깨비가 죽일 듯이 강서준을 내려다봤다. 하지만 그 시선 속엔 진심으로 그를 죽이겠다는 열망 같은 건 보이지 않았다.

그저 조종당할 뿐.

'삼깨비는 본래 도깨비의 왕이 될 자.'

컴퍼니에게 도깨비감투만 없었다면 라이칸은 크게 성장해서, 진정한 도깨비 왕으로 각성했을지도 모른다.

놈은 결국 '왕'의 핏줄을 가진 몬스터.

하지만 놈은 제대로 된 각성을 하기도 전에, 인간에게 종속당했다. 아마도 섭종 보상으로 여기까지 내려왔을지도 모르는 일.

강서준은 놈의 눈 속에 담긴 울분을 읽을 수 있었다. 또한 한 인간에 대한 지극한 충성심과 그만큼의 지긋지긋한 원한

이 담겨져 있었다.

그래서 이젠 잘 알겠다.

"죽어라…… 인간."

라이칸의 방망이가 서서히 위로 올라갔다. 벤시를 무참하게 쳐 죽인 방망이는 강서준의 몸통처럼 커다랬다.

"가, 강서준 씨!"

하지만 의지가 없다.

목적이 없다.

그저 조종당할 뿐이다.

강서준은 씨익 웃으면서 금빛으로 빛나는 눈동자를 크게 떴다.

[스킬, '류안(A)'를 발동합니다.]

그는 아직 라이칸을 이길 수 없을 것이다. 애초에 벤시조차 혼자 상대하지 못하는 게 강서준이었다.

어찌 벤시를 죽인 놈을 그가 쓰러트릴 수 있을까.

하지만 류안을 발동한 순간 깨달았다.

'보여.'

삼깨비 라이칸은 공략될 것이다.

버그

격동하는 심장을 진정시키며 강서준은 눈을 날카롭게 떴다. 그의 눈으로 라이칸과 사칭범의 모습이 또렷하게 보이고 있었다.

'기회는 지금밖에 없어.'

물론, 아직 라이칸을 쓰러트린다는 건 불가능한 일이다. 최하나가 '번 블러드'를 써서 합류한다고 해도 D급의 최강종인 보스 몬스터는 상대할 수 없을 것이다.

'삼깨비를 쓰러트려야 한다면 말이지.'

강서준은 바르게 짓쳐들어오는 방망이의 궤적을 피해서 크게 뛰었다. 그의 눈은 빠르게 전장을 살폈다.

곧, 바닥에 아무렇게나 널브러져 있는 하나의 아이템이 보였다.

[아이템 '망령 벤시의 낫'을 습득했습니다.]
[망령의 울음이 깃들었습니다.]

묵직한 무게가 느껴졌다. 벤시의 낫은 직경 3m를 넘어, 강서준의 키보다 훨씬 커다란 무기였다.

단순히 들고 휘두르는 것조차 힘겨운 일.

사칭범이 피식 웃었다.

"고작 벤시의 무기를 얻었다고 이길 수 있을 줄 아느냐!"

쿠우우우웅!

창졸간에 들이닥친 방망이를 피할 여유가 없었다. 애써 벤시의 낫으로 방망이에 부딪쳐 충격을 상쇄시켜 봤지만 소용이 없었다.

단번에 튕겨 나간 강서준은 벽에 부딪쳐야만 했다.

정말이지, 무식한 힘이었다.

단순히 D급 보스만이 가진 능력이 아니라, 전용 무기로 올라간 놈의 힘은 가히 괴물 같았다.

여타 다른 보스 몬스터보다 배는 강하지 않을까.

"크윽⋯⋯."

하지만 강서준은 입에 묻은 피를 닦아 내며 다시 벤시의 낫을 쥐었다.

라이칸이 황소처럼 달려드는 모습이 보였다. 이번에도 맞부딪친다면 더는 몸이 버텨 내진 못할 테지만, 괜찮았다.

어차피 싸움은 단기 결전으로 끝난다. 규격을 벗어나는 괴물을 상대로 장기전을 펼칠 생각은 처음부터 없었다.

"……지금입니다!"

최하나의 권총이 불꽃을 내뿜으며 라이칸의 주변을 요란하게 자극했다. 폭죽처럼 터져 나간 그녀의 마탄은 라이칸의 시선을 이끄는 데엔 충분했다.

동시에 지상수가 뭐라고 중얼거리니, 사칭범이 멋대로 몸을 움직이기 시작했다. 당황한 놈의 음성이 들려왔다.

"뭐, 뭐야…… 내 몸이 왜!"

놈이 나타난 곳은 강서준과 라이칸의 사이. 휘둘러지던 방망이가 부득이하게 멈추고, 라이칸의 움직임이 잠시 멈췄다.

기회였다.

악에 받친 사칭범이 으르렁댔다.

"뭐 하는 거냐! 쓸모없는 도깨비야! 얼른 놈을 죽여 버려!"

그때 강서준은 빠르게 라이칸의 반경으로 파고들어 갔다. 잠시 놈이 보여 준 틈을 이용해서 최대한 접근한 강서준은 낫을 세로로 휘둘렀다.

빠르고, 정확하게.

후우웅!

벤시의 낫은 허무하게도 허공을 가르고 지나갔다. 사칭범은 비열한 입꼬리를 올리며 비웃음을 터뜨리고 있었다.

"어딜 노리는 거냐! 멍청한 놈!"

하나 강서준은 미련 없이 벤시의 낫을 던져 버리고, 그 자리를 벗어났다. 사칭범이 여전히 이죽거렸지만 신경조차 쓰이지 않았다.

'계획은 성공했으니까.'

강서준은 눈을 금빛으로 물들이며 휘몰아치는 마력의 흐름을 읽었다. 그중 놈들의 영혼이 연결된 고리가 눈에 선하게 보였다.

방금 그가 공격한 허공엔 거의 부서질 듯이 금이 간 사슬이 걸려 있었다.

'약해졌군.'

벤시와 전투를 벌인 라이칸은 몹시 약해져 있는 상태였다. 벤시의 낫이 영혼에 직접적인 타격을 주는 만큼, 관련된 모든 것들에 영향을 주는 것이다.

'심지어 도깨비감투까지 빼앗았어.'

예상외의 성적이었던 도깨비감투의 수확은 강서준의 계획을 더욱 견고하게 해 줬다. 더욱 거리낌 없이 놈들의 영혼을 잇는 고리를 공격할 수 있을 정도니까.

그리고 곧.

서서히 금이 가던 고리는 산산조각이 나 버렸다. 라이칸과 사칭범을 잇던 고리가 완전히 끊어지고 있었다.

사칭범은 여전히 멍청한 소리를 냈다.

"뭐 해? 안 움직여? 쓸모없는 도깨비 새끼야!"

대답이 없었다. 실이 끊어진 꼭두각시처럼 축 팔을 아래로 늘어뜨린 채로 굳어 있는 라이칸.

당연했다.

더는 그의 말이 들리지 않을 것이다.

"머저리 같은 도깨비 새끼! 끝까지 도움이 안 되는구나!"

하지만 그 순간.

강서준은 알고 있었다.

보스방의 모든 도깨비가 '전율'하고 있다는 사실을.

❖

삼깨비 라이칸은 어둠 속에 파묻혀 있었다.

그의 세계를 가둬 두는 철창.

몸을 묶고 있는 수십 개의 족쇄.

혼을 제압당한 도깨비가 그러했듯, 라이칸은 생각조차 할 수 없었다.

태어났을 때부터 이랬을까. 그는 아주 오랫동안 단 하나만을 떠올릴 수만 있었다.

'왕에게 충성을…….'

도깨비는 태어나서부터 왕에게 충성해야 한다는 사실을

영혼 깊숙이 느끼는 종족이었다.

영혼을 다루는 몬스터라서 더욱 그랬는지도 모른다. 도깨비들은 도깨비감투를 지닌 '왕'을 따라야만 하는 숙명에 얽매여 살아가야만 한다.

하지만 언제부터인가, 라이칸은 의문을 품고 있었다.

왕에게 충성을 바치는 순간들.

그 모든 순간들이 어째서인지 괴로웠던 것이다.

그 당연한 행동들이 이토록 불쾌한 이유는 뭘까.

라이칸은 결론을 내릴 수 있었다.

일깨비일 때는 상상도 못 했고, 이깨비일 때도 전혀 짐작조차 못한 사실.

삼깨비라는 고위 도깨비가 되면서 깨달았다.

'이자는 왕이 아니다.'

지금 그를 조종하는 왕은 도깨비감투를 지녔을 뿐, 왕이 아니었다. 반발심이 들 때마다 억지로 그의 영혼에 족쇄가 채워지는 걸 보면 더더욱 확실했다.

놈은 그저 도깨비감투를 가지고 도깨비들을 조종하는 테러리스트.

진정한 왕이 아니었다. 라이칸은 충성을 부정하고 싶었다.

'왕이시여, 왕이시여!'

하지만 불가능했다.

도깨비는 도깨비감투를 가진 자에게 충성을 해야만 하는

몬스터. 이미 영혼이 엮여서 항거할 수 없는 게 현실이다.

라이칸은 왕에게 충성을 바치고.

동료를 죽이라면 죽인다.

동료의 몸속에 가증스러운 인간을 넣으라 해도 따라야 했다.

그것이 왕의 명령이니까.

가짜 왕이라고 할지라도!

쿠궁……!

실로 오랜만에 어둠 속으로 빛이 새어 들어왔다. 라이칸은 너무나도 눈부신 작은 빛을 응시했다. 두 눈이 타 버릴 것만 같은 기분이었다.

하지만.

"왕이시여……."

그는 깨달았다.

그의 몸을 묶던 족쇄가 부서지고 철창에 금이 갔다. 어둠이 밀려가고 서서히 광명이 깃든 그곳으로 수많은 영혼들이 충만하게 차올랐다.

여태껏 억눌렸던 분노.

각종 감정들이 한꺼번에 불타오르면서 라이칸이 사납게 눈을 떴다.

"……나는 당신을 부정합니다."

라이칸의 포효가 시작됐다.

"우어어어어어!"

우렁차게 울리는 라이칸의 포효가 보스방을 거세게 뒤흔들었다. 도깨비들이 덜덜 떨면서 무기를 떨어뜨리고 넙죽 절을 해 댔다.

모든 제약에서 벗어나 외치는 D급 보스의 성난 분노.

이미 왕을 잃어버린 스펙터들은 저항조차 못 하고 바닥까지 납작하게 엎드려야만 했다.

그렇게 라이칸은 한참을 포효했고.

겁도 없이 라이칸의 포효를 끊은 건 뭣도 모르는 한 인간이었다.

"시끄럽게 뭐 하는 짓이야! 그 입 안 닥쳐?"

사칭범은 대뜸 라이칸의 다리를 뻥 차 버렸다. 단단한 돌덩이 같은 다리는 전혀 미동조차 없었다.

"뭘 봐? 눈 안 깔아?"

"……."

"너 이 새끼 감히 나한테 반항―."

콰직!

그때,

라이칸은 거침없이 사칭범의 머리를 움켜쥐어 위로 들었다. 사칭범은 괴로운 듯 바동거렸다.

"무, 무슨 짓……."

라이칸은 용광로 속에서 부글거리는 거품처럼 사납게 노려보면서 말했다.

"넌 왕이 아니다."

라이칸이 손의 압력을 더할수록 사칭범의 얼굴은 터질 듯 조여들었다. 어딘가 뼈가 부서지는 소리가 났고, 정말 죽겠다 싶을 때 즈음.

라이칸은 놈을 그대로 바닥에 패대기쳤다.

콰아아앙!

뒤이어 라이칸의 분노가 쏟아져 내렸다.

연신 아래로 내리쳐지는 커다란 주먹. 돼지 멱따는 소리와 함께 사칭범의 비명이 길게 이어졌다.

얼마나 지났을까.

더는 비명이 들리지 않을 즈음에야 라이칸이 주먹을 멈췄다. 피가 뚝뚝 떨어지는 주먹을 내려다보던 라이칸은 형형한 눈으로 다시금 포효했다.

"우어어어어어!"

다음으로 라이칸의 눈초리가 향한 곳은 강서준이었다. 놈은 증기같이 뜨거운 공기를 뱉어 내며 말했다.

"……인간!"

강서준은 바로 도깨비감투를 앞으로 내밀었다. 금방이라도 달려들 태세였던 라이칸이 움찔거리며 멈춰 섰다.

"멈춰. 우린 싸울 필요가 없잖아. 안 그래?"

"그건…… 인간! 네놈의 것이 아니다!"

하지만 말과는 다르게 라이칸은 도깨비감투의 앞으로 서서히 무릎을 꿇고 있었다. 분노에 가득 찬 눈으로 노려보는 시선이 사뭇 살벌했지만 결코 항거할 수 없었다.

도깨비는 그런 종족이기에.

"인간…… 인간!"

억울한 듯 외치는 놈의 목소리가 들렸지만, 강서준은 천천히 도깨비감투를 머리에 눌러썼다.

[아이템 '도깨비감투'를 착용했습니다.]
[칭호, '감투의 왕'을 계승합니다.]
[당신은 도깨비의 영혼을 엮을 수 있습니다.]

"우어어어어!"

포효하는 라이칸의 주변으로 바닥에서 영혼의 사슬이 솟아났다. 도깨비감투의 효력으로 놈의 영혼이 또 엮이고 있다는 증거.

강서준은 미간을 구기며 말했다.

"너에게 악감정은 없어."

"죽인다! 인간!"

"근데 널 이대로 풀어 줄 수도 없잖아."

라이칸이 저항할수록 사슬은 더 굵어지고 족쇄의 개수는 늘어났다. 형형한 눈빛이 그를 죽일 듯이 노려봤지만 소용없는 짓이었다.

도깨비감투를 쓴 자는 '왕'이 된다. 아이템의 효력은 적어도 삼깨비까지는 완전히 묶을 수 있으리라.

"으어어어!"

자유를 찾았던 영혼이 다시 사슬에 묶여 비명을 지르고 있었다. 강서준의 의지가 더더욱 강해지자 라이칸은 힘없이 속박당해야만 했다.

놈의 눈에서 피눈물이 흘러내렸다.

"으아아아아아!"

그때였다.

푸욱!

라이칸의 목덜미로 뭔가가 딱 꽂혔다.

갑자기 놈으로부터 미증유의 힘이 깃들더니 근육이 점차 부풀어 오르는 것이다. 도깨비감투의 족쇄도 속절없이 풀리기 시작했다.

"크윽…… 이건 대체!"

"강서준 씨!"

눈앞에서 라이칸의 거구가 서서히 몸을 일으켰다. 무슨 상황인지는 몰라도 도깨비감투는 제대로 작동하지 않는 것이다.

설마 이젠 도깨비감투로도 저놈을 제어할 수 없는 건가.

어쩔 수 없이 뒤로 물러난 강서준은 미간을 구기며 라이칸을 류안으로 확인해 보기로 했다.

'무언가가…… 놈의 몸으로 퍼지고 있어.'

"우어어어어!"

콰아앙!

고작 외침 한 번에 주변에 있던 도깨비를 비롯한 스펙터가 강력한 태풍에 휩쓸린 것처럼 튕겨 나갔다.

강서준도 몸을 겨누질 못하고 비틀거렸으며, 일행은 저마다 바닥을 굴러야만 했다.

어떻게 된 일일까.

미간을 좁힌 강서준의 눈으로 터무니없는 장면이 보이고 있었다.

당장이라도 제압할 수 있었던 라이칸의 몸이 두 배, 세 배…… 그 너머로 비대해지고 있었다.

그리고.

콰득!

라이칸이 대뜸 주변에 있던 도깨비를 집어삼켰다. 스펙터도 예외는 없었다. 무자비하게 주변에 있던 모든 것을 잡아먹어 대는 것이다.

놈은 이윽고 바닥에 널브러져 있던 사칭범까지 손에 쥐었다.

그때.

강서준은 볼 수 있었다.

라이칸에게 통째로 잡아먹히는 사칭범이 이쪽을 보면서 웃고 있는 것이다.

"……끅끅끅! 꼴좋다……! 너흰 여길 결코 벗어날 수 없."

콰직!

통째로 씹혀 먹힌 놈은 더는 말을 할 수 없었다. 사칭범은 그 뒤로 무수한 뼛소리를 내며 라이칸의 입속으로 사라졌다.

그리고 점차 라이칸의 몸이 천장을 뚫고 올라갈 정도로 커졌다. 더는 보스방으로는 놈의 크기를 담을 수 없었던 것이다.

한참 뒤로 물러난 강서준은 고개를 들고 놈을 확인했다.

수십, 아니 백 단위를 넘어가는 몬스터를 삼킨 놈은 형용할 수 없는 괴물이 되어 가고 있었다.

[!]

[버그가 발생했습니다.]

[시스템이 버그의 상태를 확인합니다.]

하늘에서 떨어진 번개가 라이칸의 몸을 두드렸다. 하지만 그 번개를 맞고도 놈은 전혀 위축된 느낌이 아니었다.

도리어 성난 울음을 토해 내며 유령 열차에 있던 다른 영혼들을 빨아들이기 시작했다.

D-4구역부터 D-1구역.

몬스터들이 놈에게 흡입될수록 놈은 더더욱 크기가 커져만 갔다.

강서준은 부르르 떨고 있는 도깨비감투를 확인하며 이를 악물었다.

"……이매망량."

[보스 몬스터 '??? ???(C)'가 등장했습니다.]

어쩌면 '진정한 도깨비들의 왕'이 등장했는지도 모르겠다.

으드득, 으득.

도깨비가 통째로 씹어 먹혀 뼈가 으스러지는 소리. 보스방으로 오직 이 소리만 나지막이 울리고 있었다.

조금 떨어진 위치의 강서준은 놈을 경계하면서 말했다.

"……저놈 진화한 것 같아요."

"진화라고요?"

"시스템 메시지를 보면 확실해요. ……C급입니다."

천장을 뚫고 올라간 거구의 도깨비는 마치 인형 뽑기라도 하듯 가까이에 있는 도깨비들을 족족 먹어 치우고 있었다. 신랄한 먹방은 트리거 최만기조차 감탄을 금치 못할 것이다.

놈은 손아귀에서 빠져나가려고 바동거리는 도깨비를 통째로 삼키는 묘기를 보여 줬다. 크게 목울대가 움직일 때마다 한 마리씩 차곡차곡 놈의 일부가 되어 갔다.

오대수는 믿기지 않는다는 듯 말했다.

"……가능한 일입니까? 던전 브레이크도 없이 보스 몬스터가 진화를 하다니요."

"이론상으로는 전혀 불가능한 얘기는 아닙니다. 비록 드림 사이드 1에서조차 단 한 번도 성공한 적이 없는 일일지라도요."

라이칸은 덩치는 걷잡을 수 없이 커져만 갔다. 얼마나 커졌는지, 단순히 움직이는 것만으로도 기차가 흔들릴 정도였다.

이미 기차가 담을 수 없을 정도로 비대해진 놈의 발이 차창 너머로 보였다.

신기한 건 그럼에도 이 기차는 멈추지 않고 달리고 있다는 점.

분명히 차창 너머로 놈의 발이 닿았고, 땅에 닿았음에도.

기차는 멈추지 않았고, 놈의 위치도 변하지 않는다.

'상식은 통하지 않아. 시스템도 버그라고 부정했으니까.'

이례적인 일이었다.

도깨비가 저 정도로 커다랗게 부풀어 오른다는 얘기는 들어 보질 못했고, 그가 알던 C급의 도깨비와도 생김새가 너무나도 차이가 났다.

그러니 확실히 말할 수 있었다.

"완전한 진화는 아닐 겁니다. 저 모습은 제가 알던 도깨비의 C급의 진화체인 '이매망량'이라고 보긴 힘드니까요. 도리어 닮은 몬스터로 치자면 '트리거'가 떠오르지 않습니까?"

"최만기요?"

"네. 던전 브레이크 없이 진화를 거듭하는 이론을 뒷받침할 증거는 '포자 바이러스'뿐이니까. 틀린 말도 아닐 겁니다."

던전병을 유발하고 인간을 몬스터로 만드는 바이러스. 해서 그리드, 트리거로 성장시키는 것을 '포자 바이러스'라고 한다.

드림 사이드 1에서도 이 포자 바이러스로 몬스터를 진화시키는 실험을 한 적은 있었다.

꽤나 던전 공략이 막혀서 콘텐츠가 없던 사람들이 찾아낸 연구 콘텐츠였다.

'모두 실패로 끝났지. 몬스터에게 포자 바이러스는 효력이 없었어.'

하지만 여긴 드림 사이드 1이 아닌 2의 세계였다. 어쩌면 놈에겐 1에서도 등장하지 않았던 다른 변수가 적용됐을지도 모르는 일이었다.

그렇다면 그게 뭘까.

[스킬, '류안(A)'을 발동합니다.]

강서준의 눈이 금빛으로 물들며 라이칸의 전신을 구석구석 살폈다. 놈의 목 언저리에서 무언가가 무지막지하게 솟구치는 게 보였다.

'저곳이 가장 수상한데…….'

그때였다.

"놈이 움직여요."

라이칸은 그 거대한 덩치를 돌려 어딘가로 향하기 시작했다. 움직일 때마다 거추장스러운 천장은 악력으로 뜯어내는 박력도 보여 주는 게 심상치 않았다.

그런데 놈은 코앞에 있는 강서준 일행은 무심코 지나쳤다.

못 본 건가 싶었는데, 이젠 주변에 널브러진 도깨비들을 집어먹는 행위도 멈추고 있었다.

뭔가 발견한 것처럼 침을 흘리는 놈.

오대수가 떨리는 목소리로 물었다.

"……대체 뭘 하려는 걸까요."

놈이 향하는 방향을 살핀 강서준은 그 이유를 추측할 수 있었다.

"뷔페라도 발견한 것 같은데요."

<hr />

D-5, 안전 구역 내의 경매장.

수군대는 상인들 사이로 수상한 시선을 교차하는 사람들이 있었다. 조심스레 인파에서 멀어진 사내의 이름은 김갑수.

대한민국 정부 국정원 소속이었다.

그는 혼란스러운 경매장을 둘러보며 말했다.

"일이 이상하게 돌아가는군."

팬더 가면을 쓴 사내가 김갑수에게 물었다.

"팀장님, 이건 예정에 없던 일입니다."

"알아, 설마 그만한 재력가가 있을 줄은 몰랐으니까. 그자의 정체는 파악했나?"

"전혀요. 명단에도 없던 자입니다."

사실 국정원은 이번 일에 사활을 걸고 있었다. 이동 던전을 암시장으로 이용하는 랭킹 9위 '던전 상인 잭'의 등장.

그것은 식량난에 허덕이는 아크에도 활기를 불러올 소식이었다.

"이번 작전은 실패하면 안 돼. 반드시 잭과 접촉해야만 한다."

"하지만 계획은 경매장의 물건을 모조리 구매해서 그의 환심과 흥미를 끄는 거였잖아요. 그런데 어떻게……."

"팬더, 지난 계획은 잊어라. 현장은 언제든 변수가 벌어지기 마련이니까."

"다른 대안이 있는 겁니까?"

김갑수는 미간을 좁힌 채로 고개를 가로저었다. 그리고 묘

책이 있는 건 아니었다.

'플랜 B를 계획할 여유 따위는 없으니까.'

아크는 지금 풍전등화에 놓인 신세였다. 천외천의 랭커인 링링이 간신히 호흡기를 붙들고 있지만 언제 사망 선고가 떨어져도 이상하지 않았다.

이번 작전도 없는 인력을 겨우 쥐어짜 낸 것.

그걸 이름도 모르는 플레이어가 돈지랄로 철저히 망가뜨렸다. 김갑수는 입술을 잘근 깨물었다.

이쯤 되면 궁금해진다.

'대관절 그놈의 정체는 무엇이기에.'

일개 플레이어가 국가의 정보기관인 국정원보다 더한 재력을 갖고 있단 말인가.

아직 정체를 밝히지 않은 랭커인가?

아무리 최악으로 치달은 국정원의 재정 상태라고 해도 개인의 재력에 밀렸다는 사실은 믿기 어려운 현실이었다.

"팀장님, 도깨비들의 상태가 이상합니다."

일단 동태를 살피라는 명을 수행하던 요원의 무전이었다. 경매장을 돌아다니던 그 많던 도깨비들이 일사불란하게 어딘가로 이동하고 있었다.

문을 열어 다음 칸으로.

놈들의 얼굴은 다소 다급해 보이기까지 했다.

"무슨 일이지?"

가만히 경매장을 응시하던 김갑수는 불현듯 깨달았다.

"……지금이다. 무슨 일인지는 몰라도 이건 다시 오지 않을 기회야."

"네? 그게 무슨."

"전 요원은 들어라! 당장 놈들의 창고로 진입한다. 각 조는 하던 일을 멈추고 현 작전에 집중한다. 이상!"

옆에서 팬더가 불안한 듯 물었다.

"팀장님…… 설마 창고를 털 생각은 아니시죠?"

"다른 방법이 없잖아. 이대로 빈손으로 돌아가는 건 용납받지 못해."

"하지만 객과 사이가 틀어질 수도 있습니다. 자칫 돌이킬 수 없는 상황으로 번진다고요."

김갑수는 대뜸 팬더의 멱살을 잡아 벽으로 밀었다. 소란스러운 경매장이라 그런지 두 사람의 싸움은 그다지 신기한 장면은 아니었다.

이곳은 도박장도 겸했으니까. 싸움은 비일비재했다.

김갑수는 사납게 말했다.

"그렇게 여유가 남아돌아? 너는 이대로 다들 굶어 죽길 기다릴 셈이냐고."

광화문에서 발발한 리자드맨의 군대로 인해 지상로가 모조리 끊긴 상태였다. 아크는 당장 오늘만 해도 수만 명이 죽을 위기에 처해 있었다.

인육을 먹는 일도 발생할 정도였다. 먹는 즉시, 인간의 테두리를 벗어나 '마인'이 되는 것에도 선택의 여지는 없었다.

"잭과 우호 관계에 이르면 내일 수십만 명을 살릴 수 있는 미래가 올지도 모르지."

"……."

"하지만 창고를 털면 굶주린 사람들은 오늘만큼은 반드시 산다."

전철을 이용해서 보급선으로 활용한다는 국정원의 계획은, 이번 식량난을 단번에 없애 줄 히든카드였다.

하지만 그건 '잭'을 끌어들여야만 가능했다.

그리고 이곳에서 경매장을 겪으면서 김갑수는 확신할 수 있었다. 잭이라는 인물이, 인류애를 느낄 만한 사람이 아니라는 것을.

그들의 작전이 성공할 가능성은 몹시 희박했다.

김갑수의 말에 눈동자를 잘게 떨던 팬더가 대답했다.

"……알겠어요, 팀장님. 일단 진정해요."

멱살을 놓은 김갑수는 팬더 가면을 날카롭게 쩌려본 뒤, 바로 경매장을 벗어났다. 가까운 통로로 진입한 그는 몇몇의 일깨비들을 견제하는 동료를 확인했다.

한데, 요원 한 명이 그에게 말했다.

"도깨비들의 상태가 이상합니다."

"무슨 뜻이지?"

"싸울 의사가 전혀 보이질 않아요. 그전에 제정신이 박힌 것 같지도 않습니다."

눈을 가늘게 뜨고 주변을 둘러보니 확실히 이상했다. 몇 마리는 벽에 머리를 박으며 울부짖는 게 아닌가.

단체로 미치기라도 한 듯했다.

"……됐다. 도깨비들은 무시하고 작전에 집중한다."

어쨌든 기회였다.

도깨비들이 제정신이 아니라면 그때를 노려 목적을 달성해도 잭에게 들키지 않을 수도 있지 않을까.

그렇다면 아직 최악은 아니었다.

"팀장님! 잠시 이쪽으로 오셔야 할 것 같습니다!"

"뭐야?"

"……사람입니다!"

요원이 발견한 건 인간을 마치 굴비 엮듯 묶어서 한 곳에 모아 둔 방이었다. 안쪽으로 아이부터 노인까지 가릴 것 없이 잔뜩 서 있었다.

김갑수는 그들의 목에 그려진 숫자를 확인했다.

"마치 상품 같군."

그리고 그 예상은 맞을 것이다. 상인들 사이에선 경매장의 하이라이트는 아마도 '인신매매'라고 했으니까.

김갑수는 가까이에 선 사람의 상태를 확인하더니 말했다.

"이들의 구출은 보류한다."

"네?"

"보면 모르겠나? 이지를 잃은 자들이다. 우린 이 환자들까지 케어해서 무사히 아크로 복귀할 여력이 안 돼."

아이템이야 인벤토리에 넣어서 움직이면 될 일이었다. 또한 짐이야 꾸리면 된다.

하지만 사람은 경우가 다르다.

이들을 전부 데리고 나가면 신경 써야 할 게 한두 개가 아니었다.

몬스터들이 도사리는 서울은 조용히 움직여도 모자랄 텐데, 언제 터질지 모르는 시한폭탄을 들고 거리로 내몰리는 꼴이었다.

'감당하지 못할 일엔 나서지 않는 게 저들을 위한 일이야.'

포기해야 한다.

선택과 집중의 문제였다.

"짐은 이게 전부인가?"

김갑수는 인간들을 뒤로하고 각종 아이템을 수집하는 데에 전념했다. 여러 희귀한 아이템이 눈에 밟혔지만 그보다 가장 많이 챙긴 건 역시 식량이었다.

"이 정도면 일주일은 거뜬할 겁니다."

"그래."

그조차 시간을 벌었을 뿐이라는 사실에 그들은 약간 암담해졌다.

말 그대로 인류는 매일 최악을 갱신하고 있었다. 고작 도마뱀 집단 하나를 구축하지 못하여 벌어진 일이었다.

'우리에겐 키 플레이어가 없으니까.'

리자드맨을 상대로 전투를 벌이는 건 어렵지 않았다. 문제는 리자드맨의 정예군을 쓰러트릴 강력한 플레이어가 아크엔 많지 않다는 점이었다.

무엇보다 현 아크의 천외천은 단 한 명이었고.

'최하나도 감감무소식이야.'

물론 최하나가 진짜 '클라크'라는 확실한 정보는 어디에도 없었다. 국정원의 정보력으로 알아낸 기밀에 해당하는 것이었지만 김갑수는 곧이곧대로 믿을 수 없었다.

막말로 아이돌 가수가 게임 랭커라니. 웹소설에나 등장할 만한 전개가 아닌가.

'그나마 희망이랄 것은, 수원 쪽에 있던 고렙의 플레이어가 아크의 구조 신호를 받았다는 점인데.'

그조차 그가 온다는 확신도 없었고, 설령 출발한다 해도 그때까지 아크가 정상적으로 남아 있을지도 의문이었다.

'선택의 미로를 빠져나왔다는 케이도 소식을 영 알 수 없고.'

그러니 어쩔 수 없었다.

김갑수는 단호하게 결정을 내리는 수밖에.

이것이 최선이다.

그렇게 스스로 합리화할 수 있었다.

"복귀한다."

하지만 그때.

쿠우웅!

그는 순간적으로 균형을 잡으려고 애써야만 했다. 터무니없지만 기차가 커다란 지진이라도 만난 것처럼 통째로 흔들린 것이다.

그의 눈에 머리를 박고 죽음에 이른 몇몇의 도깨비가 보였다. 겁에 질린 한 도깨비는 어딘가로 절을 하며 애원하고 있었다.

뭐지?

김갑수는 곧 원인을 알 수 있었다.

콰지직!

너무나도 쉽게 뜯겨 나가는 천장.

그 비현실적인 장면을 바라보던 김갑수는 그곳에서 엄청나게 커다란 도깨비 한 마리가 형형한 눈을 하고 있는 걸 볼 수 있었다.

"이게 무슨……."

"……팀장님!"

쿠우우우우웅!

조심스레 라이칸의 뒤를 밟은 강서준은 확신할 수 있었다. 저놈은 역시 D-5구역으로 향하고 있다.

"그리드처럼 된 게 분명해요."

"……그리드요?"

"진화는 했지만 이성을 잃고 오로지 욕망만을 위해서 움직이잖아요."

놈은 동료였던 도깨비들을 잡아먹길 서슴지 않았다. 또한 이젠 또 다른 생명을 포식하려고 이동 중이었다.

강서준은 짐짓 놈이 품었을 욕망을 추측해 봤다. 도깨비, 아니 영혼을 잔뜩 포식하면서까지 이루고 싶은 게 뭘까.

'강해지고 싶은 거냐.'

그리고 놈이 빠르게 강해지는 방법은 하나였다. 수많은 영혼을 취해서 상위 개체로 진화하는 것.

도깨비들의 C급 개체인 '이매망량'은 수많은 영혼을 뭉쳐서 진화한 몬스터였으니까.

최하나조차 약간 질린 얼굴로 라이칸을 바라봤다.

강서준이 말했다.

"도깨비감투는 통하지 않아요. C급이 되어서 완전히 통제를 벗어난 것 같습니다."

"……그럼 어쩌죠?"

"방법은 하나예요."

강서준은 도깨비감투를 꽉 쥐면서 말했다.

"놈을 잡아야 합니다."

이매망량

"놈을 잡는다고요?"

그게 가능한 얘기일까.

오대수는 황당하다는 눈으로 강서준을 바라봤다.

본인 입으로 D급의 보스 몬스터는 이길 수 없다고 말했으면서, 어떻게 잡을 수 있단 말을 한단 말인가.

그 잠깐의 시간 동안 강서준이 C급을 쓰러트릴 정도로 강해졌다는 얘기일까.

현실적으로 불가능한 얘기였다.

'하지만…….'

강서준을 바라보는 오대수의 눈은 미약한 기대로 불타올랐다.

그도 그럴 게, 상대는 '케이'였다.

늘 기상천외한 방식으로 던전 공략을 일삼고, 그 어렵다는 드림 사이드 1을 제패한 진정한 천상계 플레이어.

상위 0.001%에 다다르는 괴물.

그게 바로 강서준의 과거였다.

'서준 씨라면 뭔가 방법이 있을지도 모른다.'

강서준은 일행의 선두에 서며 '카카시의 가시 건틀렛'으로 가시를 뽑아내었다. 자신의 손바닥을 가시로 그으면서 그가 말했다.

뚝, 뚝.

"일단 뒤로 물러나요."

"……네?"

그의 손바닥에서 떨어진 핏방울이 도깨비감투를 적셨다. 그리고 도깨비감투에서 검은 연기가 생성되더니 곧 그의 전신을 뒤덮었다.

강서준은 피에 물든 도깨비감투를 머리에 쓰면서 정면을 노려봤다.

"괴물을 잡으려면…… 저도 괴물이 되는 수밖에 없으니까."

곧 강서준의 몸에서 뿜어져 나온 사이한 어둠이 폭풍처럼 휘몰아치기 시작했다.

이매망량(魑魅魍魎).

'도깨비의 왕'으로 불리는 이놈의 정체는 사실 온갖 도깨비들을 뒤섞어 뭉쳐 놓은 형태에 불과했다.

수십, 수백의 도깨비 혹은 영혼이 뭉쳐서 만들어진 보스 몬스터.

그렇게 뭉쳐진 영혼의 개수가 곧 자신의 힘이 되는 특징을 가진 녀석.

그것이 이매망량이었다.

'이매망량은 얼마나 많은 영혼을 다루는지에 따라서 그 수준이 달라져.'

라이칸이 보스방에서 먹어 댄 도깨비와 스펙터만 합쳐도 수십이었다. 그만큼 강해졌다는 건 자명한 사실.

고작 D급의 삼깨비조차 상대할 수 없던 강서준이 라이칸을 쓰러트리기란 당연히 힘들었다.

하지만 강서준은 믿는 구석이 있었다.

'원래 진짜 이매망량은 도깨비감투를 통해서 각성하는 법이니까.'

도깨비감투는 단순히 도깨비를 다루는 힘을 가진 아이템을 뜻하는 게 아니었다.

실체는 영혼을 다루기 쉽게 만들어 주는 도깨비만의 특수 장비.

즉 도깨비감투는 수십의 영혼을 뭉쳐 '이매망량'이 되는 도깨비들의 전직 도구였다.

'하지만 저놈은 도깨비감투를 가지질 못했어. 제아무리 놈이라도 저 정도나 되는 영혼을 완전히 통제하진 못할 거야.'

영혼을 그냥 뭉쳐 놨을 뿐이다.

그걸 억지로 사용할 뿐이었다.

'그렇다면 방법이 있다.'

강서준은 눈을 빛내면서 전신을 휘감은 흑색 연기를 응시했다. 왠지 그도 무엇이든 할 수 있을 것만 같은 자신감이 생겨나고 있었다.

그리고 그 추측은 대개 맞을 것이다.

플레이어의 손에 들어온 도깨비감투는 더 이상 도깨비들만의 전유물이 아니니까.

[장비 '도깨비감투'의 전용 스킬, '이매망량'을 발동합니다.]

도깨비감투에 자신의 피를 먹여 새로운 주인을 등록시키자, 그를 향해 근처를 떠돌던 수많은 영혼이 몰려들기 시작했다.

류안으로 보니 더더욱 어마어마했다.

영혼을 휘감아서 싸운다는 게 이런 기분이었나. 게임에선 상상도 못 한 정경이었다.

'이중엔 아마 그 아이들도 있겠지.'

코볼트가 되어 버린 영등포의 아이들.

강서준에게 휘감긴 수많은 영혼 중엔 그러한 선한 영혼이 있을 것이다.

악하거나, 억울하거나, 누군가를 구하다 죽었을지도 모르거나. 가해자거나, 피해자일 수도 있다.

도통 분류할 수 없는 수많은 영혼이 강서준을 휘감아 그의 힘이 되고 있었다.

이매망량이 된다는 건 그런 것이었다.

강서준은 속으로 단언했다.

'괴물을 잡으려면 나도 괴물이 되어야 해.'

규격을 벗어난 몬스터를 상대로 싸우는 일이었다. 도덕적인 규범을 모두 신경 쓰면서 싸울 수는 없는 노릇.

그래.

지금 속 편한 소리나 하고 있을 때가 아니다.

강서준은 영혼들의 비명을 무시하면서 더욱 강렬하게 도깨비감투의 힘을 개방했다.

"크윽……!"

그를 뒤덮은 수십의 영혼이 내지르는 비명 속엔 터무니없는 고통도 있었다. 생전에 당했던 통증들. 죽을 때 느꼈던 괴로운 기억들이 그의 머릿속으로 치밀하게 파고들었다.

하지만 이를 악물고 버텨 냈다.

'……할 수 있어.'

금방이라도 무너질 것만 같은 기분 속에서 그는 인벤토리에서 아이템을 꺼냈다.

한이 서린 본디시의 검.

본래 그의 수준으로는 감히 착용할 수 없는 아이템이었지만, '이매망량'이 된 그의 손에 아무런 페널티 없이 착용되었다.

손에 착 감기는 그립감.

하물며 언데드가 사용하던 아이템이라 그런지, 이매망량 상태로 사용하려니 더더욱 검의 성능이 올라갔다.

[한이 서린 본디시의 검이 날카롭게 공명합니다.]

강서준은 검을 꽉 쥐면서 라이칸을 노려봤다. 잠시 떨어졌던 오대수가 당황한 목소리를 낸 건 그때였다.

"강서준 씨?"

"가까이 붙지 말아요. 형사님도 잡아먹히는 수가 있으니까."

"……괜찮으신 거죠?"

강서준은 애써 고개를 끄덕였다.

그의 움직임에 따라 수십의 영혼이 울부짖었지만, 도깨비감투로 그는 모조리 통제하에 놓았다.

곧 강서준의 몸 위로 완전히 갑주가 생성됐다. 또한 얼굴에는 도깨비 가면이 만들어지면서 그는 한 마리의 '이매망량'으로 각성하고 말았다.

[장비 '도깨비감투'의 전용 스킬, '이매망량'을 활성화했습니다.]

[이매망량은 영혼을 다룰 수 있습니다. 사용하는 영혼의 개수에 따라, 힘의 크기가 결정됩니다.]

하지만 시스템 메시지가 말해 주지 않은 것도 있었다. 이매망량으로 다룰 수 있는 영혼의 개수.

그건 플레이어의 역량에 따라 다르다.

'한계는 정해져 있지 않아. 하지만 영혼을 많이 다룰수록 내 목숨이 위험할 거야.'

해서 '도깨비감투'는 저주받은 아이템으로도 불렸다. 사용자의 목숨을 앗아 갈 수도 있었으니까.

"후우……."

숨을 곱게 내뱉은 강서준은 눈을 부릅떴다. 아직 레벨부터 모든 게 부족한 강서준의 입장에서 이만한 힘을 길게 사용하는 건 죽고자 하는 짓이었다.

그가 할 수 있는 것은 하나였다.

'단숨에 끝낸다.'

강서준은 본디시의 검을 정렬했다. 호흡을 길게 들이마시자, 들숨 속으로 누군가의 영혼도 같이 빨려 들어오는 걸 느꼈다.

그리고.

쿠우웅!

공간을 접듯이 뛰어 라이칸의 뒤를 점했다. 마침 D-5구역의 천장을 뜯어내던 놈의 뒤통수가 보였다.

놈의 오른손이 멍청하게 하늘을 올려다보는 누군가를 향해 내려가고 있었다.

스거거걱!

일격에 놈의 오른손이 손목째로 잘려 나갔다. 잘려 나간 부위에서 귀곡성이 울리며, 억지로 뭉쳐졌던 영혼들은 공중으로 비산했다.

하지만.

'······살이 떨리는군.'

고작 한 번의 휘두름이었다. 그것만으로도 전신이 찢겨 나가는 통증이 일었다. 이대로면 그의 몸은 금세 터지고 말 터.

'약점을 찾아야 해.'

하지만 그때였다.

"당신은······."

D-5구역에 있던 누군가가 말을 걸어왔다. 너구리 가면과 팬더 가면을 쓴 사내는 잔뜩 경계를 하면서 이쪽을 바라보고

있었다.

"······사람입니까?"

"······."

"다, 다가오지 마세요!"

스거억!

강서준은 그들을 지나쳐, 뒤편에서 꿈틀거리며 다가오던 라이칸의 손가락을 잘라 냈다. 강서준은 침을 꼴깍 삼키며 긴장한 두 사람을 향해 말했다.

"죽고 싶지 않으면 여길 나가."

그의 목소리엔 여러 영혼이 섞여 있었던 모양이다. 여자, 남자, 노인 등의 목소리가 한데 동시에 울렸다.

"빨리."

"네, 넷!"

너구리 가면과 팬더 가면이 겁에 질린 채 부리나케 그 자리를 벗어났다. 강서준은 그 뒷모습을 응시하다 다시 고개를 들었다.

언제 다가왔는지 거대한 이빨이 그를 향해 쇄도하고 있었다. 강서준은 눈을 번쩍이며 그 자리를 벗어났다.

콰직!

"······날 먹고 싶은 거냐?"

대답을 듣지도 않았지만 알 수 있었다. 놈의 눈동자는 오로지 강서준만을 좇고 있었으니까.

또 놈의 남은 왼손이 강서준을 노리며 다가왔다. 그는 공격을 피해 크게 뛰면서 중얼거렸다.

"역시 지능은 없는 것 같은데."

라이칸의 지능도 대단히 높은 편은 아니었지만, 이놈은 아예 지능 자체가 없는 것처럼 보였다.

말하자면 '무지성 도깨비'.

오로지 강해진다는 일념하에 영혼만을 먹기 위해 움직이는 것 같았다.

즉 놈은 현재 여러 영혼이 압축된 상태인 '이매망량 강서준'조차 하나의 요리로 인식할 뿐이다.

하기야 지금 강서준만큼 맛있는 먹이는 없을 것이다.

그의 온몸엔 영혼이 덕지덕지 달라붙어 있었으니까.

"좋아. 날 따라와 봐."

열차 지붕을 밟고 올라선 강서준은 바로 D-6구역으로 뛰기 시작했다. 왔던 길을 되돌아가자 라이칸이 홀린 듯 강서준을 쫓았다.

[스킬, '류안(A)'를 발동합니다.]

동시에 금빛으로 물든 눈동자를 어지럽게 움직이며, 라이칸의 구석구석을 살펴봤다. 여전히 놈의 목 언저리에서 부자연스러운 흐름이 흘러나오고 있었다.

'저곳이 원인일 거야.'

어느 정도 D-5구역에서 떨어졌다고 생각됐을 즈음, 그는 방향을 바꿔 라이칸을 향해 접근했다.

그를 먹겠다는 일념으로 손을 뻗어 대기에 다시 한번 검을 휘둘렀다.

하지만 이번엔 깔끔하게 잘라 내질 못했다. 반쯤 덜렁거리는 왼손을 피하며 몸을 굴려야 했다.

"우어어어!"

영혼을 다시 엮어 왼손을 금세 복구해 내는 라이칸.

그때 강서준은 한 지점만을 노려보고 있었다.

'목 뒤편.'

보아하니 영혼들은 모두 저곳을 관통하고 있었다. 척추? 신경망 같은 느낌이었다.

콰득!

강서준의 시야가 순간 밝아졌다.

얼굴을 가리던 도깨비 가면이 반 정도 균열이 생겨나면서 벗겨진 것이다. 몸에 두르고 있던 영혼의 갑옷도 점차 깨진 둑처럼 영혼이 줄줄 새고 있었다.

'시간이 없어.'

갈수록 강서준은 영혼을 다루는 일에 지치고 있었다. 그의 체력이 더는 이 스킬을 버틸 수 없다는 방증이었다.

이대로 더 무리한다면 '이매망량'을 유지할 수야 있겠지만 목숨이 위태로울 것이다.

그에겐 여유가 없었다.

"흐으으읍……."

다시금 숨을 들이마신 그가 눈을 번뜩이며 달려들었다. 본디시의 검이 서럽게 울음을 토해 냈다.

[장비 '한이 서린 본디시의 검'의 전용 스킬, '서릿발'을 발동합니다.]

하얗게 일렁이는 검 끝으로 서리가 휘몰아쳤다. 그가 노리는 부분은 우선 놈의 발뒤꿈치.

스걱! 스거걱!

"우어어어!"

한쪽을 잘라 내자 균형을 잃은 놈이 기우뚱 쓰러졌다. 적당히 시야가 낮아지자 더욱 목표가 잘 보였다.

강서준은 바로 뛰어올랐다.

후우우웅!

놈의 왼손이 모기 잡듯 강서준을 향해 짓쳐들어온다. 하지만 몸을 빙글 돌리며 놈의 손가락을 잘라 내는 동시에 팔을 밟을 수 있었다.

투탓!

놈의 팔을 박차고 다시 뛰어 놈의 어깨에 다다랐다. 광기에 젖은 놈의 눈동자가 느릿하게 따라왔다.

강서준이 검에 모든 힘을 집중시키는 순간이었다.

[스킬, '마력 집중(F)'를 발동합니다.]

스거어억!

손쉽게 파고드는 검!

생살을 잘라 낼수록 라이칸의 울음이 크게 터졌다. 몇 번을 갈랐을까. 피 대신 영혼이 쏟아져 나오는 기괴한 살갗을 깊게 파고들었다.

강서준은 눈이 번쩍 빛났다.

류안으로 발견한 부자연스러운 흐름. 놈의 원천이 눈앞에 보이고 있었다.

'이건······.'

강서준은 저도 모르게 헛웃음을 짓고 말았다. 그건 전투 중에 몹시 집중력을 흩어 버리는 행동이었지만 새어 나온 헛웃음을 참기란 요원한 일이었다.

그도 그렇다.

'고작 그런 이유였어?'

이매망량이 된 삼깨비 라이칸.

어떻게 던전 브레이크를 거치질 않고 진화를 거듭했는지 그게 궁금했는데.

빌어먹을 이렇게나 간단한 트릭이었다니.

"우어어어어어!"

C급 개체가 되어 괴성을 지르는 라이칸의 뒤통수를 응시하며, 강서준은 잘근 입술을 깨물었다.

던전 브레이크가 없어도 몬스터는 진화할 수 있는가.

한때 던전 공략에 차질이 생겨 한참 여유가 생겼을 즈음, 플레이어 사이에서 의견이 분분했던 난제였다.

결론은 불가능이었던 걸로 기억한다.

어쩌면 개체의 진화를 가속시키는 '포자 바이러스'라면 가능하지 않을까.

몇몇 괴짜들이 실험까지 했지만 결국 실패했다.

포자 바이러스는 NPC나 인간에 한하여 영향을 줄 뿐. 그 어떤 몬스터도 예외 없이 포자 바이러스를 받아들이지 못했다.

"우어어어!"

해서 눈앞에서 포효하는 라이칸을 당장 무어라 판단하긴 애매했다. 포자 바이러스로 진화한 것 같지만, 그 모습은 '이 매망량'이 아니었다.

그리드나 트리거라고 부르기도 애매했다.

세세하게 따지자면.

'몬스터의 특징을 그대로 유지하는 그리드.'

강서준은 그렇게 결론을 내렸다.

하지만 1에서도 불가능으로 끝났던 '포자 바이러스로 인한 진화 이론'이 어떻게 성공했는지는 여전히 의문이었다.

그랬다.

놈의 목덜미를 파헤치기 전까지는 말이다.

'설마 몬스터에게 던전꽃을 심을 줄이야.'

던전꽃은 던전 브레이크를 가속하는 특수한 아이템이었다. 심은 꽃의 개수가 많을수록 던전 브레이크는 더욱 빠르게 가속한다.

그것이 일반적인 던전꽃의 사용법.

하지만 이번엔 조금 다른 사용법으로 던전꽃이 쓰이고 만 것이다.

'포자 바이러스를 던전꽃과 섞을 생각을 하다니. ……이러니 1에선 실패할 수밖에 없었지.'

1에서의 '포자 바이러스'는 생성되자마자 철저하게 씨를 말리는 정책으로 지워지고 말았다.

때문에 던전꽃이 등장한 시점인 후반부엔 대다수의 '포자 바이러스'는 이미 멸종한 상태였고.

실험 자체가 불가능했다.

'그걸 현실로 가져와서 실험하다니.'

강서준은 컴퍼니의 집요함에 혀를 차며 무던히도 놈의 살갖을 파고들었다. 원천만 베어 버린다면 이 커다란 개체도 구심점을 잃고 무너질 것이다.

하지만 그때였다.

강서준은 놈의 몸을 구성하는 수많은 영혼이 자르르 떨리는 걸 볼 수 있었다. 강서준의 눈앞으로 피부가 끓었다.

뭐지?

생각할 여유는 없었다.

쑤우우욱!

그 순간 피부는 마치 가시처럼 자라났다. 빠르게 검을 휘둘러 잘라 냈지만 솟아나는 가시가 하나가 아니었다.

그의 손이 점점 어지러워졌다.

가시를 피하는 것도 아슬아슬했는데, 놈의 원천을 찔러야만 하는 상황이었다.

절로 미간이 구겨졌다.

'부족해.'

슬슬 살갗을 파고드는 것보다 영혼이 채워지는 속도가 빨라졌다. 강서준에겐 더 빠르고 위협적인 공격이 필요했다.

'딱 한 발자국만 더.'

하지만 그 한 발자국이 천리 길이라도 되는 것처럼 멀게만 느껴졌다.

만약 그가 속도를 더 낸다면.

더 힘을 주어 밀고 나간다면.

어쩌면 그 한 발자국을 내밀 수도 있을 테지만…….

'죽을 거야.'

예정된 미래를 상상하며 강서준은 입술을 잘근 깨물었다.

그건 단 한 번도 원한 적이 없는 미래였다.

"……허."

강서준은 어쩔 수 없이 빠르게 발을 놀려 그 자리를 벗어나야만 했다. 언제 다가왔는지 거대해진 왼손이 강서준이 있던 자리를 덮쳤기 때문이었다.

물러난 강서준은 놈의 원천이 다시 영혼으로 뒤덮이는 걸 보았다.

일단은 실패였다.

강서준은 현기증이 일어 잠시 몸을 비틀거렸다.

투드득!

슬슬 도깨비 가면의 반쪽이 완전히 부서지면서 얼굴이 드러나고 있었다. 그는 피로 범벅이 된 채로 거친 숨을 내뱉었다.

'한 방…… 적어도 던전꽃을 꺾을 만한 단 한 방만 있으면.'

곰곰이 고민하는 그에게 오대수를 비롯한 일행이 다가왔다. 반쯤은 쪼개진 도깨비가면을 보며 걱정스러운 얼굴들이었다.

그중 강서준은 한 사람을 볼 수 있었다.

머리를 망치로 두드려 맞은 기분이었다.

왜, 잊고 있었을까.

"……괜찮아요?"

이렇게나 가까이에 있었는데.

❧

다시 한번 도깨비의 앞에 선 강서준은 호흡을 정돈했다.

기회는 한 번이었다.

이번에 실패하면 더는 이매망량을 유지할 자신이 없었다.

'쫄지 마.'

[스킬, '침착(S)'을 발동합니다.]

강서준은 자꾸만 밀려오는 불안을 애써 털어 내고, 검을 꽉 쥐었다. 한이 서린 본디시의 검에서 서릿발 기운이 스멀스멀 올라오니 정신이 번쩍 들었다.

"갑니다. 준비해요."

나지막이 한마디를 남긴 강서준은 라이칸의 반경으로 들어섰다. 이게 웬 떡이냐는 얼굴로 손부터 들이미는 도깨비.

어느새 오른손도 복구시켰는지 양손이 어지럽게 그를 노리고 다가왔다.

'순서는 비슷해.'

강서준은 눈을 번뜩이며 검을 휘둘렀다. 서릿발이 휘감긴 검은 낮게 공명하며 다가서던 왼손을 잘랐다.

쿠웅!

뒤이어 포개진 오른손.

이미 발끝에 마력을 집중시킨 그는 빠르게 그 자리를 벗어날 수 있었다. 한데 이번엔 이변이 있었다.

스스스스슛!

[스킬, '위기 감지(B)'를 발동합니다!]

소름이 끼치는 소리와 함께 그를 향해 쇄도하는 무수한 가시의 행렬이 있었다.

짧은 사이에 성장한 것이다.

강서준은 혀를 차면서 눈을 금빛으로 물들였다.

[스킬, '류안(A)'를 발동합니다.]

근거리에서 쏘아지는 가시를 막아 내는 건 어려운 일이지만, 원거리에서 발사된 가시를 피하는 건 쉽다.

흐름을 읽고 미리 대비를 한 강서준은 가시를 베어 내며 전진하고 또 전진했다. 라이칸이 분한 얼굴로 그를 쫓았지만 강서준은 귀신같이 피해 냈다.

'어쩌면 넌 삼깨비보다 쉬울지도 모르겠어.'

개체값은 아마 C급을 넘나들 정도로 강력한 몬스터였다.

하지만 지능이 없어 그 강한 힘이 제멋대로 폭주하고 있을 뿐이다.

힘이 무식하게 강해 봤자 뭐 해. 도통 써먹을 줄 모르는데.

강서준은 일부러 놈이 가시를 많이 쏘아 내도록 거리를 유지했다. 놈이 가시를 생성하는 만큼 놈의 몸을 유지하는 영혼의 양이 줄어들었다.

류안으로 정확히 보였다.

하나, 그도 여유가 넘치는 건 아니었다.

그는 멀리서 자신을 바라보는 시선을 느끼며 슬슬 때가 됐다는 걸 깨달았다.

이젠 본격적으로 공격을 감행할 시간이었다.

쿠우우웅!

강서준은 회피 일변도에서 방향을 바꿔 라이칸의 사정거리로 접근했다. 더욱 맹렬해진 가시의 틈을 비집고 들어가니, 다시 목덜미를 목전에 둘 수 있었다.

[장비 '한이 서린 본디시의 검'의 전용 스킬, '서릿발'을 발동합니다.]

한이 서린 본디시의 검이 무수한 서릿발을 일으키며 라이칸의 몸체를 조금은 느리게 만들었다.

마력이 쭉 빠지면서 이매망량의 갑주도 완전히 떨어져 나가, 이젠 맨몸이 되었지만 개의치 않았다.

내친김에 그는 이매망량이 보유한 스킬도 사용하기로 했다. 영혼이 뭉텅이로 빠져나가면서 그의 도깨비 가면도 완전히 소멸했다.

"도깨비 검무."

숫구치는 가시를 베고 살갗을 찢었다. 영혼이 격돌하며 비명을 내질렀고, 터져 나간 살점에선 가차 없이 누군가의 영혼이 소멸했다.

영혼끼리 부딪치며 일으키는 귀곡성.

그 사이를 비집고 들어간 강서준은 목덜미 한쪽에서 기생하던 '던전꽃'을 발견할 수 있었다.

그의 목적을 알아차렸을까?

라이칸은 더욱 발광하며 가시를 뽑아냈다. 수십 개의 가시가 정면에서 꽃처럼 피어났다.

하지만.

"……이미 늦었어!"

최소한의 힘만을 유지한 채 최대의 전력을 뽑아낸 강서준의 검을 막아 낼 수 없었다. 가시는 모조리 도깨비 검무에 의해 잘려 나갔다.

그럼에도 던전꽃엔 작은 생채기조차 낼 수 없다는 한계가 무척 화가 났지만.

이번엔 괜찮았다.

"후우......."

전장의 한 곳에서 낮게 들이마신 들숨. 일말의 흔들림 없이 겨누어진 총구.

직접 보지 않아도 훤히 보이는 그녀를 떠올리며, 강서준은 말끔하게 가시를 정리했다.

그리고 한순간이었다.

타아아앙!

도깨비 검무를 유지하느라 정신없는 와중에, 그의 겨드랑이 사이를 스쳐 지나가는 총알이 있었다.

붉게 빛나는 마탄.

수많은 공격이 교차하는 가운데에서 정확하게 마탄은 그 틈을 비집고 들어갔다.

'단 한 방.'

그토록 원했던 그 한 방이 던전꽃을 적중시키고 있었다.

[스킬, '위기 감지(B)'를 발동합니다!]

한데 그 순간.

강서준은 기묘한 감각에 사로잡히고 있었다.

마치 시간이 느리게 흐르는 느낌 속에서 심장의 박동만 나지막이 들렸다. 마탄이 던전꽃을 꺾는 장면만이 류안에 확대되었다.

이게 뭘까.

무엇이 위기라는 걸까.

길게 고민할 것도 없었다. 느닷없이 발동한 [위기 감지]가 말하는 건 지금 이 상황이 그에겐 위기라는 것이다.

강서준은 금세 원인을 깨달았다.

'……설마 구심점을 잃어서 폭주하는 거냐.'

예기치 못한 상황이었다. 원천을 공격해서 놈이 먹어 댄 영혼이 힘으로 쓰이지 못하도록 막을 속셈이었는데.

여태 억제됐던 영혼들이 갈 길을 잃고 방황하기 시작한 것이다. 머지않아 이 주변은 영혼의 폭주로 뒤덮이겠지.

'영혼들이 폭주하게 되면 어떻게 될까.'

원래 언데드는 생을 갈구하는 법이다. 놈들이 산 자를 무작정 공격하는 데에는 본능적으로 산 자를 공격하도록 설정된 탓이었다.

그렇다면 영혼은?

갈 길을 잃고 폭주한 영혼들이 원하는 건 뻔했다.

'……그릇.'

그들의 영혼을 안착시킬 그릇을 찾으려 할 것이다. 그리고 이 주변엔 저들의 그릇이 될 만한 것들이 넘치게 많았다.

'안 돼.'

대학살이 벌어질 것이다. 영혼은 서로 몸을 차지하기 위해 서로를 공격할 터. 그 사이에 낀 인간이라고 멀쩡할 리가 없었다.

강서준은 입술을 잘근 깨물며 눈을 부릅떴다.

아직 구심점을 잃은 지 얼마 안 된 시점이라 그런지 강서준을 노리는 영혼은 아직 없었다.

그저 얼마 남지 않은 시한폭탄만이 앞에서 째깍거릴 뿐이었다.

강서준은 이 폭탄을 해제할 방법도 떠올릴 수 있었다.

'영혼을 다스려야 해.'

하지만 강서준에겐 도깨비감투를 더 다룰 여력이 없었다. 설령 그가 멀쩡했다 하더라도 이만한 힘을 억제시킬 역량도 부족했다.

애초에 그는 도깨비가 아니다.

영혼을 다루는 건 그의 특기가 아니었다.

다른 방법을 찾아야 한다.

'잠깐…….'

그는 힘을 잃고 축 늘어진 한 마리의 도깨비를 발견할 수 있었다. 수많은 영혼들 틈에 파묻혀 놈은 죽을 날만을 앞두고 있는 것만 같았다.

"……삼깨비."

불현듯 아이디어가 떠오른다.

터무니없지만 해 볼 만한 것이었다.

강서준은 라이칸을 바라보며 결정을 내렸다.

'도깨비는 영혼을 다루는 종족이야.'

그리고 도깨비감투는 본래 도깨비의 전용 장비였다. 삼깨비는 도깨비감투를 통해서 진화하여 '이매망량'이 된다.

강서준의 눈이 불길하게 빛났다.

"이것도 도박이겠지만……."

본디시의 검이 시야를 가리는 영혼들을 밀어내기 시작했다. 그저 방황할 뿐인 영혼들이 이빨을 드러내기 전에, 강서준은 라이칸의 앞에 설 수 있었다.

강서준은 검을 집어넣고 손을 내밀었다. 그저 힘없이 축늘어진 라이칸의 동공은 열려 있었다.

하지만 손이 닿자 반항하듯 부르르 떠는 몸.

라이칸은 어딘가에 구속되는 것 자체를 본능적으로 기피하는 것처럼 보였다. 강서준은 한숨을 내쉬며 말했다.

"기다려. 널 구속하려는 게 아니니까."

강서준은 도깨비감투를 완전히 착용을 해제했다. 동시에 실낱같이 남아 있던 '이매망량 모드'가 풀리면서 그의 주변으로 영혼들의 흐름이 빨라졌다.

코앞에 나타난 '생자(生者)'의 기운에 반응하는 것이다.

다만 아직 다가오진 못했다.

그의 손엔 '도깨비감투'가 쥐어져 있었으니까. 영혼에게 있어 도깨비감투를 지닌 존재는 본능적으로 두려움을 준다.

"넌 잠시 왕이 되어 주면 돼."

강서준은 도깨비감투를 천천히 내려다봤다. 초조한 눈으로 라이칸을 확인했다.

　동시에 머리 회전도 빨라졌다.

　강서준은 라이칸과 실낱같이 연결된 영혼의 흐름을 느낄 수 있었다.

　도깨비감투의 주인은 자고로 모든 도깨비를 조종할 수 있다.

　'완전한 이매망량만 안 되면 돼. 그러면 놈은 통제하에 놓을 수 있어.'

　하지만 결국 도박이었다.

　이놈이 '이매망량'이 되지 않는다는 보장이 어디에도 없었으니까.

　이미 한 차례 상위 개체 비슷하게 진화했던 놈이다. 어쩌면 기존의 규칙과는 달라졌을 수도 있었다.

　던전 브레이크 없이 진짜 '이매망량'이 되어 버릴 수가 있는 것이다.

　'그래도 이게 최선이야.'

　강서준은 영혼을 다룰 역량이 부족하다. 라이칸이 억지로 끌어모은 영혼들이 폭주하게 될 경우, 버텨 낼 재간이 없었다.

　위기 감지도 말했잖은가.

　이건 정말 '위기'라고.

"그러니 부탁한다. 부디 이 영혼들만 잠재워 줘."

강서준은 억지로 라이칸의 머리에 감투를 씌웠다.

먼 옛날, 드림 사이드 1에서도 오랜 문헌으로만 기록된 내용이 있었다.

-영혼의 인도자.

사실 도깨비는 처음부터 몬스터가 아니었으며, 그들은 이종족 계열의 NPC라는 것이다.

방황하는 영혼을 위로하며 그들을 저승으로 돌려보내던 '반신'에 가까운 종족.

하지만 언제부터인가 그들은 타락했다.

영혼을 멋대로 다루기 시작했으며, 강해지고자 영혼을 먹기까지 했다.

그건 큰 '화'를 불러왔다.

영혼을 다루는 도깨비는 그 능력의 대부분을 '도깨비감투'에 봉인되고 만 것이다.

누가 그렇게 만들었는지는 오랜 문헌에서도 찾을 수 없었다.

하나, 확실한 건 있었다.

그날을 기점으로 도깨비는 일개 몬스터로 전락했으며, 그저 영혼을 잡아먹으며 갖고 놀 줄 알 정도로 지적 능력도 퇴화된 것이다.

그리고 이것이 오랜 문헌에만 기록된 도깨비들의 비사였다.

"아니야…… 내 탓이 아니야."

저도 모르게 관통하는 옛 기억 속에서 허우적대는 한 마리의 도깨비가 있었다.

머리에 달린 뿔만 세 개인 '삼깨비 라이칸'은 불현듯 그를 잠식하는 기억들을 돌아보며 몸을 떨었다.

"날 내버려 둬……."

라이칸은 그의 주변에서 울어 대는 수백 개의 영혼을 볼 수 있었다. 마치 책망하는 듯한 시선 속에서 그는 더욱 몸을 움츠려야만 했다.

"……내가 원한 게 아니라고."

그는 두려웠다.

그만을 노려보는 수백 개의 시선이.

억울한 듯 울어 대는 저 울음이.

어째서 '삼깨비'가 되고서도 고작 이것밖에 하질 못했나. '가짜 왕'에게 사로잡혀 동족을 잡아먹고, 나아가 고작 영혼만을 탐하는 괴물이 된 건에 대해서.

어쩌다 이렇게 되어 버렸을까. 이런 미래는 단 한 번도 원한 적이 없었다.

라이칸은 생각했다.

'이 악몽에서 벗어나고 싶어.'

갈수록 영혼의 눈초리는 강해졌다. 오히려 그의 주변을 머무는 영혼의 숫자만 기하급수적으로 늘어나는 것 같았다.

라이칸은 저항조차 할 수 없었다.

또한 라이칸을 잡아먹을 듯 노려보는 수백 개의 영혼들의 시선 속에서 그는 철저하게 혼자였다.

……이젠 돌아갈 수 없으리라.

방법은 없다.

그렇게 생각할 때였다.

"그러니 부탁한다. 부디 이 영혼들만 잠재워 줘."

나지막이 들려온 목소리가 있었다.

곧, 무언가가 그에게 다가오고 있었다.

익숙한 물건이었다.

라이칸은 바로 알아볼 수 있었다.

아니, 모를 수가 없었다.

도깨비라면 응당 그 물건에 대해서 본능적으로 알고 있는 것이다. 라이칸은 홀린 듯이 그 물건을 바라봤다.

따지고 보면 모든 원흉은 '저것' 때문에 일어난 것이다.

'도깨비감투…….'

몽롱한 시선으로 도깨비감투를 바라보던 라이칸은 순간, 어떤 장면을 볼 수 있었다. 분명 통제하질 못하던 자신의 눈으로 봤던 것들이었다.

'저건…….'

거대한 영혼의 집합체였던 자신을 상대로 대등하게 전투를 벌이던 하나의 도깨비.

라이칸은 침음을 삼켰다.

'……이매망량.'

전설 속에서나 등장한다는 '이매망량'을 정면에서 목격한 라이칸은 더는 아무것도 생각할 수 없었다.

"왕이시여."

진정한 왕이 그의 앞에 있었다.

<hr />

"헉, 헉…… 헉!"

숨을 거칠게 내쉬며 달리던 김갑수는 터질 듯한 심장을 부여잡고 겨우 멈추어 설 수 있었다.

뒤돌아보니 여전히 폭격이라도 떨어지는 듯한 묵직한 충격이 계속되고 있었다.

"……대체 저게 뭐야?"

무심코 내뱉은 말에 팬더 가면도 난색을 표했다. 그 누구도 본 적이 없는 것이기에 뭐라 표현할 단어가 없었던 것이다.

그저 알 수 있는 건 하나였다.

"괴물이었어요."

괴물.

단순히 게임 속에서 보던 몬스터를 말하는 게 아니었다. 그놈은 여태 만난 적이 없는 규격 외의 괴물이었다.

드림 사이드 2가 정식으로 오픈된 이래로 단 한 번도 느껴 보지 못한 감정이었다.

설령 D급 던전의 보스 몬스터 '리자드맨의 대장군'이 눈앞에 나타나더라도 이 정도의 위압감은 아닐 것이다.

마치 그 모습은.

"리자드왕 같더군……."

C급 던전을 주름잡는 리자드맨들의 군주. 그를 정면으로 마주했을 때야 느낄 법한 감정이었다.

김갑수는 식은땀을 닦아 내며 호흡을 정돈했다.

팬더 가면이 말했다.

"……하나도 아니었죠."

그 거대한 괴물을 상대로 전투를 벌이던 놈이 있었다. 몸집부터 비교도 안 되는데, 대등하게 전투를 벌이고 있었다.

무엇보다 그는 '말'을 했다.

"그는 사람이었을까?"

하지만 섣불리 긍정할 수 없었다. 분명히 한국어를 구사하고 있었지만, 그 목소리는 마치 귀신이 속삭이는 것처럼 섬뜩했으니까.

또한 그의 몸을 감싸던 것들은 사람보다는 몬스터 같다는 인상이 더 강했다. 김갑수는 떠올릴수록 소름이 끼쳐, 몸을 떨었다.

"그나저나 어떡하죠? 팀장님. 연락이 끊긴 녀석들이 많아요."

"뭐? 얼마나 되는데?"

"네 명이나 답신이 없습니다."

두 사람은 겨우 떨리던 심장을 진정시키며 팀원들과 만나기로 약속한 장소로 향했다. D-5구역에서도 구석에 숨어 있던 팀원들은 각자 한 보따리씩 들고서 김갑수를 맞이했다.

그들이 말했다.

"석구의 연락이 끊겼습니다."

"기홍이도……."

"팀장님. 성재도 답이 없어요."

그들의 얼굴엔 의문만이 떠오르고 있었다. 김갑수는 팀원들을 둘러보며 한 가지 사실을 깨달았다.

이들은 보지 못한 것이다.

그 괴물을.

김갑수는 미간을 구기면서 손가락으로 자신의 가면을 톡톡 두드렸다. 고민할 때마다 하는 그만의 버릇이었다.

'원칙대로라면 생사부터 확인해야 해. 설령 죽었더라도 유품은 챙겨야 하고.'

하지만 김갑수는 결정을 내렸다.

"돌아간다."

"……네?"

"그들에겐 미안한 일이지만 여유가 없어."

당연히 팀원들은 반발하고 나섰다.

"형님. 석구입니다! 석구요! 그놈이 형님을 얼마나 잘 따랐는지 아시지 않습니까?"

"그만."

"기홍이도 마찬가지입니다. 그놈은 팀장님을 존경해서 이번 일을 자원한."

"그만!"

김갑수는 큰 소리를 내며 팀원들의 말을 일축했다. 그는 모두를 돌아보면서 따박따박 입을 열었다.

"석구와 기홍이에겐 안된 일이다. 하지만 돌아갈 수 없어. 그곳은 이미 지옥이다. 가면 죽어."

아직도 던전이 거칠게 흔들리고 있었다. 고작 괴물들의 싸움이 던전 자체에 영향을 주고 있다는 여파였다.

김갑수는 천장을 뜯어내고 군침을 흘리던 괴물을 상기했다.

"더는 반론은 용납하지 않는다. 결정이 번복되는 일도 없을 것이다."

"하지만 팀장님!"

김갑수의 행동을 납득하지 못한 팀원들은 그저 답답할 뿐이었다. 생사조차 알지 못하는 동료를 놔두고 복귀하겠다니.

그간 '동료의 목숨을 자기 목숨처럼 여겨라'라고 훈육했던 김갑수의 모습과 너무나도 상반됐다.

한편 유일하게 팬더 가면만은 김갑수의 의견에 동조했다.

"……복귀해야 해. 이 던전에서 당장이라도 나가야 한다고."

"연석아. 너까지 왜 이래!"

얼마나 답답했는지 그들은 본명까지 입에 담았다. 팬더 가면, 유연석은 되레 그들을 돌아보며 말했다.

"너희들은 몰라. 분명히 죽는다고…….."

"진짜 대체 뭘 봤기에 이래?"

그때였다.

투드드득!

천장에서 금이 가길 시작하더니 돌가루가 떨어졌다. 김갑수와 유연석은 사색이 되어 굳었고, 다른 요원들은 의문을 느끼며 고개를 들었다.

김갑수가 외쳤다.

"……모두 도망쳐라!"

"네?"

"당장 이곳을 벗어나야 해!"

하지만 그들의 대처가 아무리 빨랐다고 해도 천장이 무너지는 속도를 이길 수는 없었다.

갈라진 천장에선 무언가가 투욱 떨어졌다.

뭐지?

생각을 잇기도 전에 바닥에 떨어진 형체는 선명해졌다. 피로 샤워라도 한 듯 쓸쓸하게 누워 있는 남자였다.

문제는 그 앞에 선 몬스터였는데.

작은 방망이를 쥔 채로 으르렁대며 경계심 가득한 눈빛을 보내는 한 마리의 도깨비는 머리에 뿔만 세 개를 달고 있었다.

도깨비가 사납게 말했다.

"다가오지 마라. 더는 아무도 접근하지 못해!"

몬스터일까.

그렇다면 왜 사람을 지키는 거지?

도대체 저 사람은 누구고 저 도깨비는 대체 뭐란 말인가.

도깨비가 가진 뿔의 개수가 그 강함을 나타낸다는 것마저 까마득히 잊어먹을 정도로 당황스러운 상황이었다.

김갑수는 침을 꼴깍 삼켰다.

뭐가 됐든 그가 걱정하던 '그 괴물'이 아니라는 것에 안심할 수 있었다.

물론 도깨비가 성난 목소리를 내고 있었지만.

"다가오지 말라고 했어! 인간들!"

크기가 인형만큼 작아진 도깨비의 외침은 그다지 위협조차 되질 않았다.

츠츠츳…….

D-5구역의 천장. 서서히 복구되는 천장의 한쪽으로 미세하게 작은 영혼이 꿈틀거렸다.

츠츳!

먼지처럼 작았던 영혼은 점차 그 크기를 부풀려 갔다. 어느덧 사람의 형태로 돌아온 그것은 몸에 묻은 먼지를 털어내며 중얼거렸다.

"괴물 같은 위력이군……."

던전 상인 잭의 '사칭범'.

닉네임 '젝'.

그의 시야엔 부서진 천장이 보였다. 내부로 창고가 보이는 걸로 보아 아무래도 던전의 지붕을 그대로 뜯어낸 모양이었다.

D급 던전에 난입한 C급 개체의 공격력. 그건 방과 방을 제한하는 시스템의 제약마저 벗어나는 모양이었다.

"조금만 더 늦었으면 D-5구역이 통째로 붕괴됐을 텐데…… 조금 아쉽군."

폭주한 라이칸이 괜히 D-5구역으로 향한 게 아닐 것이다. 이곳의 외벽에 큰 충격을 준다면, 자연스레 내부로 확장된 공간에 영향을 주기 때문이었다.

그리고 만약 조금 더 천장을 뜯어내며 라이칸의 공격이 더해졌다면?

D-5구역은 통째로 확장 기능이 망가진다.

내부에 자리한 4층짜리 경매장은 없어지고 본래 기차의 작은 칸으로 변한다는 뜻이었다.

'그렇게만 됐으면 손쉽게 영혼들로 더욱 강화할 수 있었을 텐데.'

확장된 공간이 단번에 축소될 경우 그곳에 있던 사람들은 어떻게 될까?

답은 간단했다.

그저 모조리 한 칸으로 압축될 뿐이다.

더욱 먹기 쉽게 알아서 뭉쳐 있을 테니, 라이칸은 종전처럼 속수무책으로 당하지도 않았을 것이다.

"……누군지는 몰라도 두고 보자고. 네놈은 반드시 내 손으로 죽여 줄 테니."

젝의 눈이 스산하게 빛났다. 비록 이번 던전에서 그가 가진 패를 모두 잃어버린 셈이었지만, 실망하진 않았다.

다시 찾으리라.

더욱 강한 무기를 가지고.

이번엔 컴퍼니의 진정한 힘을 보여 줄 것이다.

그가 그렇게 다짐할 때였다.

"글쎄. 누구 마음대로?"

돌연 허공에서 들려온 소리에 젝이 바쁘게 주변을 둘러봤다. 하지만 보이는 건 아무것도 없었다.

"……누구냐?"

"아직도 모르겠어?"

목소리는 지척에서 들려왔다. 젝이 품에 숨겨 놨던 단검을 꺼내어 바로 휘둘렀다.

하지만 단검은 허공을 벨 뿐이었다.

정체 모를 남자는 다시 입을 열었다.

그 목소리는 바로 위에서 들려왔다.

쿠우웅!

"이, 이게 무슨?"

젝은 저도 모르게 무릎을 꿇은 자신의 모습에 당황해야 했다. 단검을 쥔 손은 힘을 잃고, 무기는 바닥에 떨어졌다.

어찌 된 일일까.

어느덧 그의 시야로 나타난 남자가 있었다.

"반가워. 노예 1호."

젝의 허리가 억지로 접혔다. 바닥에 이마를 박아 절을 하는 자세가 된 그는 이를 악물고 몸을 일으키려고 했다.

한데, 몸은 그의 의지를 거절했다.

"쓸데없는 짓을 하긴……. 걱정 마. 넌 앞으로 쉽게 죽지도 못하니까."

"뭐?"

"내게 빚을 갚기 전까지는 말이야."

눈동자만 도록 굴려 놈을 올려다봤다. 그곳엔 종이 한 장이 살랑살랑 흔들리고 있었다.

바로 알 수 있었다.

그건 그가 찢어 버렸던 계약서였다.

"너, 넌?"

보스방에서 아크의 하수인을 연기하며 그와 계약을 했던 남자.

또한 스펙터를 잔뜩 몰고 왔던 정체불명의 사내와 동료로 보이는 그놈이었다.

젝은 그제야 알 수 있었다.

"모두…… 모두 네놈이 저지른 짓이구나!"

도깨비감투를 빼앗긴 것부터, 일련의 사건들이 머릿속을 스치고 지나갔다. 열불이 터져 당장이라도 놈의 목에 단검을 꽂고 싶은 열망이 생겨났다.

하지만 몸은 여전히 움직이질 않았다.

"쯧. 그러니까 계약서 갖고 장난질을 하면 어떡하냐."

"이이익!"

"포기해. 포기하면 편해."

젝은 이를 박박 갈면서 놈을 올려다봤다. 오직 눈동자와 말하는 것만이 허락된 그는 성난 목소리로 물었다.

"대체 네놈은 누구냐! 누구길래, 감히 나를……!"

"나? 흐음······ 뭐라고 하면 좋을까."

사내는 웃으면서 말했다.

"아마 너보다 더 악랄한 상인이겠지."

도깨비의 왕

강서준이 의식을 되찾은 건, 만 이틀이 지난 뒤였다.

[칭호, '도깨비의 왕'을 습득했습니다.]
[도깨비들이 당신에게 머리를 조아립니다.]

힘겹게 몸을 일으킨 강서준은 아릿하게 느껴지는 통증에 미간을 구겼다. 지끈거리는 두통 뒤엔 전신을 두드리는 근육통이 뒤따랐다.

"흐음……."

하지만 통증이 있다는 건 그가 아직 살아 있다는 증거였다. 강서준은 한숨과 함께 약간의 통증을 밀어냈다.

마지막 기억은 단연 방황하는 영혼이 제 갈 길을 잃고 폭주하려던 장면.

사방에서 울리던 귀곡성과 시시각각 떨어지던 에너지 바가 기억났다. 해서 강서준은 최후의 도박을 했던 것이다.

그 결과는…….

"왕이시여! 정신이 드십니까!"

강서준은 자신의 앞에서 무릎을 꿇고 물수건을 쥔 채로 흥분하는 한 마리의 도깨비를 볼 수 있었다.

달린 뿔만 세 개.

그 크기가 손 두 뼘짜리 인형처럼 작았다. 언뜻 앙증맞게 생기기도 하여 가만히 있었다면 인형이라고 착각했을지도 모를 생김새였다.

그나저나 이놈은.

'……삼깨비잖아?'

이 던전의 보스이자, 한때는 C급의 개체로 성장해서 무지막지한 위압감을 보여 줬던 몬스터.

던전을 집어삼키려고 할 정도로 거대해졌던 모습을 떠올리던 강서준은 눈앞에서 물수건을 든 채로 부들부들 떠는 도깨비를 응시했다.

갭이 커도 너무 크지 않은가.

대체 무슨 일이 일어난 거지?

그는 시야의 한쪽에 자리한 문장을 읽을 수 있었다. [도깨비의 왕]이라는 생소한 칭호를 습득한 내역이었다.

단 한 번도 들어 본 적이 없는 칭호였다.

"어?"

그때, 다행히 상황을 알려 줄 만한 사람이 한쪽에서 나타났다. 인기척을 따라 고개를 돌리니 그녀가 웃고 있었다.

"……최하나 씨."

"일어나셨어요?"

고개를 끄덕인 강서준은 라이칸을 경계하며 조심스레 물었다.

"어떻게 된 일이죠?"

"……이틀간 많은 일이 있었어요."

"이틀요?"

"네. 서준 씨는 꼬박 이틀을 주무셨거든요."

최하나는 흔들리지 않는 목소리로 차분하게 말을 이었다.

구태여 쓸모없는 정보는 배제한 핵심적인 내용 위주의 브리핑.

군더더기 없이 이틀간의 이야기를 들을 수 있었다.

우선 눈앞의 라이칸이 이틀간 강서준을 간호하며 밤잠을 설친 터무니없는 소식부터 말이다.

최하나는 쓰게 웃으면서 말했다.

"그러고 보니 이 던전에 국정원이 타고 있었어요."

"국정원요?"

"아크에서 왔더라고요."

조금 놀라운 이야기였다.

난장판이 된 서울과 온갖 곳에서 활개를 치는 컴퍼니를 보면 현 한국은 무정부 상태나 다름없는 줄 알았는데.

정부가 아직 살아 있는 건가?

하기야 4천 년의 유구한 역사를 가진 민족이었다. 고작 게임 하나 때문에 무너질 정도로 가볍진 않겠지.

'원래 대한민국은 게임강국이기도 했고.'

유난히 드림 사이드의 플레이어를 다량 보유한 대한민국은 전 세계 어느 곳보다 상황이 좋아야 정상일 것이다.

플레이어가 많을수록 던전에 대응할 전사는 늘어나는 셈이니까.

'당장 천외천의 반절은 한국인이었으니 말 다 했지.'

그러고 보니, 지상수는 어디 갔지?

강서준은 문득 보이지 않는 지상수를 찾으면서 물었다.

"상수는 아크와 협상하러 갔어요."

"……무슨 협상요?"

"아무래도 아크의 상황이 많이 어렵나 봐요. 상수에게서 급하게 물건을 구하려는 걸 보면."

들어 보니 아크는 리자드맨 때문에 풍전등화에 놓인 상태라고 했다. 육로가 모조리 끊겨 당장 굶어 죽는 사람들도 늘어나는 실정인 것이다.

강서준은 미간을 구겼다.

'리자드맨이라······.'

최하나는 부연설명을 해 줬다.

"오픈 당일, 광화문을 점령한 리자드맨의 우물을 봤어요. 한 번도 클리어되질 못했다면 지금쯤 꽤 높은 던전이 되었을 거예요."

"군단을 이뤘으면 벌써 C급은 넘었겠네요."

"그래서 더더욱 문제죠. 아크엔 아직 C급 던전을 공략할 플레이어가 존재하지 않으니까요."

최하나는 지그시 강서준을 바라봤다. 이에 괜히 멋쩍어진 강서준은 얼굴을 긁으면서 물었다.

"제 얼굴에 뭐 묻었어요?"

"아뇨."

그 뒤로도 많은 이야기를 나눴다.

경매장에서 우연히 발견한 반주역 생존자 '공지원'에 대한 이야기. 그를 포함한 수많은 인간 노예들의 소식도 들을 수 있었다.

"형사님도 함께 아크로 향했다고요?"

"네. 지원 씨가 포션으로도 회복시키기 어려운 상태였거든요."

해서 아직 '의사'가 있는 아크로 향한 것이다. 최소한 생명을 유지시키는 수술 뒤에, 회복 증세가 보이면 'HP포션 치료'를 병행할 예정이었다.

"떠난 지 이틀이 되었으니 슬슬 돌아올 거예요."

한편 공지원을 제외한 인간 노예들은 여전히 던전에 남아 있었다. 그들은 영혼이 돌아오지 않은 상태일 뿐이라, 아크로 돌아간들 치료할 수 없었기 때문이었다.

이에 강서준은 라이칸을 돌아봤다.

"왕이시여. 하달하십시오."

잠시 미간을 좁힌 그가 물었다.

"……아이들의 영혼은 소멸했어?"

"아닙니다. 왕께서 원하시는 영혼은 무사히 보전되었습니다."

그나마 다행이었다.

치열한 전투 속에서 아이들의 영혼도 무의미하게 소모됐을 줄 알았는데. 온전한 상태를 유지한 것이다.

"그럼 아이들의 영혼을 되돌릴 수 있을까?"

"……그건 불가능합니다."

난색을 표하는 라이칸을 내려다보며 강서준은 미간을 구겼다. 분명히 도깨비감투까지 그의 머리에 씌워 줬던 게 기억이 났으니까.

당장 그가 죽지 않았고.

최하나부터 다른 사람들이 모두 멀쩡한 걸 보면 라이칸이 영혼을 완전히 제어했다는 증거인데.

어째서 불가능하다는 걸까.

"우선 도깨비감투는 감히 저의 것이 아닙니다."

"뭐?"

"왕의 목숨이 다하는 그 순간까지 도깨비감투는 그저 왕의 것입니다."

"……게임에선 그런 설정은 없었는데."

혀를 찬 강서준은 한숨을 가볍게 뱉었다. 하기야 게임에 없는 걸로 치면 '삼깨비 라이칸'의 존재부터 말이 안 됐다.

강서준은 새삼스럽지만 놈의 이름표를 확인했다.

몬스터라면 응당 푸른색부터 붉은색으로 구분되어야 할 이름이 마치 플레이어처럼 '하얀색'으로 나타나고 있었다.

"또한 도깨비감투에 뒤섞인 수많은 영혼 중 저들의 영혼만 가려내는 건 쉬운 일이 아닙니다."

이건 강서준이 인간이기에 벌어진 문제였다. 본래 영혼을 다루는 것이 종족 특성인 도깨비라면 전혀 곤란한 일이 없었을 테지만, 인간인 그가 영혼을 쉽게 다룰 수 있을 리가 없었다.

"그러면 네가 해. 도깨비감투를 빌려줄 테니까."

"그런 영광을…… 하지만 왕이시여. 저 또한 영혼을 다룰 수 없습니다."

라이칸의 경우는 폭주하는 영혼을 잠재우느라 모든 힘을 잃어버린 상태였다. 느껴지는 힘의 수준은 이젠 '새끼 도깨비'에 불과했다.

강서준은 약간 신경질적인 목소리를 냈다.

"그래서 방법이 있는 거야, 없는 거야?"

라이칸은 바짝 긴장하며 답했다.

"왕의 위엄을 더욱 갖추시면 됩니다."

"왕의 위엄?"

그때였다.

"그거 제가 알아요."

강서준의 의문에 대한 답은 전혀 다른 쪽에서 들을 수 있었다. 소리가 들린 쪽을 바라보니 지상수가 천천히 걸어오고 있었다.

"도깨비의 뿔이 필요한 거예요. 도깨비는 영혼을 뿔로 조종하는 걸로 알고 있거든요."

강서준은 다시 만난 그를 반기며 물었다.

"일은 잘됐어?"

"겸이죠. 뜯어낼 만큼 뜯어냈습니다."

"······뜯어내?"

"그보다 이 문제는 제가 해결할 수 있을 것 같아요. 도깨비의 뿔, 마침 제가 그걸 소재로 한 아이템이 어디에 있는지 알고 있거든요."

지상수는 으스대며 말했다.

"국정원의 공식 협조 요청이 있었어요. 이곳에서 그다지 떨어지지 않은 위치에 아크의 플레이어 팀이 조난당했다더라고요."

"갑자기?"

"더 들어 보세요. 조난당한 팀장은 김강렬 대위라는 군인이에요. 이번에 버뮤다 구역이란 곳을 탐사하러 떠났다가 실종이 됐다나 봐요."

강서준은 미간을 좁히며 물었다.

"버뮤다 구역?"

"네. 서울엔 던전 이외로 사람들이 실종하는 알 수 없는 구역이 생겼거든요. 드림 사이드 1에서는 없던 종류죠."

"……드림 사이드 2 고유의 콘텐츠야?"

"모르죠. 저도 직접 경험해 보진 못했으니."

지상수는 어깨를 으쓱이며 눈을 빛냈다. 강서준은 본능적으로 이다음에 나올 말이 핵심이라는 걸 알 수 있었다.

"중요한 건 김강렬 대위가 마지막으로 보내온 문자예요. 그는 실종 직전, 아크로 이런 문자를 남겼다고 해요."

「위험, 고렙, 도깨비보주……」

그리고 그 문자의 뜻은 하나로 귀결될 수 있었다.

지상수는 씨익 웃으면서 말했다.

"버뮤다 구역은 도깨비랑 관련된 곳인 겁니다."

스슥…… 스슥.

어두운 공간, 옹기종기 모인 사람들이 이었다. 그들은 바닥을 스치는 기묘한 소리에 귀를 기울이며 숨을 죽였다.

스스슥…….

조금은 멀어진 소리.

사람들은 안도의 한숨을 내쉬며 긴장의 끈을 놓을 수 있었다. 깨진 안경을 고쳐 쓴 누군가가 살짝 고개만 내밀어 동태를 살피더니 말했다.

"대위님, 이젠 어떡하죠?"

"……."

"이대로면 우린 모두 죽을 거예요."

그의 말에 일행은 한껏 몸을 떨었다. 아무도 그 말에 부정할 수 없었기 때문이었다.

하지만 김강렬 대위는 한참 침묵을 유지했다.

"대위님, 시간이 없어요. 잠시 숨을 수는 있겠지만 놈들의 숫자가 점점 늘어나고 있다니까요?"

그때, 다시 바닥을 기는 소리가 들려왔다. 일제히 입을 다문 일행은 눈만 껌뻑였다. 그들의 주변으로 기어서 다가온 무언가는 날카로운 쇳소리를 내고 있었다.

"크르르……."

정확히 사람들의 머리 위였다. 내뱉어진 날숨엔 오랫동안 방치된 음식물 쓰레기 냄새가 났지만, 아무도 움직일 수 없었다.

그저 손으로 입을 막고 내뱉어질 숨을 참을 뿐.

스스슷…….

……스슷.

재차 멀어지는 소리.

참았던 숨을 낮게 내뱉으며 사람들은 새파랗게 질린 안색으로 김강렬을 바라봤다.

한참을 고민을 잇던 김강렬은 자신만을 바라보는 그의 대원들을 보면서 나지막이 입을 열었다.

"C급 몬스터 '리자드 장군'이야. 천부적인 전투 재능으로 어릴 적부터 사냥에 능하고, 신묘한 검술을 보유해서 여타 다른 몬스터와 비교를 불허하는 엘리트 몬스터지."

"……네?"

"방금 여길 지나간 몬스터의 제원이야."

대원들의 얼굴은 죽은 안색으로 입술을 잘게 깨물었다.

느낌으로도 알고 있었다. 종전부터 등장하는 몬스터들의 행렬은 모두 그들이 감히 상대조차 할 수 없는 막강한 수준이라는 것을.

하지만 그 존재가 아크에서도 '소재앙'으로 불리는 그놈이다.

그놈 때문에 죽어 나간 동료가 몇이던가. C급 던전 '리자드맨의 우물'이 공략은커녕 생존조차 불가한 지역으로 판단되는 이유 중 하나였다.

　하지만 김강렬은 턱을 손으로 짚으며 말했다.

　"이상해."

　"네?"

　"이곳까지 오는 동안 리자드맨의 흔적은 없었잖아. 게다가 이 근처에 던전이 있었나?"

　"하지만 대위님. 분명히 이곳엔 몬스터가 있습니다."

　김강렬은 어둠 속에서 눈을 빛내며 말했다.

　"그게 이상하다는 거야. 이곳에 나타난 몬스터는 리자드맨부터 오크, 고블린…… 너무 다양하단 말이지."

　제아무리 자유분방하던 드림 사이드라고 해도 이처럼 생태계가 복합적으로 뭉친 공간은 없었다. 김강렬이 의문을 품은 내용은 그것이었다.

　"게다가 리자드 장군이 어떻게 바깥을 나돌아 다녀. 던전 브레이크가 일어나지 않고서는……."

　C급 개체가 현시점에서 바깥을 나돌아 다닌다? 김강렬은 그것만큼 비현실적인 얘기는 없다고 생각했다.

　리자드맨의 우물도 현시점에선 아직 던전 브레이크가 일어날 징조조차 없었다. 누군가가 인위적으로 던전 브레이크를 가속했다면 모를까.

상위0.001%
랭커아가흰트

김강렬은 대원에게 넌지시 물었다.

"그 아이템 이름이 도깨비보주라고?"

"네. 1에서 본 적이 있어요."

"그것도 어느 정도 관련이 있겠지? 몬스터가 본인의 특성과 관련 없는 장비 아이템을 들고 다니는 건 흔한 케이스가 아니니까."

다시 곰곰이 고민을 이어 나가던 김강렬. 그의 대원 중 한 명이 떨리는 목소리로 입을 연 건 그때였다.

"……대위님, 지금 그게 중요해요?"

"응?"

"여길 벗어나질 못하면 우린 죽은 목숨이에요. 대위님이야 워낙 괴짜시니 이해 못 하시겠지만, 전 여기서 죽으면 안 돼요. 돌아가기로 약속했단 말이에요."

김강렬은 눈을 가늘게 뜨면서 말했다.

"사망 플래그……."

"네?"

"걱정 마. 돌아갈 거야. 아니, 돌아가야만 해."

김강렬은 어둠 속에서 천천히 몸을 일으키면서 말했다.

그의 주변엔 안 그래도 어두운 공간을 더욱 으스스하게 만드는 각종 장치들이 있었다. 그들이 숨은 곳은 그런 곳이었다.

"여긴 함정이야. 아무도 이곳으로 오지 못하게 막아야만 해."

행복한 동화나라, 로데월드

눈을 가늘게 뜬 강서준은 의외의 인물을 발견했다.

"……쟤도 살아 있었냐?"

"아, 이놈요?"

지상수의 옆에서 무거운 짐짝을 잔뜩 메고서 땀을 뻘뻘 흘리는 인간. 독기를 가득 품은 눈으로 계속 째려보는 시선이 살벌하기 그지없었다.

지상수가 그 뒤통수를 후려갈기면서 말했다.

"눈 안 깔아? 감히 누구 앞이라고."

"……이익."

이를 가는 소리가 여실히 들렸지만, 놈은 고개를 푹 숙였다.

본래 삼깨비의 주인이자, 도깨비감투를 쥐고 있던 컴퍼니의 조직원. 던전 상인 잭을 모방하던 놈이었다.

강서준은 놈이 지상수에게 극도로 저자세인 걸 보고 짐짓 눈치챌 수 있었다.

"도대체 저놈은 계약서로 너의 어디까지 가져갈 속셈이었던 거야?"

"전부요. 건방진 놈."

"……쯧."

가볍게 혀를 찬 강서준은 고개를 휘휘 젓는 것으로 놈을 일별했다.

자업자득이었다. 계약서로 장난치다 흥한 자, 똑같이 망하는 법이다.

'괜히 잭의 거래가 깨끗한 게 아니지.'

던전 상인 잭이 조금 더 특별한 이유는 그의 거래는 더러울 수가 없는 조건에 있었기 때문이었다.

그는 '천사의 귀걸이'를 가졌고, 그 귀걸이를 가진 이상 '계약서'를 비롯한 모든 거래에서 거짓이 존재할 수 없으니까.

누구든 거짓말을 하면 그 계약서의 불공정 조항을 모조리 본인이 감수하게 되는 것이다.

눈앞의 가짜가 잭에게 계약서로 강제하려 했던 모든 내용이 업보처럼 그에게 덧씌워진 것처럼 말이다.

강서준은 문득 의문을 품었다.

"그런데 넌 어떻게 나한테 사기를 쳤어?"

"……네?"

"드림 사이드 1에서의 너. 나뿐만이 아니라 최하나 씨, 여러 랭커들의 뒤통수를 치고 다녔잖아?"

갑자기 땀을 뻘뻘 흘리는 지상수.

"그야 어차피 섭종할 게임이었으니까요. 페널티를 받아도 무슨 상관인가 싶었어요."

"흐음……."

잭은 거래에 있어서 본인도 거짓말을 할 수 없었다. 다른 사람의 거짓을 간파해서 불이익을 주듯, 본인이 거짓말을 할 때에도 치명적인 타격을 입게 되는 것이다.

그런 면에서 '천사의 귀걸이'는 공정했고, 던전 상인 잭은 그걸 모토로 공정한 거래와 믿음의 아이콘으로 급부상한 것이다.

적어도 그와의 거래는 더럽지 않으니까.

"뭐, 던전 깊숙이 들어와서 가격을 바가지 씌우는 것만 빼면 아주 좋은 녀석이었지."

하지만 그 바가지가 공정하다는 건 '천사의 귀걸이'도 인정하는 내용이었다. 전투 능력이 거의 없는 지상수가 위험한 던전까지 들어와서 아이템을 판매하는 데엔 정당한 위험수당이었다.

해서 마을에선 1골드에 불과하던 물건도 던전에선 100골드에 팔아도 할 말이 없었다.

정작 구매하는 당사자는 조금, 아니 많이 배가 아팠지만.

"으으……."

강서준은 여전히 바닥에 시선을 고정한 채로 부들부들 떨고 있는 가짜를 내려다봤다.

이름은 '젝'이란다.

어찌 보면 잭과 모음 하나 차이여서 마땅히 사칭이라고 하기엔 애매한 녀석이었다.

"이놈에 대해선 얼마나 알아봤어?"

"컴퍼니요? 아쉽지만, 기억이 지워졌어요. 무슨 장치라도 해 놨나 봐요."

놈에게 정보나 좀 얻을까 했더니만.

"진짜 쓸모없네."

"그래도 짐은 잘 들어요."

두 사람의 대화에 열불이 터졌는지 놈의 쌍심지는 더욱 활발하게 불탔지만, 둘은 아예 관심조차 주질 않았다.

"맞다. 형, 오대수 형사님의 전언이 있었어요."

"응?"

"형사님은 아크에 좀 더 머문다고 하셨어요. 공지원이란 사람의 상태가 꽤 위중해서 좀 더 지켜봐야겠대요."

강서준은 고개를 끄덕였다. 오대수는 본래 반주역의 대표였다. 유난히 책임감이 강한 그는 홀로 살아남은 '공지원'을 두고 돌아올 수는 없었을 것이다.

"아주 미안해하시던데요."

"괜찮다고 전해 드려."

"네. 다음에 아크에 들르면 그렇게 전할게요."

한편 강서준은 눈을 감았다 뜨며 자신의 몸 상태를 관조해 봤다. 이틀의 휴식은 '이매망량'으로 인해 망가졌던 몸이 회복되기엔 충분했다.

'레벨도 한 번에 10은 껑충 올랐네.'

D급 던전인 '달리는 유령열차'를 공략하면서 어느덧 그의 레벨은 60에 근접하고 있었다. 고작 며칠 만에 올렸다고 보기 어려울 정도로 괴물 같은 속도였다.

그리고 그건 당연했다.

레벨 43의 플레이어가 최소 레벨만 80인 D급 던전에 들어섰고, D급의 몬스터를 공략하는 건 물론, C급과 맞먹는 몬스터마저 쓰러트렸다.

이 정도는 올라 줘야 마땅했다.

죽을 고생을 하면 뒈지게 멋진 보상을 주는 게 바로 드림 사이드의 룰이 아닌가. 어쩌면 이조차 부족한 걸지도 모른다.

'그래도 이 정도면 이매망량이 되지 않아도 본디시의 검 정도는 무리 없이 쓰겠네.'

카카시의 가시 건틀렛이 쓸모가 없다는 얘기는 아니었다. 하지만 아무래도 공격 거리가 짧고, 본래 검을 쓰던 플레이를 즐겨 하는 그였던지라 영 불편한 게 없잖아 있었다.

"어쨌든…… 형. 국정원의 요청을 받아들일까요?"

호기심으로 묻는 지상수를 보면서 강서준은 어깨를 으쓱했다. 받아들이고 말 게 없었다. 설령 정부의 요청이 없다고 해도 그는 그곳으로 가야만 하는 이유가 생겼으니까.

"도깨비보주라면 충분히 아이들의 영혼을 되돌릴 수 있겠지?"

"……아마도 가능할 겁니다. 도깨비의 뿔로 만들어졌다면 왕의 위엄은 더욱 돋보일 겁니다."

왕의 위엄이 뭔지는 잘 모르겠지만, 단 하나는 추측할 수 있었다.

'지금보다 더 강해질 수 있다.'

아이들의 영혼도 되돌리고, 새로운 장비로 더 강해질 수 있는 일석이조의 기회.

라이칸의 확언까지 들은 강서준은 일행을 돌아봤다. 그때 장기용이 양동이에 물을 가득 길러 오는 게 보였다.

여태 어디에 있나 했더니, 물을 뜨러 갔었던 모양이었다.

"케, 케이 님!"

과거는 금세 잊고 이젠 완전히 그를 '케이'로만 바라보는 장기용을 보면서, 강서준은 헛웃음을 지었다.

장기용은 대번에 활짝 웃으면서 다가왔다.

"일어나셨군요!"

하지만 달려오던 그는 라이칸의 제지에 멈춰 서야 했다. 왠지 아기자기한 경호원 하나를 영입한 기분인데.

강서준은 그 둘을 응시하다 다시 최하나를 돌아봤다.

그녀는 묻지도 않았는데도 고개를 끄덕여 긍정했다. 그의 생각은 훤히 들여다보는 것 같았다.

강서준은 지상수를 향해 물었다.

"그래서 그곳이 어딘데?"

지상수는 쟉의 어깨에 메어 둔 가방에서 초코바 하나를 꺼내어 먹으면서 말했다.

"잠실 로테타워요."

"응?"

"버뮤다 구역은 로테타워 앞에 있는 놀이동산인 '로테월드'예요."

<hr />

"저는 전철에서 기다리고 있을게요."

D-10의 숨겨진 패널을 조작한 지상수는 강서준을 돌아보며 말했다. 10호선에서 환승역을 지나, 2호선으로 옮겨 탄 이동 던전은 재빠르게 잠실역을 향해 달려온 것이다.

"그래. 대신 애들을 잘 돌봐 줘."

영혼이 빈 아이들의 몸속엔 아직 코볼트의 영혼이 들어 있었다. 다행히 그 덕에 신체는 죽지 않고 살아 있었지만, 가만히 놔둬서는 언제 어디로 튈지 몰랐다.

지상수는 설렁설렁 답했다.

"늬예, 늬예."

"새겨들어. 이 던전은 내가 너에게 빌려주는 거야. 함부로 이상한 곳에 쓰면 어떻게 될지 잘 알고 있겠지?"

"걱정도 팔자야, 정말."

강서준은 지상수의 어깨를 토닥인 뒤, 몸을 돌려 출구를 찾았다. 당연히 보스방인 D-10구역엔 던전 밖으로 나가는 직통 출구가 있었다.

옆으로 다가온 장기용이 넌지시 물었다.

"그를 믿습니까?"

"……뭘?"

"쟤요. 그는 케이 님의 뒤통수를 친 전적이 있잖아요."

강서준은 눈을 가늘게 뜨며 장기용을 바라봤다. 솔직히 믿음직한 사람으로 말하자면, 장기용보다는 지상수가 백만 배는 믿음직할 테지만 구태여 입 밖으로 내뱉진 않았다.

왠지 모르지만 장기용은 이젠 그의 말이라면 무조건 따르고 보는 충실한 부하 같았으니까.

전처럼 나쁘게만 보기도 좀 그랬다.

고등학교 시절 그를 하대하며 내려다보던 녀석이, 계속 존대를 하면서 굽신대는 걸 보면 여전히 부담스러웠지만.

'말 안 듣고 사고 치는 것보다는야……'

좋은 게 좋은 거라고. 강서준은 어깨를 으쓱이며 말했다.

"지상수를 믿는 게 아니야."

"네?"

"그저 놈이 나를 배신하지 않을 거라는 확신이 있을 뿐이지."

제아무리 섭종 직전이라고 해도 한 번 뒤통수를 친 전적이 있는 놈이다. 웃으면서 믿는다고 말할 수는 없었다.

하지만 적어도 놈이 돈 냄새는 기가 막히게 잘 맡는 천부적인 상인이라는 건 부정할 수 없는 사실.

지상수…… 아니, 그 '잭'이라면.

멸망 직전의 서울에서 이동 던전이 가지는 이점을 누구보다 잘 알고 있을 것이다.

컴퍼니가 했던 것 그 이상으로 그 던전으로 어떤 장사를 해야 좋을지도 이미 머릿속으로 잔뜩 그려 놨겠지.

강서준은 지상수가 가진 그런 상인의 감을 믿었다.

'이동 던전의 보스는 아직 삼깨비인 것 같으니까. 라이칸이 내 수족에 있는 한, 이동 던전의 권한도 결국 내 것이야.'

지상수가 이동 던전으로 무언가를 하려면 무조건 강서준의 재가를 받아야만 하는 것이다.

그리고 미래 가치를 충분히 이해하고 있는 그라면, 강서준의 등에 칼을 꽂는 짓은 안 하리란 확신이 들었다.

'뭐…… 그것 말고도 내 뒤통수를 치는 미친 짓은 하진 않 겠지.'

이젠 섭종이, 지구의 멸망이니까.

강서준은 던전을 벗어나는 출구를 넘어섰다. 그 뒤를 따라 최하나, 장기용 그리고 삼깨비 '라이칸'이 보무도 당당하게 따라왔다.

라이칸은 이젠 완전히 플레이어 취급이라도 받는지, 던전 브레이크가 없어도 아무런 제약 없이 던전을 벗어날 수 있 었다.

"조심히 다녀오세요!"

손을 방방 흔들면서 인사하는 지상수를 일별한 강서준은, 서늘한 잠실역의 지하 플랫폼을 마주할 수 있었다.

따뜻하던 유령열차와는 다르게 차가운 겨울 공기가 폐부 를 차갑게 찔렀다.

폐허가 된 지하의 풍경.

2호선 잠실역은 인기척은커녕 누군가가 살았다는 흔적조 차 없었다. 한 줄기 빛조차 없어서 어두웠다.

최하나가 스마트폰을 꺼내어 손전등을 켰다.

다행히 그녀의 스마트폰은 아크에서 한 차례 개조를 겪어, 전력 대신 마력으로 구동하니 배터리가 부족할 일은 없었다.

최하나는 음산한 잠실역 플랫폼을 넘어 상가를 둘러봤다. 여전히 몬스터의 흔적조차 없어서 그저 그날 이후로 방치된 것만 같았다.

그들은 곧, 로테월드의 입구까지 다다를 수 있었다.

"로테월드라, 한 번쯤은 와 보고 싶었어요."

"네?"

"이렇게 로테월드에 오게 될 줄은 꿈에도 몰랐네요."

손전등으로 여기저기 비추며 고요한 로테월드의 입구를 살핀 최하나는 쓰게 웃었다. 그녀를 보던 강서준이 나지막이 물었다.

"혹시 여기 처음이신가요?"

"네. 제가 워낙 어린 나이에 데뷔를 해서 '로테월드'는 꿈도 못 꿨거든요. 공교롭게도 이곳에선 행사도 안 잡혔던지라."

"아……."

강서준은 고개를 주억거리며 납득했다. 지금은 한국이 무너져 이 모양이었지만, 최하나의 본래 직업은 대한민국에서도 그녀를 모르는 사람이 없다는 유명한 연예인이었다.

어린 나이에 캐스팅돼서 아이돌이 된 그녀는 로테월드는커녕 놀이동산 자체에 처음 방문하는 거라고 했다.

최하나는 아쉽다는 듯 주변을 둘러보며 말했다.

"언젠가 한 번쯤은 회전목마 앞에서 사진을 찍고 싶었는데……."

한편 강서준은 빠르게 눈동자를 굴리며 주변을 경계했다. 어느덧 입구를 지나, 로테월드의 메인이라 할 만한 회전목마의 앞에 섰지만 아직 보이는 게 없었다.

그저 폐장한 놀이동산처럼 어둡고 음산한 분위기만 풍기는 것이다.

'그래서 이상해.'

너무나도 깔끔했다. 정말 그날 이후로 이 큰 곳에 아무도 방문하지 않았나?

이곳만 멀쩡할 수는 없는 법이다.

"저기예요. 저쪽이 메인 포토존입니다."

SNS에 꽤나 자주 올라오는 장소였다. 최하나도 여타 다른 일반인처럼 그곳에서 사진을 찍고, 데이트를 하고, 조금은 평범한 일상을 즐기는 게 소원이라고 했다.

그녀는 쓸쓸하게 말문을 닫았다.

"뭐…… 이젠 아예 일상이란 것도 없어졌지만요."

하지만 그때였다.

뎅! 뎅! 뎅! 뎅!

어디선가 종소리가 크게 울리기 시작하면서, 주변으로 뭔가가 휘몰아치기 시작했다. 일행이 긴장하며 한곳으로 뭉쳐 각자의 무기를 꺼내 쥐었다.

어떤 이상한 낌새조차 없었던 이곳.

[스킬, '류안(A)'을 발동합니다.]

약속이라도 한 듯 로테월드 전역으로 휘몰아치는 어떤 에너지가 있었다. 그것은 무섭게 치솟아 근처를 맴돌기 시작했다.

"이, 이게 무슨?"

장기용의 당황한 목소리와 함께 눈앞으로 큰 빛이 터졌다. 그리고 곧 주변의 각종 놀이기구에 빛이 들어오더니, 회전목마가 거짓말같이 빙글빙글 돌기 시작했다.

[오늘도 로테월드를 찾아 주신 고객님들을 환영합니다! 이곳은 꿈과 낭만이 가득한 행복한 동화나라. 로테월드입니다!]

째깍!

"……말도 안 돼."

그들의 주변으로 수많은 인파가 나타나고 있었다.

❖

그건 말이 안 되는 광경이었다.

북적북적.

옷깃을 스쳐 지나가는 수많은 사람들.

음산하던 로테월드는 갑자기 따사로운 햇살이 드리웠고, 인기척조차 없던 이곳으로 발 디딜 틈도 없이 사람들이 나타났다.

강서준은 침을 꼴깍 삼켰다.

"……허."

그리고 북작이던 사람들은 슬슬 강서준 일행을 발견하고 발걸음을 멈추고 있었다. 다들 한 발짝씩 떨어져서 이쪽을 보면서 수군대고 있었다.

금세 그들을 중심으로 원형의 텅 빈 공간이 만들어졌다. 사람들은 저마다 옆 사람에게 입을 열었다.

"뭐지? 언제부터 있었어?"

"이벤트인가?"

"코스프레? 아침부터 퍼레이드라고?"

그중 한 커플이 깜짝 놀라며 대뜸 손으로 누군가를 가리켰다. 그 목소리가 조금 커서 다른 사람들도 쉽게 알아들을 수 있었다.

"어? 최하나 아니야?"

"최하나?"

"진짜다! 최하나야! 그것도 코스프레를 하고 있어!"

안 그래도 수군대던 사람들의 목소리가 커지고 있었다. 사람들의 시선을 한데 받은 일행은 당혹성을 금치 못했고, 최하나라는 말에 몰려든 사람들은 들끓다 못해 감당 못 할 수준으로 흥분했다.

멀리 로테월드의 직원으로 보이는 사람도 부랴부랴 달려

오는 것이 보였다.

인형 탈?

사방에서 사람들이 몰려들고 있었다.

최하나가 슬쩍 강서준의 뒤편으로 오더니 물었다.

"이, 이게 대체 어떻게 된 일이죠?"

어지간해선 당황하지 않던 최하나조차 말을 더듬었다. 강서준은 섣불리 대답하지 못한 채, 주변을 둘러봤다.

최하나를 알아보고 모여드는 수많은 관중의 얼굴엔 그늘이 전혀 없었다.

햇살 좋은 날, 놀이동산에 놀러온 일반 관광객들이었다.

미간을 좁힌 강서준이 나지막이 말했다.

무슨 상황인지는 몰라도 당장 뭘 어떻게 해야 할지는 알수 있었다.

"일단······."

그의 손이 인벤토리의 물건을 하나 꺼냈다. 허공에서 물건이 툭 튀어나오자 사람들은 마술이라도 본 듯 놀라워했다.

꺼낸 것은 연막탄이었다. 코볼트들이 일수꾼을 상대하면서 사용했던 물건 중 하나.

"······여기서 빠져나갑시다."

퍼어어엉!

강서준이 던진 연막탄이 터지면서 그들을 중심으로 연기가 뭉게뭉게 피어올랐다. 당혹스러운 상황에서도 사람들은 연출인 줄 아는지 박수를 치며 좋아했다.

"지금입니다."

강서준은 연기 속에서 콜록대는 장기용과 다른 일행을 데리고 빠르게 그 자리를 벗어날 수 있었다.

연기가 물러난 뒤.

뒤늦게 사람들은 당혹스러운 말을 내뱉었다.

"뭐야? 없어졌잖아?"

"대체 무슨 일이지?"

"몰라. 일단 인별그램에 올려야겠다. 대박……."

그렇게 로테월드는 개장 시간을 넘기고 있었다.

인파를 벗어난 강서준은 일단 복장부터 갈아입기로 했다. 지금 입고 있는 무기나 장비는 일상복과는 조금 동떨어져 있던 터라 너무 주의가 끌렸다.

"서준 씨, 이쪽에 교복 대여점이 있어요!"

다행히 로테월드엔 교복을 대여해 주는 곳이 있어, 어렵지 않게 갈아입을 옷을 찾을 수 있었다.

잠시 후, 옷을 갈아입은 그들은 서로를 바라봤다.

"……교복은 10년 만이네요."

"저도 오랜만이에요."

최하나는 거울에 자신의 복장을 이리저리 비춰 봤다. 20대 중반은 넘었을 그녀였지만, 지금 교복을 입어도 학생처럼 보일 뿐이었다.

아이돌은 역시 달랐다.

강서준은 거울에 비친 자신의 모습을 보며 약간 한숨을 내뱉었다. 영락없는 백수 아저씨가 어설프게 교복을 입고 있었다.

최하나가 말했다.

"잘 어울려요."

"……입에 발린 소리는 안 해도 돼요."

최하나의 위로에 어깨를 으쓱인 강서준은 나머지 일행을 돌아봤다. 라이칸은 대충 모자를 씌워 뿔을 가리는 것으로 끝낼 수 있었다.

아기자기한 게 썩 잘 어울렸다.

한편 장기용은 교복을 제자리에 돌려놓고 있었다.

"안 갈아입어도 괜찮겠어?"

"네. 전 슈트잖아요."

하기야 그의 장비는 기능은 1도 없지만 외관만큼은 맞춤 정장처럼 보이는 깔끔한 옷이었다. 현시점에서 이 공간에서 가장 잘 어울리는 옷을 꼽으라면 사실 처음부터 그의 옷이었다.

"그럼 라이칸을 잘 부탁할게."

"네, 네?"

장기용은 유난히 라이칸을 어려워하는 기색이었다. 크기만 해도 그보다 몇 배는 작은 라이칸을 왜 그리 무서워하는지.

강서준은 어깨를 으쓱이며 마지막 점검을 마쳤다.

"준비는 다 끝났나요?"

"네."

대답을 마친 최하나는 어디서 구해 왔는지 마스크로 얼굴을 가리고 있었다. 모자도 푹 눌러써서 이젠 외모가 전부 가려져 있었다.

그럼에도 예쁜 건 여전해서, 아름다운 보석을 억지로 포장지로 가려 둔 느낌이었다.

최하나는 쓰게 웃으면서 말했다.

"예전엔 원래 이러고 다녔었는데. 오랜만에 하려니 조금 불편하네요."

단순히 얼굴만으로도 알아보는 사람이 천지빛깔인 그녀라면 마스크를 쓰고 다니는 게 일상이었을 것이다.

하지만 그날 이후로 그녀를 알아보는 것보다 당장 생존이 우선이 된 세상이라, 마스크는 필요할 때만 쓰는 편이라고 했다.

오히려 전투 중의 마스크는 숨을 거칠게 만들고 집중력을 흐트러트릴 수도 있어 지양했다.

"슬슬 나갑시다."

마지막으로 옷차림을 정돈한 그들은 본래 입고 있던 장비는 인벤토리에 넣어 뒀다. 최소한의 장비만을 옷 속에 숨기고 다시 로테월드로 나선 것이다.

　변장은 완벽했다.

　최하나는 여전히 평화로운 로테월드를 쭉 둘러보더니 말했다.

　"아직 믿기지 않아요. 이게 전부 실제일까요?"

　"알아봐야죠. 일단 돌아다녀 봅시다."

　그들은 천천히 로테월드를 활보할 수 있었다.

　가능한 한 인파를 피해서 이곳저곳을 둘러보길 1시간.

　실종자 '김강렬 대위'를 수색하는 겸, 로테월드의 내부와 외부를 오가면서 정보를 얻어 내려고 무던히도 노력했다.

　가장 놀란 건, 로테월드의 외부로 나갔을 때였다. 멀리 평화롭던 서울의 정경이 고스란히 보였던 것이다.

　놀이공원의 외곽에 다가가면 아스라이 경적 소리도 들리는 것이, 정말로 사건이 터지기 직전의 서울로만 보였다.

　라이칸도 놀란 눈을 뜨며 흥분했다.

　"우, 우와…… 이것이 정녕 인간들의 도시란 말입니까?"

　"왕이시여. 인간은 위대한 존재인 겁니까?"

　"저 높은 탑을 어찌!"

　"하늘에! 하늘에 고철이 날아갑니다!"

　"우와아아아!"

작은 체구로 저러고 있으니 조카를 데리고 놀이동산에 온 기분도 들었다. 왠지 그 정신머리도 어린아이 같다는 느낌도 드는 건 왜일까.

'……생각해 보면 라이칸의 지적 능력이 높은 편은 아니었지.'

라이칸은 젝에게 있어 꼭두각시에 불과했다. 당시에도 그다지 똑똑한 눈치는 아니었다. C급으로 성장했어도 그저 영혼만을 탐하는 괴물이 되었을 뿐이었다.

지금 그의 모습은 당연한 것이다.

아니, 그때보다 더 똑똑한 걸지도 모른다.

적어도 말투가 어눌하진 않으니까.

"케이 님, 제가 아이스크림을 사 왔습니다."

잠시 벤치에 앉아 휴식을 취하던 강서준은 대뜸 내밀어진 아이스크림을 올려다봤다. 장기용은 두 손 가득 아이스크림을 들고 있었다.

"……정말 놀러 온 것 같다?"

"라이칸 님이 워낙 먹고 싶다고 하시기에."

"내, 내가 언제!"

강서준은 어깨를 으쓱이며 말했다.

"……고맙다."

옆에 털썩 앉은 최하나는 마스크를 살짝 내려 아이스크림을 입에 댔다. 강서준도 초코 아이스크림에 입을 대니 차갑고 달콤한 맛을 느낄 수 있었다.

맛까지 재현한 건가.

이쯤 되면 어느 쪽이 현실인지 착각할 법했다.

그렇게 가만히 휴식을 취하며 주변을 둘러보고 있으려니, 최하나가 넌지시 입을 열었다.

"마치 아무 일도 일어나지 않은 것 같아요."

강서준은 말없이 고개를 끄덕였다. 그녀의 말마따나 이곳은 여태 아무런 일도 없었다는 듯 환한 분위기였으니까.

정말 '드림 사이드 2'가 오픈하기 이전에 놀이동산에 놀러 온 기분이었다.

오히려 그간 있었던 일이 꿈이고, 이쪽이 진실 같았다.

계속해서 들려오는 신나는 BGM.

와자지껄 떠드는 사람들의 소란.

그 사이에서 슬슬 그들의 현실은 씻은 듯이 사라지고 있었다.

'정말…….'

만약 장기용의 곁에서 라이칸이 환한 얼굴로 아이스크림을 먹고 있지 않았다면.

고롱이가 주머니 속에서 시시각각 코를 킁킁대고 있지만 않았다면.

정말로 평범한 주말의 로테월드였다.

강서준은 우연히 주운 티켓을 꺼내어 그 내용을 확인했다.

"2019년……."

티켓의 발행일이 2019년이었다.

모르긴 몰라도 그녀가 말한 대로 이곳은 정말 '아무 일도 일어나지 않은 세계'인지도 모르겠다.

최하나는 아이스크림을 크게 한 입 베어 먹었다.

"혹시 시간 이동을 한 걸까요?"

강서준은 고개를 가로저었다.

"하지만 아무리 둘러봐도 여긴 2019년의 로데월드잖아요. 아까 전광판에 제 사진이 걸린 걸 봤어요. 분명히 작년에 찍었던 사진이에요."

강서준은 최하나에게 그녀의 핸드폰을 확인할 것을 권고했다. 잠시 핸드폰을 내려다보던 그녀가 말했다.

"시계는 2020년이네요……."

강서준이 말했다.

"우리가 이동한 게 아니에요. 이 주변이 통째로 과거의 어느 시점을 보여 주는 거죠."

즉 허상이다.

당장 눈앞에서 서로에게 음식을 떠먹여 주는 커플, 솜사탕을 들고 엄마 손을 꽉 붙잡은 아이.

해맑게 웃으며 뛰어가는 학생과 그 뒤에서 단체 사진을 찍는 사람들.

평범했던 2019년의 어느 주말.

이 모든 것들이 말이다.

"……그립네요."

다시는 되돌아갈 수 없는 일상.

너무나도 당연하게만 여겨지던 그날이 다시 눈앞에 나타나니, 절로 가슴 한쪽이 아려 왔다.

최하나는 대뜸 자리에서 일어나더니 말했다.

"저, 잠시만요."

"네?"

그녀는 강서준을 데리고 회전목마의 앞에 섰다. 그러더니 스마트폰을 셀카 모드로 바꾸며 마스크를 아래로 내렸다.

모자까지 벗어 던진 그녀가 말했다.

"사진 한 장 정도는 괜찮죠?"

"네?"

"자, 찍을게요."

잠깐.

"눈 감으셨네. 한 장 더 찍죠?"

저도 모르게 포즈를 잡은 강서준은 최하나와 함께 회전목마를 배경으로 사진을 한 장 더 찍었다.

반짝이는 회전목마와 그 앞에 선 두 사람의 모습은 대단히 어설프고 안 어울렸다.

하지만 최하나는 만족한 듯 웃었다.

사진을 쭉 내려 보더니 말한다.

"너무 아름다워요. 다시는 깨고 싶지 않은 꿈처럼."

"……네."

사진 한 장에 해맑게 웃는 그녀를 보면서 강서준은 나지막이 고개를 끄덕였다.

이런 생각이 들었다.

어쩌면 최하나…… 그녀의 진짜 모습은 이쪽은 아닐까, 하는.

냉혹한 저격수, 클라크는 어쩌면 고작 가면일지도 모른다. 그저 그녀가 보여 주는 또 다른 얼굴 말이다.

연예인 최하나가 사람들 앞에서 늘 웃어야 했듯, 항상 냉혹한 모습으로 전투에 임하는 클라크의 모습을 보여 줬던 것이다.

최하나는 핸드폰의 전원을 눌렀다.

어느덧 주변으로 인파가 몰려들고 있었다. 잠시 모자랑 마스크를 벗고 사진을 찍은 탓에 사람들의 이목이 끌린 것이다.

사람들은 모두 한 사람을 보며 깜짝 놀란 눈치였다. 강서준은 원인을 이젠 더욱 쉽게 알고 있었다.

19년도의 최하나.

당시에도 대한민국에서 가장 유명하던 그녀는 어딜 가더라도 금세 알아보는 사람이 천지였다.

한창 TV며 무대며, 가릴 것 없이 나오던 시기라 그녀를 몰라보는 게 더 이상할 것이다.

"진짜 최하나잖아? 혹시 데이트?"

"와……."

"저 남자는 누구지? 남자 친구야?"

"죽여 버리겠어."

"일단 찍자!"

찰칵! 찰칵!

셔터 소리가 들려오고 복작이는 사람들의 목소리는 다시 커졌다. 다급하게 다가온 장기용과 라이칸의 모습도 느릿하게 보였다.

그 모든 장면이 거짓된 프레임 속에서 진짜처럼 흘러가고 있었다.

그리고 영화 속 여배우처럼 고개를 돌린 최하나는 약간 슬픈 눈을 하고 있었다.

"이게 현실이라면 얼마나 좋을까요."

강서준은 무겁게 고개를 끄덕였다.

이곳은 정말 꿈같은 공간이었다.

"자, 이제 어떻게 하면 되죠?"

하지만 슬슬 프레임 바깥으로 나갈 시간이었다. 영원히 거짓된 연극 속에서 살아갈 수는 없는 법이었다.

강서준은 두 눈을 금빛으로 물들이고 한쪽을 살피면서 말했다.

"여길 이렇게 만든 원인부터 찾아야겠죠."

❦

"여긴 던전이 아니에요."

몰려든 인파를 피해서 잠시 몸을 숨긴 일행을 향해, 강서준이 처음으로 꺼낸 말이었다.

"네?"

"말 그대로입니다. 여긴 던전이 아니에요."

회전목마 앞에서 최하나와 사진을 찍으며 사람들에게 정체가 노출된 탓에 잠시 피해야 했던 그들.

현재 그들은 로테월드의 전경을 내려다보기 좋은 작은 놀이기구에 숨어 있었다. 열기구 모양을 본떠 만든 '풍선열차'였다.

최하나는 아직 그녀를 찾아 이곳저곳을 누비는 그녀의 팬들을 내려다본 뒤, 다시 입을 열었다.

"그렇다면 여긴 어디죠? 저는 영락없이 테마 던전이라고 생각했는데."

"저도 처음엔 그런 줄 알았죠. 하지만 아무리 생각해도 저는 던전의 입장 메시지를 받지 못했거든요."

던전에 입장하면 등급을 막론하고 메시지부터 뜨기 마련이었다. 그리고 그건 시스템에 관련된 사항.

이변이 있을 수는 없었다.

"결국 이곳은 던전이 아닌 겁니다."

하지만 의문은 남아 있었다.

과거를 그대로 복제해서 가져다 놓은 듯한 놀이동산이라면 사람들이 최하나에게 반응한다는 게 불가능했다.

단순히 영상을 재현한 거라면 사람들은 강서준 일행을 볼 수조차 없을 테니까.

하지만 사람들의 반응은 지극히 현실적이었다. 최하나를 발견하고 열심히 쫓아다니는 저들만 봐도 그렇다.

당장 저들의 행동은 '진짜' 같았다.

'이런 것들이 던전이 아니고서야 가능한 일일까?'

강서준은 미간을 좁히며 자꾸만 주머니에서 떨어 대는 고롱이의 반응에 집중했다. 아까부터 고롱이가 무언가 냄새를 맡고 있었다.

['고롱이'가 가까이에 있는 '진수성찬'에 환호합니다.]
['고롱이'가 사방에서 나는 환상적인 냄새에 침을 질질 흘립니다.]

결국 이건 단 하나의 사실을 알려 준다.

'이 근처에 던전이 있는 거야.'

고롱이가 '진수성찬'이라 표기하는 건 '던전'밖에 없다. 던전에서 빠져나온 단순한 부산물은 '간식'으로밖에 안 여기기에 더욱 알기 쉬운 문제였다.

즉 이 모든 현상은 던전의 영향이라고 볼 수 있었는데.

문제는 이게 전부 '던전 브레이크'의 여파라고 짚고 넘어가기엔 너무 규모가 방대하다는 데에 있었다.

강서준은 로테월드의 전경을 다시 한번 둘러보면서 한숨을 내쉬었다.

이만한 규모의 영향력을 주는 던전이, 가까운 어딘가에서 던전 브레이크를 일으킨 걸까?

믿기 어려웠다.

무엇보다 과거의 어느 시점을 복사해서 그대로 붙여 놓는 현상……

적어도 이런 현상에 대해서는 드림 사이드 1에서도 들어본 적이 없었다.

'냄새가 사방에서 난다는 것도 문제야.'

고롱이가 냄새를 맡는 게 한쪽이 아니라는 점도 이상했다. 고롱이는 던전의 냄새를 사방에서 맡고 있었다.

고롱이의 후각이 잘못됐거나, 주변에 여러 개의 던전이 있다는 소리였는데.

이건 또 생각할수록 골치만 아파지는 문제였다.

"결국 직접 마주하는 것밖에 알아내는 방법은 없겠어요."

강서준의 말에 최하나는 기운 빠진 얼굴로 볼멘소리를 냈다.

"하지만 1시간을 찾아도 이상한 점은 없었잖아요?"

"네. 그래서 이번엔 방법을 바꿔 보려고요."

풍선열차에서 아래를 내려다보는 강서준이 기이하게 웃었다. 그 모습을 보던 최하나는 저도 모르게 몸을 떨었다.

"제게 계획이 있습니다."

✦✦

잠시 후, 풍선열차를 벗어난 그들은 로테월드의 한쪽에 있는 무대의 뒤편으로 모였다.

STAFF 대기실.

그 안엔 다행히 다양한 의상이 있었고, 그곳에서 적당한 의상도 발견할 수 있었다.

계획을 실행하기엔 딱 좋은 정도였다.

최하나가 강서준을 돌아보면서 말했다.

"공연을 하자고요?"

"네. 그게 좋겠어요."

"정말 이 방법이 통할까요?"

"……모르죠. 하지만 여태 우리가 했던 방법이 틀렸다면 그 반대로 하는 게 정답일지도 몰라요."

강서준이 1시간 동안 그냥 놀이동산을 돌아다니기만 했을까.

그는 이 안에서 흐르는 '기묘한 흐름'을 수십 개나 발견할 수 있었다. 그중 수상한 몇 개의 흐름이 있다는 것도 알아냈다.

그리고 그것들은 다가갈 때면 소리 없이 사라졌다. 강서준은 그것이야말로 이곳의 비밀을 알려 줄 유일한 단서라고 생각했다.

"별다른 방법도 없잖아요?"

"……그건 맞죠."

최하나도 별수 없이 의상을 점검하기 시작했다. 허리에 마이크를 착용하고, 오랜만에 무대 의상을 입은 그녀는 강서준이 기억하는 그대로의 최하나였다.

아이돌 최하나.

수많은 팬들을 보유한 한국에서 가장 유명한 연예인.

그녀가 실로 오랜만에 본업에 집중하자 분위기가 일변했다. 비록 목적에 의해 하는 일이었지만 소홀히 할 생각은 추호도 없는 듯했다.

"적어도 이곳에 있는 사람들은 본인들이 진짜라고 여기잖아요."

마지막으로 점검을 마친 그녀는 OK 사인을 보내왔다. 강서준은 미리 한쪽을 조명 기기 쪽에 심어 둔 장기용에게 수신호를 보냈다.

곧, 무대 위로 조명이 드리웠다.

그렇게 갑자기 시작된 반주와 커다란 사운드는 사람들의 이목을 쉽게 끌기 시작했다.

- ♩ ♪ ~ ♫

근처를 서성이던 사람들은 돌연 크게 울리는 음악에 귀를 기울였다. 몇몇은 지독하게 최하나를 따라다니던 팬들 중 하나였는데.

"어? 이 노래는?"

"……최하나다!"

"역시 오늘 게릴라 콘서트 같은 게 있었나 봐!"

눈치 빠른 사람들이 무대로 몰려들었다. 그들은 저마다 자리를 잡고 화려한 조명이 쏘아지는 무대를 올려다봤다.

기대감 가득한 그들 앞으로 조명이 모여들더니, 최하나의 존재감을 훨씬 돋보이게 만들어 줬다.

"♪ ~리듬에 맡겨, 몸을 움직여!"

빠른 리듬과 강한 비트가 맞물려 고조되는 분위기. 톡톡 튀는 최하나의 멜로디가 섞여 로테월드는 한창 축제의 현장으로 변모했다.

그녀의 타이틀곡 '페스티벌'.

무수한 1위를 차지했던 만큼 떼창도 금세 터져 나왔다. 사람들의 환호가 커질수록 로테월드의 시선은 오직 이곳으로 집중되는 듯했다.

강서준도 저도 모르게 리듬에 몸을 맡겨 고개를 까딱이다,

류안으로 기다렸던 흐름을 발견할 수 있었다.

예상대로였다.

'이놈들은 최하나가 나타날 때마다 같이 등장했어.'

처음 이놈들을 발견한 건, 이곳에 처음으로 들어왔을 때였다.

그때 수많은 사람들이 최하나를 발견하고 발길을 멈췄을 즈음, 인형 탈을 쓴 자들이 모여들고 있었다.

'두 번째는 회전목마에서.'

몇 번이나 흐름을 좇다 놓치길 반복하던 강서준은, 의외로 회전목마에서 사람들의 관심을 한데 받는 와중에 인형 탈도 모여드는 걸 확인했다.

한 번은 우연이지만, 두 번이 우연이 될 수는 없는 법.

강서준은 이게 키 포인트라고 생각했다.

'왜 인형 탈들이 최하나의 등장마다 나타나는지는 모르지만…….'

곳곳에서 인형 탈이 우후죽순 나타나는 걸 보면서 강서준은 예상이 맞아떨어졌다는 걸 확신했다. 놈들은 묵직한 기세를 품으며 이쪽으로 다가오고 있었다.

'사람들이 모여드는 걸 원치 않는 건가?'

모를 일이었다.

그저 강서준은 놈들을 눈여겨보며 나지막이 최하나의 인이어로 무전을 날렸다.

"옵니다. 준비해요."

최하나의 무대는 점차 클라이맥스로 다다랐다. 점차 고조되는 사운드 속에서 강서준은 지척에 다다른 인형 탈을 볼 수 있었다.

그들은 각자 무기를 꺼내 들었다.

……무기?

귀여운 토끼 탈을 쓴 놈이 피 묻은 방망이를 쥐었고, 곰 탈은 철퇴를 꺼내었다.

그게 참 기이했다.

바로 앞에서 살벌한 무기를 꺼내 쥔 인형 탈이 지나가는데에도 반응조차 안 하는 사람들이라니.

그리고 인형 탈이 말했다.

"손님은 놀이기구를 타야 한다. 영업을 방해하지 마라……."

도끼를 꺼내 쥔 강아지 탈이 무대 위로 난입한 건 그때였다.

"최하나 씨!"

무대의 뒤편에서 상황을 주시하던 강서준이 빠르게 무대로 난입했다. 강아지 탈이 자세를 잡기도 전에 돌려차기로 놈의 머리를 날려 버릴 수 있었다.

두드려 맞은 놈이 기이한 소리를 내며 멀리 날아갔다.

"까아아아악!"

관중석의 한복판으로 떨어진 강아지 탈. 그제야 사람들이 강아지 탈을 발견하고 비명을 질러 댔다.

또한 사람들이 인형 탈을 발견하고 있었다.

각종 무기를 쥐고 살벌한 눈으로 무대를 올려다보는 인형 탈.

최하나의 '페스티벌'이 절정에 다다르면서, 화려한 사운드에 비명이 뒤섞이고 있었다.

그리고.

[로테월드에 오신 것을 환영합니다. 로테월드에 오신 것을 환영……]

갑자기 방송이 반복되기 시작했다.

또한 수많은 사람들의 얼굴에서 노이즈가 생겨났다. 오래된 텔레비전에서 신호가 끊겼을 때, 지지직거리는 것처럼 사람들의 모습이 껌뻑였다.

강서준은 일단 무기를 꺼내 쥐었다.

최하나는 '마탄의 리볼버'를 쥐고 거친 숨을 정돈시켰고, 장기용과 라이칸도 한데 뭉쳐 무언가를 대비했다.

"다들 긴장해요."

구태여 '류안'으로 확인하지 않아도 눈앞에서 마나가 폭풍처럼 휘몰아쳤다.

구심점은 인형 탈 중 하나.

토끼 탈.

[……로, 로테. 로테월드에 오신 것을 환영합니다. 야간…… 개장을
시작합니다.]

나지막이 들리는 방송을 끝으로 주변의 풍경이 확 바뀌었
다. 한낮의 분위기는 새카만 어둠이 드리운 야간의 풍경이
된 것이다.

관중은 씻은 듯이 사라지고 없었다.

그리고 멀쩡하던 놀이기구들도 마치 곳곳이 부서진 흔적
이 역력한 형태로 변하고 있었다.

가장 특이한 건.

"키아아아앗!"

어디선가 들려오는 몬스터의 울음이었다. 미간을 좁혀 멀
리 달려오는 몬스터를 확인했다.

"……오크?"

한 마리가 아니었다. 그 옆엔 오우거가 있었고, 코볼트도
몇 마리 보였다. 각종 몬스터가 두서없이 울음을 내지르는
광경이었다.

"……강서준 씨."

최하나의 목소리에 고개를 돌린 강서준은 토끼 탈이 쥐고
있는 어떤 구슬을 볼 수 있었다.

그리고 보자마자 알 수 있었다.

'저 아이템이 원인이다.'

키아아아앗!

본능적으로 검을 휘두른 강서준은 무대의 뒤편에서 나타난 구울 떼도 발견했다.

"감히 왕께 무기를 빼어 들다니! 너는 도깨비의 수치다!"

라이칸은 가까이 접근한 한 마리의 일깨비를 향해 방망이를 휘둘렀다. 장기용은 그 옆에서 어설프게 검을 찔렀고, 금세 최하나의 총성이 연달아 터졌다.

그 와중에 강서준의 시선은 토끼 탈에게 고정되었다.

'정체가 뭐냐.'

그래.

아이템을 본 순간, 깨달았다.

이 모든 게 던전의 영향이 아니라면, 이 상황을 만들 수 있는 방법은 다른 하나라는 것.

이능력.

혹은 '아이템의 전용 스킬.'

강서준은 최하나에게 당부의 말을 전하며 바로 깡충 뛰어올랐다.

확인해야 했다.

"잠시 애들을 부탁할게요."

높이 뛰어오른 그를 향해 사나운 아성을 토해 내는 몬스터들이 달라붙었다. 강서준은 가까이 다가선 오우거의 손목을 통째로 잘라 내며, 놈의 인중을 밟아 다시 뛰었다.

두 번의 도약.

단번에 토끼 탈에게 접근한 강서준은 본디시의 검을 휘두를 수 있었다.

피이이이잉!

하지만 코앞에서 터진 엄청난 빛살이 있었다.

망막을 태워 버릴 것처럼 발사된 조명은 순간적으로 눈을 감질 않았다면 시력에 손상이 갔을 정도였다.

후우웅!

허무하게 허공을 가르는 검.

다시 눈을 떴을 때는 이미 토끼 탈은 사라지고 없었다.

아이템도 보이지 않았다.

[스킬, '류안(A)'를 발동합니다.]

빠르게 흐름을 읽은 강서준은 금세 이곳을 벗어나 도망치는 토끼 탈을 발견했다.

껑충 뛰어, 몬스터의 무리를 벗어난 놈은 이쪽을 돌아보고 있었다.

키아아악!

쿠에엑!

강서준은 자신을 향해 더러운 입냄새를 풍겨 대는 오크 무리를 빠르게 베어 냈다. 레벨이 그다지 높지 않았는지, 쉽게 쓰러트릴 수 있었다.

"……와, 왕이시여!"

그때 무대 쪽에서 다급한 목소리가 들려왔다. 일깨비를 상대로 호기롭게 달려들었던 라이칸이 수세에 몰린 것이다.

장기용이 돕긴 했지만 소용이 없었다.

"……."

강서준은 토끼 탈을 보다가 다시 일행이 있던 방향을 돌아봤다.

최하나는 홀로 엄청난 활약을 보여 주고 있었지만, 장기용과 라이칸을 신경 쓸 여유는 없는 듯했다.

"후우……."

한숨을 짧게 뱉은 강서준은 토끼 탈을 일별하고, 다시 무대를 향해 뛰었다.

접근하는 몬스터는 모조리 베어 내면서 달리는 그에게 나지막이 방송이 들려오고 있었다.

[로테월드의 야간 개장! 테마는 '몬스터 파티'입니다! 즐겁고 행복한 하루를 마무리하시길!]

[─지직!]

야간 개장

부서져 가는 폐건물.

건물의 그림자를 엄폐물 삼아 조심스레 움직이는 사람들이 있었다.

반주역에서부터 케이를 쫓아 은밀하게 이동을 거듭해 온 컴퍼니의 현장 팀.

팀장 윤병구는 눈을 가늘게 떴다.

"여긴 용케 던전이 되지 않았군."

서울에서 테마파크로 유명한 '로테월드'는 여기저기 망가진 흔적은 있어도, 던전 특유의 분위기는 풍기질 않았다.

그건 조금 신기한 일이었다.

드림 사이드의 던전화는 대개 '랜드 마크'를 위주로 우선 발생하는 특징이 있었기 때문이었다.

'뭐…… 절대적인 건 아니니까.'

종종 아무도 없는 하수구에도 던전이 발생할 수 있었고, 누구나 있을 법했던 놀이동산도 던전이 되지 않을 수 있는 것이다.

던전화를 어찌 예측할까.

모든 건 '시스템'이 결정한 '알 수 없는 기준'에 의해서 시작되는 일인데.

윤병구는 그렇게 대충 생각을 정리하며 폐쇄된 놀이동산을 지그시 노려봤다. 중요한 건, 케이의 행적이 이곳에서 끊어졌다는 것이었다.

"이쪽으로 들어간 게 확실한가?"

"네. 정보원에 따르면 그들은 이동 던전 '달리는 유령열차'를 무력으로 차지하고, 곧바로 이곳으로 이동했다고 합니다."

"……도통 무슨 생각인지 모르겠군."

솔직히 D급 던전을 무력으로 빼앗았다는 것만 해도 놀라운 일이었는데, 그다음 행보가 '아크'가 아닌 폐쇄된 놀이동산이라는 것도 의문이었다.

이곳에서 대체 뭘 하려는 거지?

적어도 이곳 '로테월드'는 대단히 특별한 게 있을 것 같진 않았다. 도리어 이곳은 컴퍼니 내부에서도 금지로 삼는 곳이 아닌가.

윤병구는 눈살을 찌푸리며 말했다.

"이곳은 버뮤다 구역이다."

"……네에?"

그의 팀원 중 하나가 깜짝 놀란 얼굴로 윤병구를 바라봤다. 그도 그럴 게, 버뮤다 구역만큼은 접근해선 안 된다는 상부의 명령이 있었기 때문이었다.

팀원 중 한 명이 조심스레 질문을 한 건 그때였다.

"실종 다발 구역…… 맞죠?"

버뮤다 구역.

일종의 싱크홀 같은 곳으로, 겉보기엔 멀쩡해 보이지만 갑자기 쑥 바닥이 사라질지도 모르는 함정.

특히, 이 근처에선 '던전'이 발견되지 않는다는 특이점이 있었다.

"버뮤다 구역은 아직 밝혀진 게 아무것도 없다."

그렇게 알 수 없는 이유로 사람들이 실종되는 특수한 구역을 사람들은 '버뮤다 구역'이라고 불러온 것이다.

"이곳에 들어가서 살아나온 자는 아직 아무도 없기 때문이지."

실종자는 말이 없고, 죽은 자는 더더욱 고요한 법.

추측하기로는 '드림 사이드 2'만의 고유 콘텐츠일지도 모른다는 것이었다.

하지만 윤병구는 생각을 달리해야 했다.

"그곳으로 케이가 들어간 것이다. 그게 무엇을 뜻하는지 알고 있나?"

아직 그 실체를 파악하지 못한 '버뮤다 구역'으로 케이가 들어갔다는 건 여러 의미로 해석할 수 있었다.

케이가 누군가.

비록 적이지만, 자타공인 최고의 플레이어로 손꼽히는 자였다.

그런 자가 스스로 자기 죽을 길을 골라서 들어간다? 윤병구는 고개를 가로저으며 피식 웃었다.

그리고 확신했다.

'케이는 이곳에 대해서 알고 있는 거야. 버뮤다 구역도 사실은 드림 사이드 1에서 나왔던 콘텐츠였던 거지.'

윤병구는 어쩌면 이곳이야말로 케이가 가진 강대한 힘의 원천일지도 모른다고 생각했다.

고작 '헬 난이도'를 클리어했다고.

드림 사이드 1에서 보여 줬던 그 막무가내의 무시무시한 능력을 얻었다고 생각할 순 없었으니까.

분명 숨겨 둔 무언가가 더 있는 것이다.

'케이, 그놈은 드림 사이드 1에서도 이런 구역을 모조리 독식한 거야!'

윤병구는 눈을 날카롭게 빛내면서 입을 열었다.

"이 안에 무엇이 있든 케이에게 뺏겨선 안 된다. 그게 무엇이든 반드시 사수해야만 해."

그의 팀원은 긴장한 얼굴로 고개를 끄덕였다. 하지만 선뜻 윤병구의 말을 따르고 싶어 하는 표정은 아니었다.

안 그래도 케이를 뒤쫓느라 심력이 많이 소모된 상황. 정체를 알 수 없는 미지의 공간으로 들어가려니 더더욱 두려움이 앞선 것이다.

하지만 그들이라고 별수 있을까.

까라면 까는 수밖에.

"진입한다."

짧게 명을 하달한 윤병구는 빠르게 놀이동산의 입구를 넘어섰다. 그의 팀원들도 별다른 말을 하질 못하고 그 뒤를 따라야만 했다.

그리고 그들이 문턱을 넘은 순간.

바글바글.

빰, 빰빰! 빠아암!

"엄마! 얼른! 얼르은!"

"바이킹 줄이 짧다는데? 달려!"

"어머, 이건 찍어야 해. 뭐 해?"

그들을 둘러싸고 등장한 무수한 사람들의 행렬에 저마다 침음을 삼켜야 했다. 우중충한 날씨가 갑자기 맑아진 건 둘째로 치더라도 이렇게 사람이 많이 모인 광경을 본 건 정말 오랜만이었다.

"이게 대체 무슨……."

투욱!

어린아이 한 명이 윤병구와 부딪치고 말았다. 아이는 들고 있던 아이스크림을 바닥에 떨어뜨리고 크게 울음을 터뜨리고 말았다.

부모로 보이는 자가 달려와 연신 고개를 숙이며 미안해했다.

"죄송합니다."

"……."

"종영아, 뛰지 말라고 했잖아."

우는 아이를 달래며 새로 솜사탕을 사러 가는 모습이 보였다. 그의 팀원들도 식은땀을 흘리며 그 광경을 고스란히 보고 있었다.

문득 질문이 들려왔다.

"……팀장님, 제가 보는 게 현실이 맞나요?"

아마 맞을 것이다.

가까이 높이 솟은 로테타워나, 우후죽순 솟아난 빌딩 숲은 그가 기억하는 서울이 분명했으니까.

문제는 그 서울의 기준이 적어도 세 달 전의 세계라는 점이었다.

아무 일도 벌어지기 전의 평범한 세계.

평화롭던 서울.

"······일단 상황을 파악한다."

"네."

윤병구는 팀을 이끌고 인파를 헤치고 나아갔다. 그들의 복장과 기세가 살벌해서 그런지, 사람들은 쉽게 길을 내주고 있었다.

"믿기지가 않는군."

"허······."

탄식이 절로 나오는 로테월드를 쭉 둘러보던 그들.

문득 노랫소리를 들을 수 있었다.

"······팀장님? 이거 최하나 아닙니까?"

"맞군. 무대 쪽인 것 같은데."

윤병구는 노랫소리를 따라 홀린 듯이 걸음을 옮겼다. 음악은 점점 고조되고 클라이맥스로 넘어가고 있었다.

그리고 한순간.

주변은 모조리 정적에 휩싸였다.

"······정지."

이상한 낌새를 눈치챈 윤병구는 팀원을 멈추고 숨을 죽였다. 본능적으로 허리춤에 걸린 검의 손잡이를 꽉 쥔 그는 나지막이 침을 삼켰다.

[······지직!]

어디선가 기계음이 들렸다.

동시에 밝기만 하던 주변 풍경이 싹 어둠으로 뒤덮이고 있었다. 눈 깜빡할 사이에 로테월드는 '밤'이 되어 있었다.

"……."

더는 놀랄 기운도 없었다.

긴장한 얼굴로 주변을 둘러보던 윤병구는 한쪽 구석에서 슬슬 모습이 선명해지는 뭔가를 발견할 수 있었다.

몬스터였다.

윤병구는 빠르게 외쳤다.

"전투준비!"

훈련된 팀원들은 저마다 무기를 꺼내어 빠르게 각자의 위치에 섰다. 하지만 주변에 갑자기 나타난 무수한 몬스터의 떼는 소름 끼치는 아성을 토해 냈다.

"……이 많은 몬스터들이 대체 어디서."

문제는 그게 끝이 아니었다.

한쪽에서 갑자기 엄청난 빛이 터지더니, 윤병구와 팀원들은 순간적으로 눈을 감았다 떠야 했다.

다시 눈을 떴을 때는 몬스터들이 지척에 다다라 있었다.

크아아앗!

"……공격!"

윤병구는 검을 내지르며 몬스터와의 전투를 개시했다. 단번에 목이 날아간 오크를 필두로 주변을 둘러싼 몬스터들이 목숨을 잃고 있었다.

이래 봬도 이들은 컴퍼니에서도 정예로 손꼽는 현장 팀.

세 달간 숱한 시련을 넘나들며 쌓아 온 위기 대처 능력은 어디 가질 않았다.

그들의 경험은 서울의 그 누구와도 견주기 어려울 만큼 대단할 것이다.

하지만.

"허억……!"

천천히 한쪽에서 모습을 드러낸 한 인영을 본 윤병구와 그의 팀원들은 통나무처럼 몸이 굳어야만 했다.

그건 본능적인 감각이었다.

로테월드에서 보았던 기이한 현상.

갑자기 몬스터가 떼로 나타난 상황.

그 어떤 것도 이보다 당황스러울 수는 없으리라.

윤병구조차 뇌 정지가 온 상태에서.

'말도 안 돼…….'

터무니없는 그것을 바라보고만 있어야만 했다.

그 시각.

다 무너질 것만 같은 도로 앞으로 한 사람이 쓰러질 듯이 달리고 있었다.

여기저기 찢어진 옷차림.

피로 떡 진 머리를 흔들며 달린 사내는 어느덧 그의 심장, 머리, 배 위로 붉은 점이 겨누어진 걸 깨달았다.

레이저 포인트였다.

"허억…… 허억."

그는 힘없이 푹 주저앉았다.

멀리 스피커를 통해 목소리가 들려온 건 그때였다.

─정지. 신원을 밝혀라.

"……."

─대답해라. 인간인가?

한참을 기다려도 대답이 없자, 어둠 속에서 하나둘 군인들이 모습을 드러냈다.

견착 자세로 천천히 접근한 그들은 바닥에 주저앉은 사내를 경계하며 재차 물었다.

"누구냐?"

"……."

"신원을 밝히지 않으면 쏠 수밖에 없다. 정체를 밝혀라."

총구가 그의 이마를 툭 치자, 사내는 힘없이 뒤로 쓰러졌다. 훤히 드러난 그 얼굴을 플래시로 비춘 군인 중 한 명이 화들짝 놀라면서 말했다.

"모두 총구 내려!"

"네?"

"김훈 플레이어시다!"

빠르게 다가간 그는 주머니에서 지급받은 HP포션을 꺼내어 김훈의 입에 흘려 넣었다. 다행히 빈사 상태는 아니었는지, 차츰 빛을 발하며 김훈의 안색이 한결 나아졌다.

곧, 김훈이 부르르 떨면서 눈꺼풀을 들어 올렸다.

"으음······."

"정신이 드십니까?"

"······여긴?"

"아크입니다. 괜찮으십니까?"

김훈은 힘겹게 고개를 끄덕였다. 잠시 멍한 눈으로 자신을 부축한 군인을 올려다보던 그가 화들짝 일어나면서 입을 열었다.

"뭐? 아크라고?"

"네."

주변을 둘러보니 정말로 아크의 3구역으로 넘어가는 경계가 확실했다.

'······성공했어.'

김훈은 몇 번 더 거칠게 숨을 몰아쉬더니 다시 군인을 올려다봤다. 그는 다급한 목소리로 말했다.

"무전······ 본부에 무전을 해야 해."

"네?"

"얼른!"

부랴부랴 무전기를 가로챈 김훈은 곧바로 상부로 연락을 넣었다. 짧은 기다림 끝에 상부에서 답이 돌아왔다.

─김훈 플레이어라고?

"네. 수신자는 누구십니까?"

─나한석 대위다.

나한석 대위.

그의 상사인 김강렬 대위와 동기였다.

"나 대위님이셨군요. 정말 잘됐습니다."

나한석은 침착하게 답했다.

─그래. 한데, 김훈. 자네는 김 대위의 예하 부대에 소속된 플레이어로 기억하는데. 아닌가?

"그렇습니다."

─살아 있다니 다행이군.

김훈은 낮게 숨을 정돈하더니 말했다.

"김강렬 대위님의 전언이 있습니다."

김훈은 잠시 목이 타는지 옆을 돌아봤다. 눈치 빠른 군인이 수통을 건네자, 그는 물을 꿀꺽꿀꺽 마신 뒤 입을 열었다.

"버뮤다 구역으로 알려진 로테월드는 예상대로 하나의 거대한 함정으로 추정됩니다. 현시점에서 던전의 흔적은 찾았으나, 등급은 최소 D급 이상으로 추정됩니다."

─D급 던전이라고……?

"네. 어쩌면 C급일지도 모른다고도 하셨습니다."

ㅡ……뭐?

김훈은 보고를 계속 이어 나갔다.

"전 공간 이동 스킬을 갖고 있어 무사히 빠져나왔지만, 다른 사람들은 아직 고립되어 있습니다."

ㅡ……다들 무사한가?

"아직까지는 멀쩡할 겁니다."

김훈은 잠시 입을 다물었다가 다시 열었다.

"지원 팀이 필요합니다. 하지만 지원 팀은 플레이어가 아닌 군인으로 구성해야 합니다. 절대 고레벨 플레이어는 로테월드로 진입해선 안 된다고 하셨습니다."

그리고 나한석이 떨리는 목소리로 물었다.

ㅡ……왜지? 높은 레벨의 플레이어가 들어가면 안 된다는지도 말했나?

"저도 자세히는 모릅니다. 하지만 김강렬 대위님이 말하시길, 아무래도 이곳에 적용되는 특수한 상황은 '기억'과 관련되어 있다고 하셨습니다."

ㅡ기억?

김훈은 로테월드를 거닐던 수많은 몬스터의 떼를 떠올렸다. 터무니없지만, 그곳엔 수십의 몬스터가 공존하고 있었다.

"김강렬 대위님은 절대 상위 플레이어가 와서는 안 된다고 하셨습니다."

그들의 '기억'이 곧 '독'이 될 수도 있으니까.

−허…….

그때 무전 너머로 한숨이 들려왔다. 나한석은 낭패한 듯한 목소리로 말을 이었다.

−젠장. 큰일이로군.

"네?"

−이미 그곳으로 지원 팀을 보냈어.

문제는 그 지원 팀의 플레이어가 최소 랭킹 12위에 다다르는 '클라크'와 랭킹 1위였던 '케이'로 추정된다는 점이었다.

삼깨비 라이칸은 방망이를 휘두르면서 생각했다.

'……이건 있을 수 없는 일이다.'

방망이의 궤적 끝엔 어김없이 일깨비의 머리통이 있었다.

화끈하게 휘두른 만큼 그 결과는 놈의 머리통을 단박에 터뜨려야 정상인 것.

하지만 이게 웬걸.

터어엉!

볼품없는 소리와 함께 일깨비는 미간만 구길 뿐이었다.

도대체 이게 무슨 일인가. 종이 방망이로 휘둘러도 이보다 모자란 타격감이 느껴지지 않을 것이다.

라이칸은 자신의 방망이를 내려다봤다.

작아졌지만 여전한 그의 방망이.

고작 일깨비가 버틸 만큼 허접한 무기가 아니었다.

말이 안 된다고 생각했다.

크아아앗!

눈앞에서 일깨비가 건방지게 소리를 질렀다. 벙 찐 얼굴로 놈을 보고 있자니, 놈의 커다란 방망이가 그를 노리고 휘둘러지고 있었다.

고작 일깨비가 내지르는 공격. 어린애 장난 같아야만 할 것이다.

그랬어야만 했다.

후우웅!

점차 다가오는 방망이의 궤적을 바라보던 라이칸은 재차 의문을 품고 말았다.

왜일까.

그의 몸이 왜 떨리는 걸까.

저 허접한 공격을 피하지 않으면 죽는다는 생각을 왜 하는 걸까?

"……뭐 하는 겁니까!"

재빠르게 몸을 날린 장기용이 라이칸을 잡고 뒹구르르 바닥을 굴렀다. 지척까지 다다랐던 방망이는 애꿎은 허공을 가르고 지나쳤다.

크아악!

방해받은 게 화가 난 걸까. 일깨비의 성난 울음이 터지고, 바로 몸을 일으킨 장기용이 라이칸을 품에 안은 채로 그 자리를 벗어났다.

황망한 눈을 뜬 라이칸이 말했다.

"······노, 놓아라. 저놈은 내가 반드시 처단해야 할 것이다."

"그만하세요. 지금은 라이칸 님이 상대가 안 되잖아요!"

"무엄하다! 나는 삼깨비. 고작 일깨비 따위에게 질성싶으냐!"

"알았으니까, 일단 피하자고요!"

라이칸이 바동거려도 장기용의 손아귀를 벗어날 수 없었다. 그 또한 무력감을 느끼게 만드는 일. 라이칸의 얼굴이 삽시간으로 굳어 갔다.

"놓으라고!"

하지만 라이칸도 곧 장기용에게 뭐라 말 못 할 상황이 들이닥쳤다. 그 주변으로 일깨비보다 더한 몬스터들이 포위망을 갖추고 접근해 왔기 때문이었다.

몬스터 파티.

최하나가 연신 마탄을 쏘아 내며 견제를 했지만, 그것만으로는 이 모든 몬스터를 상대하기란 부족했다.

야간 개장으로 극변한 로테월드는 이처럼 수많은 몬스터

들에게 둘러싸여 죽을 위기로 넘어가고 있었다.

그리고 라이칸은 절망적인 눈으로 주변을 둘러봤다.

인정하긴 싫었지만 몇 번이나 느껴지는 감각을 모른 체할 수는 없는 법.

가지고 있는 실낱같은 힘과 강대한 적과의 수준 차이. 그는 예전의 삼깨비가 아니었다.

'나는 허물이구나.'

인정하는 게 어려웠지, 받아들이는 건 금방이었다.

이미 그가 가진 힘은 '기존의 영혼'을 다스리느라 전부 소멸한 것이다. 더는 과거의 삼깨비가 가졌던 권능이 단 한 줌도 남아 있지 않았다.

'물론 후회하진 않는다.'

왕의 명령이었으니까. 죽으라고 해도 영광으로 받아들였을 것이다.

하지만 이처럼 무력한 상황에 놓이는 건 원하지 않았다. 감히 왕께 무기를 쥔 모자란 도깨비 하나 참교육할 수 없다니.

비참하기 그지없었다.

"라이칸 님. 이젠 어쩌죠?"

"……왕께 가야지."

그리고 이 비참한 현실에서 살아남는 방법은 오직 왕의 옆에 있어야 한다는 결론밖에 떠오르지 않았다.

왕.

……강서준이라면 분명히 이 난제를 타개할 방법이 있을 테니까. 뭣하면 전처럼 '이매망량'이 되시면 될 것이다.

왕은 자격이 있었다.

"왕이시여!"

날렵하게 전장을 살피던 라이칸은 한쪽 몬스터 사이에서 익숙한 형태의 도깨비를 발견할 수 있었다.

보자마자 가슴이 벅차올랐다.

온몸에 전율이 쫙 올라오는 게 심상치 않았다.

도깨비감투가 유난히 번쩍이는 그분의 형상. 라이칸은 터질 듯이 뛰는 심장을 겨우 진정시키며 그쪽으로 향했다.

그의 '왕'께서 다시금 '이매망량'의 모습으로 현신해 있던 것이다.

"왕이시여! 제가 왔습니다!"

"크아아악!"

"……?"

하지만 가까이 다가선 라이칸은 돌연 휘둘러진 공격에 앞섶이 잘려 나가고 말았다. 뒤따른 장기용이 다급하게 라이칸을 뒤쪽으로 잡아당기지 않았다면 순식간에 베이고도 남았을 공격.

"……어째서?"

절망하는 라이칸의 눈엔 여전히 그의 왕이 칼을 높이 들어 베려는 자세를 잡고 있었다.

느껴지는 위압감. 냄새. 분위기…… 모든 것이 왕을 가리
켰는데.

"키아아앗!"

마치 그 입에 흘러나온 소리는 짐승이 울음 같은 게 기묘
했다.

대체 어떻게 된 일이지?

정답은 돌연 옆에서 들려왔다.

"물러서."

채애애앵!

비슷하게 생긴 검이 허공에서 부딪쳤다. 불똥이 튀면서 라
이칸은 자신을 보호하는 한 사람을 발견할 수 있었다.

"……왕이십니까?"

깜짝 놀란 라이칸이 입을 벌린 채 더는 말을 잇지 못했다.
그런 라이칸의 반응조차 신경 쓰지 않는 남자.

강서준이 나지막이 말했다.

"괜찮냐?"

"……."

"일단 피해 있어."

살벌하게 미간을 구긴 강서준이 검에 힘을 주어 상대를 밀
어냈다. 대치 상태에 들어간 둘을 보면서, 라이칸은 나지막
이 입을 열었다.

"와, 왕이 두 분…… 어떻게."

라이칸의 앞에는 거짓말 같지만 '왕'이 둘이나 있었다.

한쪽은 도깨비감투를 쓰고 '이매망량'이 되신 왕.

다른 한쪽은 감투를 쓰지 않은 인간일 때의 왕.

믿을 수 없다는 라이칸의 중얼거림에 강서준이 나지막이 한숨을 쉬면서 말했다.

"라이칸, 똑바로 보아라. 어느 쪽이 진짜 왕이지?"

"네?"

"정신 차리고. 똑바로 보라고."

[칭호, '도깨비의 왕'을 발동합니다.]

순간적으로 라이칸은 자신의 눈을 가리던 안개가 걷히는 기분을 느꼈다. 그리고 오직 단 한 사람만이 그에게서 왕의 위엄을 보여 주고 있었다.

이젠 알 수 있었다.

진정한 왕이 누군지.

그렇다면…….

"저분은 대체 누구죠?"

왕과 같은 모습을 한 채로 이쪽을 노려보는 자. '이매망량'은 괴성을 지르며 사납게 달려들었다.

강서준은 이를 악물고 검을 휘두르며 답했다.

"나도 몰라. 대체 이게 뭔 일인지."

키앗! 키아앗!

콰아앙!

쿠구구궁!

어느새 주변을 장악한 몬스터가 촘촘한 그물망을 이루고 다가왔다. 모르긴 몰라도, 이대로 이곳에 있다가는 속수무책으로 잡아먹힐 것은 자명한 사실이었다.

"……최하나 씨!"

"네!"

마탄을 연달아 발사하며 몬스터를 상대하던 최하나가 미끄러지듯 강서준의 옆에 섰다. 땀을 뻘뻘 흘려 얼굴에 머리카락과 핏방울이 달라붙어 있었다.

"괜찮아요?"

"……걱정 안 하셔도 돼요."

고개를 끄덕인 강서준은 주변을 둘러봤다. 그의 눈이 금빛으로 물들며, 몬스터들이 보여 주는 흐름을 읽어 냈다.

그리고 발견해 낸다.

"한 번에 뚫고 나갈 겁니다. 준비해요."

"……네?"

"뒤처지지 마세요."

강서준은 검을 꽉 쥔 채로 흐름이 가장 어색한 부분을 향해 달려들었다. 그의 움직임에 따라 서릿발이 길게 흩날렸다.

가까이 다가왔던 몬스터의 움직임이 느려졌다.

"지금!"

그들은 쏟아지는 몬스터의 파도를 거칠게 헤치고 나아갔
다.

키아아앗!

크륵…… 크르르!

정글 보트.

흐르는 급류를 따라서 보트를 타는 놀이기구에 몸을 숨긴
일행은 나지막이 숨을 죽이고 있었다.

물가를 스쳐 가는 몬스터의 기척.

한참을 풀숲에 가만히 있은 뒤에야, 일행은 잠시 숨을 돌
렸다.

강서준은 류안으로 주변을 살살이 훑어본 뒤에야 입을 열
었다.

"한동안 괜찮을 겁니다. 기척이 없어요."

고개를 끄덕인 그들 사이로 무거운 침묵이 뒤따랐다. 저마
다 정신없는 현재를 받아들이느라 고생인 듯했다.

이해할 수 있었다.

평범하던 로테월드가 갑자기 수많은 몬스터가 판을 치는
'던전'이 되었으니까.

낮에서 밤이 되었을 뿐인데, 분위기는 대번에 음산해졌다.

'분명히 이쪽이 훨씬 현재의 서울과 닮아 있겠지만…….'

잠시 평화로운 풍경을 보았기 때문일까. 보이는 모든 것들이 너무 이질적이라는 기분을 쉽게 잊을 수 없었다.

최하나가 물었다.

"분명히 서준 씨였어요. 맞죠?"

"……네."

"대체 어떻게 된 일이죠?"

무대 위로 난입했던 수많은 몬스터 중에서도 '이매망량'은 군계일학처럼 유난히 돋보였다. 잘못 봤다고 하기엔 너무 존재감이 대단했으니까.

무엇보다 똑같다는 게 이상하다.

미간을 구긴 강서준이 눈을 날카롭게 뜨며 말했다.

"놈은 분명히 나였어요."

단순히 '이매망량'이 문제가 아니었다. 놈은 강서준의 복장부터 무기까지 고스란히 갖춘 복사본 같았다.

라이칸조차 놈을 왕이라고 착각하지 않았는가.

그만큼 닮았다는 것이다.

"어떻게 그게 가능하죠?"

최하나의 말에 입술을 잘근 깨물던 강서준은 일행을 향해 차분히 설명하기 시작했다.

"……어쩌면 그 아이템 때문일지도 몰라요."

"네?"

"놀이동산을 관통하는 수상한 흐름은 모두 토끼 탈이 가지고 있던 수정에서 비롯되었어요. 밤이 되니 확실히 보이더군요. 이곳의 모든 일은 거기서 시작된 겁니다."

그리고 강서준은 그 아이템이 뭔지 알고 있었다.

모든 힌트는 주어져 있었으니까.

"도깨비보주가 원인인 겁니다."

도깨비보주.

도깨비의 뿔로 만들어졌으며, 영혼을 다루는 데에 유용할 거라는 도깨비만의 전용 장비.

그 수정이 바로 '도깨비보주'인 것이다.

'하지만 일개 아이템이 한 지역에 통째로 영향을 준다는 게 가능할까……?'

그럼에도 강서준은 '도깨비보주' 말고는 상황을 설명할 길이 없음을 알았다. 적어도 이곳이 몬스터가 잔뜩 나타났음에도 '던전'이 아니라는 건 확실했으니까.

'이번에도 던전 입장 메시지는 없었어.'

강서준은 눈을 날카롭게 뜨면서 말했다.

"방법은 하나입니다. 이 모든 일의 발단인 '도깨비보주'의 정체를 파악해 내는 수밖에 없어요."

그러려면 우선 '토끼 탈'을 잡아야 한다.

도깨비보주가 무슨 힘을 가졌는지 알아내려면 그걸 손에

얻는 수밖에 없었으니까.

그리고 강서준은 차분하게 말을 이었다.

"아마 몬스터는 실체를 가진 허상일 가능성이 높아요. 낮에 봤던 사람과 같은 걸지도 모르고요."

실체를 가진 허상.

어떠한 영향에 의해 현실로 튀어나왔지만 실상 놈들의 본질은 진짜 사람이나 몬스터는 아닐지도 모르는 것이다.

그러니 강서준을 똑 닮은 '이매망량'도 나타날 수 있었다.

강서준은 자신의 머리를 손가락으로 콕 찍으면서 말했다.

"기억이 관련됐을 수도 있어요."

"……기억요?"

"전 '달리는 유령열차' 이후로 이매망량으로 변신한 적이 없어요. 적어도 이곳의 누군가는 제 변신 형태를 알 수 없다는 얘기죠."

하지만 아이템에 영향을 주는 요소가 '기억'이라면 충분히 가능한 이야기였다. 강서준은 일행을 돌아보며 물었다.

"여러분은 제가 변신했던 '이매망량'에 대해서 어떻게 생각하고 계시는 거죠?"

그리고 단순히 '기억' 하나만으로 발동하는 조건은 아닐 것이다. 아마도 특정한 키워드가 있을 것이다.

"전 그저 경이로웠어요."

"……대단했죠."

"흐음……."

각자 의견은 대동소이했다. '경이롭다'는 의견이 주를 이뤘고, 부가적으로 각자의 놀랍다는 감상이 뒤따를 뿐이었다.

강서준은 고개를 가로저었다.

'고작 경이롭다는 게 키워드는 아닐 거야.'

모르긴 몰라도 수많은 몬스터들이 이미 놀이동산에 존재하고 있었다. 놈들의 발생 조건이 '이매망량'과 똑같다면, 누군가의 기억에서 발생했다는 건데.

경이롭다는 감정으로 한 몬스터를 콕 집어낼 수 있을까?

그때 최하나가 조심스레 말했다.

"솔직히 조금 무서웠어요."

"……네?"

"귀신을 잔뜩 휘감고 싸우는 모습은 소름이 끼치기도 했거든요."

그녀의 솔직한 감상에 강서준의 뇌리로 무언가가 스치고 지나갔다. 그제야 키워드가 뭔지 알 수 있었다.

누구나 몬스터를 끄집어내기 쉬운 감정.

"……공포였군요."

도깨비보주는 사람들의 감정 중 '공포의 대상'에 한하여 몬스터를 현실로 바꾼 게 분명했다.

그러니 한곳에 오크, 오우거, 리자드맨 등의 다양한 종류의 몬스터가 등장할 수 있는 거겠지.

저마다 무서운 건 다를 테니까.

이매망량도 마찬가지였다.

강서준은 유난히 그를 두려워하던 라이칸의 얼굴을 떠올렸다.

"각자 무서워하는 몬스터가 현실로 나타나는 겁니다."

그리고 여기까지 생각했을 때였다.

강서준은 다소 소름이 끼치는 상상이 떠오르고 말았다.

솔직히 말이 안 되는 상상이었는데.

'만약…… 내가 무서워하는 몬스터가 현실로 나타난다면 무엇이 등장하게 될까?'

입술을 잘근 깨문 그는 침을 꼴깍 삼켰다. 설마 그럴 리는 없을 거라고 생각했지만, 자꾸만 불안했다.

왜냐면 강서준이 생각하는 가장 무서운 몬스터는.

'S급 던전 용의 무덤에 있는 그놈이니까.'

로테월드에서 찾아야 하는 건 두 가지였다.

하나는 '실종된 김강렬 대위'에 대한 행방이었고, 다른 하나는 이곳의 원흉이 되는 '토끼 탈'의 행방.

강서준은 실종된 김강렬은 아무래도 이곳 '야간 개장이 된 로테월드'에 있을 거라고 확신했다.

그러지 않고서는 그가 '도깨비보주'를 알 리가 없을 테니까.

해서 일행은 몬스터의 무리를 피해서 본격적으로 로테월드 수색에 나설 참이었다. 실종된 김강렬 대위와 토끼 탈. 두 마리의 토끼를 동시에 잡을 계획이었다.

하지만 강서준은 그들 앞에서 땅을 파고 나타난 한 몬스터를 보며 침음을 삼켜야만 했다.

불길한 예감에 불과했던 일이었는데.

솔직히 추측일 뿐이었는데.

"정말 '공포'가 원인이었군요."

"……크윽! 죄송합니다."

모습을 드러낸 몬스터는 '거대한 지네'였다.

한눈에 봐도 퍽 징그럽게 생긴 몰골.

꿈에 나올까 두려운 생김새에 미간부터 구겨졌다.

이 녀석은 장기용이 불러낸 몬스터였다.

"장기용…… 네 공포라고?"

"네. 어릴 적에 아버지한테 혼날 때마다 상자에 갇혔는데. 그곳에 꼭 지네가 있었거든요."

구구절절한 TMI 속, 부유한 줄만 알았던 그의 기구한 사연을 들을 수 있었지만 대단히 신경 쓰는 사람은 없었다.

지네가 독액을 뿜으며 다가왔기 때문이었다.

키이이익!

거대 지네. 통칭 왕지네.

왕지네는 그 크기가 쓸데없이 커서 그다지 빠른 속도가 아님에도 금세 일행이 있던 자리를 덮쳤다.

강서준은 바로 산개하며 말했다.

"왕지네의 약점은 입천장입니다. 그곳을 노리면 쉽게 공략할 수 있어요!"

왕지네는 D급 던전에서 볼 법한 레벨 100대의 몬스터. 큰 덩치가 위협적이긴 해도 기본적으로 까다로운 몬스터는 아니었다.

물론 놈의 약점이 있는 입천장은 높이도 높았고 날카로운 이빨 사이에 있어 칼로 찌르는 건 어려웠지만.

괜찮았다.

그들에겐 최하나라는 강력한 저격수가 있었으니.

최하나의 총구가 불을 내뿜자, 곧 왕지네의 몸통이 터져 나갔다. 연달아 발사된 마탄이 왕지네의 머리에 벌집 구멍을 내더니 놈을 축 늘어트렸다.

강서준은 식은땀을 흘리는 장기용을 살피며 물었다.

"야, 괜찮냐?"

"……네, 네!"

그런 놈을 보고 있노라면, 재벌 출신 일진이라는 과거의 기억도 얼추 희미해졌음을 깨닫는다.

매번 그를 향해 존경심 가득한 눈빛을 보내며 존대를 하고, 이젠 덜덜 떨면서 왕지네의 사체를 보고 있는 걸 보면 그저 딱하다는 생각이 들 뿐.

강서준은 어깨를 으쓱이며 그를 일별했다.

최하나는 왕지네의 움직임에 이끌려 모여든 몬스터의 무리를 바라보고 있었다.

"이대로는 끝도 없겠는데요?"

강서준은 고개를 끄덕여 긍정했다.

"몬스터가 너무 많아요. 우리들이 먼저 지칠 겁니다."

야간 개장이 된 로테월드의 몬스터 현황은 던전 브레이크 직전의 던전과도 같았다.

발에 치이는 게 몬스터인 상황. 당장 왕지네에 이끌려 나타난 몬스터만 해도 10마리가 넘었다.

"게다가 진짜 문제는 숫자가 아닙니다."

만약 단순히 몬스터가 많은 정도라면 이렇게 애를 먹이지도 않았을 것이다. 그들의 움직임이 자꾸 지체되고, 점차 더 힘들어지는 이유는 따로 있었다.

"너무 다양한 몬스터가 한곳에 뭉쳐 있어요."

코볼트를 상대할 때는 그만한 공략이 필요하고, 오크나 오우거를 상대할 때는 또 맞춤 공략이 있었다.

왕지네의 같은 경우도 입천장을 공략하면 쉽게 쓰러트릴 수 있는 것처럼 각자 몬스터에 대한 정보는 중요했다.

한데, 그 숫자가 너무 많은 것이다.

적용시키는 것도 한계가 있지.

왕지네처럼 그 형체가 엄청나게 커다란 놈이야 궤적도 크다. 하지만 코볼트나 오크처럼 그 특징이 다르고 그 형체가 그다지 크지 않은 놈들까지 동시에 상대하려니 아무래도 골치가 아플 수밖에 없었다.

강서준은 최하나를 돌아보면서 물었다.

"혹시 가장 무섭다고 생각했던 몬스터가 뭔지 생각해 냈어요?"

"……고민해 봤는데요. 조금 여러 개가 있긴 하거든요?"

"네……."

"근데 전부 레벨은 300을 넘겨요."

솔직히 진짜 문제는 이쪽이다.

고작 레벨 100 언저리까지 키운 게 한계였던 장기용에 비해, 최하나는 랭킹 12위에 안착할 정도로 초고렙 플레이어였다.

한마디로 그녀가 떠올릴 수 있는 몬스터의 수준은 감히 '왕지네' 따위와는 비교조차 안 될 급이었다.

강서준의 미간은 구겨진 채로 펴질 수가 없었다.

'나로 인해 만들어졌을 몬스터도 있어.'

랭킹 1위의 화려한 전적이 뽑아낼 수 있는 몬스터는 정말 각양각색이었다. 그중 최악의 몬스터만 꼽으라고 해도 연병장 한 바퀴는 빙 돌릴 수 있으리라.

젠장.

'정말 놈들이 그 레벨대의 몬스터의 수준으로 나타나진 않겠지만.'

드림 사이드가 느닷없이 그런 놈들을 고스란히 등장시킬 정도의 망겜은 아닌 걸로 기억한다.

하지만 놈들이 가졌을 특징 정도는 그대로 가졌을 확률은 매우 높았다.

그리고 아마 감당하기 벅찰 것이다.

막말로 고레벨의 개체는 괜히 고레벨이 아니니까. 약점도 거의 없는 편이라, 공략 조건도 까다로웠다.

'놈들을 상대하려면 특정 조건을 갖춰, 어느 정도 디버프를 먹이거나 특수 아이템이 필요한데…….'

상급 던전에 오를수록 맞춤 장비를 갖추고 관련 스킬 전공 플레이어를 모집하는 건 필수였다.

"그래도 힘내 봅시다. 로테월드 어딘가에 분명히 토끼 탈이 있을 겁니다."

그렇게 불안을 밀어내며 강서준은 상황을 정리했다.

지긋지긋한 몬스터의 파도.

이 속에서 살아남을 방법은 다시 생각해도 하나뿐이었다.

원인이 될 '도깨비보주'를 빼앗는 것.

거기서부터 이곳에 대한 진짜 공략이 시작될 것이다.

하지만 격려만으로 타개할 만큼 상황은 가볍지 못했다. 최대한 은밀하게 움직인다 해도 사방이 몬스터 천지인 곳.

그들은 연달아 펼쳐진 전투에 갈수록 지칠 수밖에 없었다.

심지어 우려했던 일이 현실로 나타나기까지 했다. 강서준은 나지막이 중얼거렸다.

"저놈…… NPC잖아요?"

그들의 앞에 나타난 남자. 기다란 장검을 쥐고 뱀처럼 날카로운 눈으로 이쪽을 경계하는 이놈은 강서준도 익히 알고 있던 녀석이었다.

드림 사이드 1에서도 여러모로 문제를 일으켰던 귀족 NPC 노르혼.

플레이어와 여러 번 부딪친 전적은 있었지만, 몬스터는 아닌 것으로 기억했다.

최하나가 말했다.

"끙, 저건 제 탓 같아요. 절 쫓아다니던 스토커를 닮아서 유독 싫어했던 놈이거든요."

"……."

"단순히 몬스터만 등장하는 건 아닌 건가 봐요."

최하나를 쫓아다니던 지독한 사생팬. 결국 법의 심판을 받았던 누군가를 떠올랐다. 한때 큰 이슈가 됐던 뉴스라 강서준도 잘 알고 있었다.

"……확실히 닮았네요."

최하나는 애써 표정을 감추며 입을 열었다.

"조심해요. 저놈 레벨만 200이 넘어요."

노르혼은 검을 길게 빼어 순식간에 다가왔다. 본디시의 검으로 놈의 공격을 맞부딪치니 어느 정도 그 수준도 알 법했다.

'진짜 200레벨 수준은 아니야.'

하지만 NPC 노르혼이 쌓았던 검술은 어디 가지 않았다. 몬스터의 특성처럼, 놈의 교묘한 검술은 재빠르게 사각을 찔러 왔다.

베는 것보다 찌르는 데에 특화된 제국의 검술.

강서준은 현란한 검술에 눈이 현혹되는 걸 느끼면서, 검을 요란하게 휘둘러야만 했다.

하지만.

'못 이길 정도도 아니다.'

채애애앵!

강서준은 사각을 찌르는 검을 튕겨 내고, 활짝 열린 놈의 가슴을 사선으로 베어 냈다.

기술은 부족해도 힘의 차이에서 유리했기에 사용할 수 있는 방법.

강서준은 호흡을 가다듬으며 싸늘한 시체가 된 노르혼을

내려다봤다.

'차라리 검술을 빼면 특별할 게 없는 놈이라 다행이었어.'

하지만 진짜 문제는 이놈이 아닐 것이다. 강서준은 어렴풋이 스스로 가장 공포라고 여겼던 '그놈'을 떠올려 봤다.

만약 그놈이 이곳에 나타난다면 과연 어떻게 될까.

……하.

"빨리 움직이죠."

조바심이 난 강서준은 발걸음을 재촉했다. 어차피 도깨비보주만 차지하면 이기는 싸움이었다.

그것만 빼앗으면 '그놈'을 마주하기도 전에 이 상황을 끝낼 수도 있었다.

"서준 씨! 지붕 위요!"

이윽고 최하나는 지붕 위를 질주하는 토끼 탈을 발견할 수 있었다.

놈은 도깨비보주를 신줏단지 모시듯 소중히 품에 안고 있었다.

강서준이 말했다.

"뒤를 맡길게요!"

금세 시야 밖으로 사라지는 토끼 탈을 쫓기 위해서 강서준은 가까운 전봇대를 밟아 지붕 위에 안착했다.

또 놓칠 생각은 추호도 없었다.

[스킬, '마력 집중(F)'을 발동합니다.]

다리에 몰린 마력을 일시에 방출하며 강서준은 앞으로 발을 내디뎠다. 제트 분사기처럼 마력이 폭발하면서 강서준은 엄청난 속도로 가속할 수 있었다.

토끼 탈은 금방 가까워졌다.

"......!"

당황한 놈이 뒤를 돌아보며 화들짝 놀라는 게 보였다. 강서준은 본디시의 검을 뽑아 들며 한 가지 스킬을 더했다.

[장비 '한이 서린 본디시의 검'의 전용 스킬, '서릿발'을 발동합니다.]

본디시의 검에 한기가 서리면서 눈꽃이 휘날렸다. 금빛 안광으로 토끼 탈이 달리는 방향을 읽은 강서준은 절묘한 타이밍으로 그 등짝을 벨 수 있었다.

크아아악!

괴로워하면서 앞으로 고꾸라지는 토끼 탈. 손에서 놓친 도깨비보주가 지붕을 굴러 바닥에 떨어졌다.

근처를 서성이던 리자드맨들이 고개를 갸웃하며 도깨비보주를 내려다보는 순간이었다.

강서준도 그쪽으로 시선을 고정했다.

그때.

츠츠츳!

도깨비보주의 아래에서 그림자 같은 게 솟아나더니 곧 형태를 갖췄다. 곰 탈이었다. 놈은 도깨비보주를 쥐더니 바로 다른 방향으로 달리기 시작했다.

"……대체 정체가 뭐야?"

짜증 섞인 얼굴로 토끼 탈을 보고 있노라니, 놈은 지붕 아래로 천천히 스며들고 있었다.

마치 실체가 없는 유령을 상대하는 기분이었다.

"젠장."

강서준은 다시 곰 탈을 쫓기 시작했다. 그래도 토끼 탈보다는 속도가 느린 편이어서 따라잡는 건 어렵지 않았다.

"누가 이기나 해 보자고."

하지만 강서준은 결국 곰 탈을 쫓을 수 없었다. 불현듯 소름이 끼쳐 옆으로 펄쩍 뛰어야만 했기 때문이었다.

[스킬, '위기 감지(B)'를 발동합니다.]

쿠우우웅!

뭔가 엄청나게 커다란 것이 강서준의 옆을 스쳤다. 조금만 더 늦었다면 그는 깔려 죽을 뻔했다.

그리고 깨달았다.

"……결국 네놈이 나오고 말았구나."

어디선가 익숙한 소리가 들려왔다.

놈이 등장할 때면 매번 어디선가 칠판을 긁는 소름 끼치는 BGM이 있었고.

그건 이번에도 크게 다르지 않았다.

하기야 같은 놈이었다.

바뀔 게 없겠지.

강서준은 큰 발을 턱 내밀고 이쪽을 내려다보는 한 마리의 용을 내려다봤다. 뱀처럼 꽈리를 틀며 뜬 눈에는 무시무시한 살기가 가득했다.

"카무쉬……."

레벨만 무려 500대에 다다르는 S급 던전의 주인.

흑룡 카무쉬.

크롸라라라락!

놈이 포효하자 공기가 떨렸다. 주변의 모든 몬스터들은 본능적으로 고개를 바닥으로 처박았다.

가히 S급 던전의 보스 몬스터가 내지르는 위용은 대단했다.

단순히 놈의 등장만으로도 오금이 저리고 괜히 쫄리는 기분은 착각이 아닐 것이다. 강서준은 입술을 잘근 깨물었다.

"하필 너냐고……."

카무쉬의 요란한 등장과 함께 곰 탈은 느긋하게 시야 밖으로 벗어나고 있었다. 금방이라도 쫓고 싶었지만 강서준은 선

불리 움직이지 못했다.

짜릿한 시선. 조금이라도 경계를 늦춘다면 죽을지도 모른다는 생각.

능력치는 분명 레벨 100짜리에 불과할 텐데. 어째 진짜 S급 던전의 보스라도 만난 기분이었다.

뒤늦게 이쪽으로 뛰어온 일행도 굳은 듯 움직일 수 없었다.

최하나가 경악한 얼굴로 말했다.

"서준 씨…… 대체 뭘 불러온 거예요?"

"미안해요. 제 기준에선 이놈이 제일 무섭거든요."

쿠우웅! 쿠웅!

코앞으로 다가온 카무쉬가 뜨거운 콧김을 내뱉었다. 번들거리는 눈동자에서 먹잇감을 노리는 살기가 넘실거렸다.

지독한 악취가 느껴졌다.

'곤란해.'

괜히 공포의 대상이 아니었다.

흑룡 카무쉬는 드림 사이드 1에서 유일하게 '케이'를 죽인 전적이 있는 몬스터.

약점이라는 게 존재하지 않는 '용족'이었다. 놈을 죽이려면 '용의 어금니'로 드래곤 하트를 찔러야만 하는 귀찮은 특징이 있었으니까.

'카무쉬는 용의 어금니로 만든 용의 무기가 아니고서야 죽

일 수 없어.'

불살의 몬스터.

강서준은 입술을 잘근 깨물면서 말했다.

"제가 시간을 끌죠. 그사이에 이곳을 빠져나가요."

"네? 그러면 서준 씨는……."

"쓰러트리진 못해도 붙잡고 있을 여력은 되겠죠. 제가 이 놈을 묶어 둔 사이에 얼른 도깨비보주만 빼앗으면 됩니다."

다른 방법은 없었다. 애초에 하늘을 날 수 있는 카무쉬로부터 도망치는 건 불가능할 테니까.

"제가 신호를 드리죠. 셋에 달리는 겁니다."

최하나는 긴장한 얼굴로 이쪽을 쳐다봤고, 강서준은 호흡을 정돈하며 말했다.

"하나, 둘……."

그렇게 셋을 외치려는 순간이었다.

콰아아앙!

돌연 폭음과 함께 카무쉬의 머리가 한쪽으로 튕겨 나가고 있었다. 애꿎은 벽에 머리를 박는 카무쉬의 모습이 마치 슬로모션을 보듯 느리게 펼쳐졌다.

"……!"

그리고 카무쉬를 날려 버린 원인이 연기를 뚫고 그 모습을 드러냈다.

"……말도 안 돼."

강서준은 말을 잃었고.

최하나조차 당황할 수밖에 없었다.

장기용이 그 사내를 보면서 떨리는 목소리로 입을 열었다.

"……케, 케이 님?"

<hr />

황금으로 빛나는 눈.

자기 몸만 한 대검을 한 손으로 가볍게 휘두르는 모습.

이질적이면서 낯익고, 낯설면서 그리웠다. 강서준은 미간을 좁히며 헛웃음을 지었다.

'……진짜 나잖아?'

튕겨 나간 카무쉬가 화를 내며 고개를 바짝 들었다. 원인이 된 남자 '케이'는 대검을 어깨에 짊어진 채로 무심하게 카무쉬를 노려봤다.

'드림 사이드 1에서의 케이야.'

그가 직접 모으고 애써 가꿔 왔던 아바타였다. 서비스 종료로 다시는 보지 못할 줄 알았던 장비들을 살펴보며 강서준은 침음을 삼켰다.

콰아앙!

카무쉬의 꼬리를 대검으로 튕겨 낸 케이는 빠르게 파고들어 카무쉬의 몸통을 찔러 넣으려고 했다.

하지만 이번엔 당하지만은 않았다. 오히려 찔러 넣은 검 부위에 힘을 주어 고정시키고, 그대로 케이의 몸통을 조이려고 했던 것이다.

콰앙! 콰아앙!

가까스로 빠져나오는 케이는 곧 파리 잡듯 휘둘러진 카무쉬의 꼬리에 튕겨 나가 바닥에 박혀야만 했다.

콰아아앙!

다시 일어서는 케이. 카무쉬는 그쪽으로 브레스를 토해 냈지만 케이는 진즉에 공격을 피해 카무쉬의 사각을 파고들었다.

누가 우위라고 할 수 없을 정도로 치열한 접전.

그때 강서준은 일행을 돌아보면서 말했다.

"지금입니다."

"네?"

"뭐가 됐든 기회예요. 도망쳐요!"

콰앙! 콰아아앙!

케이는 날렵하게 카무쉬의 꼬리를 밟고 파고들었다. 풀잎을 스치듯 달리는 경공은 '초상비'라는 절정의 무공. 케이가 주로 쓰던 스킬이었다.

콰아아앙!

카무쉬와 케이의 접전은 요란하게 이어졌다. 괜히 S급 몬스터가 아니라는 듯 금세 정신을 차린 카무쉬는 맹렬한 케이의 공격을 고스란히 부딪친 것이다.

둘의 전투로 주변이 뭉개졌다.

카무쉬의 덩치도 워낙 커서 그 영향은 걷잡을 수 없이 더더욱 크게 퍼져 나가고 있었다.

"……어떻게 된 거죠? 왜 케이 님이 저곳에?"

황망한 눈으로 중얼거리는 장기용. 빠르게 전장에서 멀어진 강서준은 다시 케이 쪽을 돌아봤다.

느닷없이 등장한 '드림 사이드 1에서의 케이'였던지라, 처음엔 너무 황당해서 말도 안 나왔지만.

차분히 생각해 보면 대단히 이상한 일도 아닐 것이다.

그래.

이곳이라면 일어날 법하다.

"이곳이 어딘지 생각해 봐요. 충분히 있을 법한 상황입니다."

"설마……."

"네. 저놈도 누군가 소환해 낸 겁니다."

아무런 이유도 없이 강서준의 아바타가 현실로 툭 튀어나올 수는 없는 법이다. 무엇이든 결과가 있으면 원인이 있기 마련이니까.

"아무래도 이곳에 있는 건 우리뿐만이 아닌 걸지도 몰라요."

여태 알아낸 정보로는 몬스터의 등장 조건은 '공포'로 여기는 존재에 한했다. 그것도 단순히 '무서운 무언가'가 아니라, 드림 사이드에서 무서웠던 무언가를 현실로 소환해 내는 것이다.

해서 장기용은 왕지네를 만들었고, 최하나는 NPC 노르혼을 불러냈다. 강서준이 불러냈을 무시무시한 위압감의 원인인 용 카무쉬도 있었다.

"그러니까 '케이'의 등장으로부터 한 가지 추측할 수 있어요."

강서준은 침을 삼킨 뒤, 말했다.

"절 무서워하는 누군가가 이곳 어딘가에 있는 겁니다."

<hr />

쿠궁…… 쿠구구궁!

검과 용의 발톱이 부딪치면서 파공음을 만들어 냈다. 충격파로 유리창이 깨지고 놀이기구가 찌그러지기 일쑤.

자이로드롭이 반으로 꺾여서 쓰러지고 근처를 배회하던 몬스터는 일시에 깔려 죽었다.

랭킹 1위의 케이와 S급 몬스터 카무쉬가 벌이는 치열한 접전.

작금의 세계관 최강의 싸움에 강서준은 뜨거운 열기에 가슴이 웅장해지는 느낌이 들었다.

그럼에도 차분하게 말한다.

"다행히 본 레벨의 힘이 전부 펼쳐지는 건 아닙니다."

겉보기엔 대단히 화려한 전투 과정이었지만 실질적으로 로테월드에 주는 영향력은 크지 않았다.

건물을 부수고 사방에 불을 지르는 정도.

사실 그것만으로도 레벨 100대의 몬스터가 보이기 어려운 것들이었지만, 본래의 모습들을 고스란히 기억하는 강서준의 입장에선 저들이 참으로 '순한 맛'에 불과하다는 생각이 들었다.

'진짜 본 레벨이라면 한순간도 버틸 수 없었겠지.'

멀리 카무쉬가 브레스를 뿜어냈다. 검은 불꽃은 놀이기구 하나를 태우기 시작했다.

그것만으로도 가히 위협적일 테지만, 실제 카무쉬의 능력에 비하면 조족지혈이었다.

진짜 카무쉬였다면 콧김 한 방에 서울을 잿더미로 만들 테니까.

그뿐일까.

강서준이나 최하나, 일행의 현 수준으로 진짜 카무쉬를 마주했다면 아마 눈빛만으로도 죽을 것이다.

본래 초고위 몬스터의 살기는 지나가던 저급한 플레이어의 심장을 멈추게도 하니까.

'그래도 특징은 그대로야. 불이 꺼지질 않아.'

좋지 않은 소식이었다.

스텟 수치가 대폭 줄었기에 그 특징도 많이 봉인된 줄 알았는데, 카무쉬가 내지른 불꽃을 보고 있노라면 결코 장담할 수 없는 것이다.

'흑염.'

영원히 꺼지지 않는 죽음의 불꽃.

카무쉬의 불꽃을 꺼트리려면 단 두 가지 방법뿐이었다.

모조리 타서 잿더미가 되거나, 다른 용이 간섭해서 직접 꺼트리거나.

'플레이어가 할 수 있는 건 용의 무기로 직접 베어 버리는 것뿐이야.'

아이러니하지만 '용족'을 제대로 상대하려면 '용족'을 재료로 사용한 '용의 무기'가 필요했다.

그것이 용족을 상대하는 유일한 공략법.

더럽게 어려운 드림 사이드의 난이도를 보여 주는 일면이었다.

'그러니 용족이 최강의 일족이라고 S급 던전과 함께 나타났지.'

그렇게 전투는 누가 우위라고 할 수 없을 정도로 계속 이어졌다. 그들의 전투만으로 주변에 있던 몬스터들이 휘말려 죽는 일이 빈번하게 발생하니, 조금은 응원하는 마음도 들었다.

"오오오! 케이 님!"

"저, 정말 저분이 왕의 전생이신 겁니까!"

양 볼에 홍조를 띤 장기용이 탄성을 내지르고, 라이칸은 전투를 보는 내내 흥분을 가라앉히질 못했다.

크기만 해도 코끼리와 개미라고 할 정도로 엄청난 차이를 보여 주는 데도 케이는 막힘없이 카무쉬를 상대해 가고 있었던 것이다.

솔직히 그 모습은 강서준이 보기에도 꽤 대단해 보였다.

제3자의 입장에서 바라보는 케이라…… 멋있긴 진짜 멋있었다. 저런 캐릭터를 만든 게 본인이라는 것도 자랑스러웠다.

'조금 어색한 공격들도 보이지만.'

그야 눈앞에 보이는 수준의 케이라면 할 법한 실수들이었다. 강서준은 회의적인 눈으로 입을 열었다.

"아마 카무쉬가 이길 겁니다."

"……?"

"이건 케이가 질 수밖에 없는 싸움이니까요."

눈을 반짝이며 케이의 전투를 감상하던 장기용이 화들짝 놀라며 강서준을 돌아봤다. 믿을 수 없다는 듯 눈만 껌뻑이는 그를 향해 강서준이 재차 말했다.

"소환된 케이는 장비를 보면, 레벨 200대 후반이야. 반면 상대는 500대 레벨의 몬스터지. 딱 봐도 불리하지."

"하지만 스텟 수치는 고정되잖아요? 레벨이 높아도 그 수치가 같으면 제아무리 카무쉬라도…….”

"놈이 카무쉬라서 못 이긴다는 거야.”

다시 말하지만 용족을 상대하려면 '용의 무기'가 필요하
다. 용의 무기가 없으면 '흑염'을 꺼트리는 건 고사하고, 놈
의 목숨 줄조차 자를 수 없다.

스텟 수치로 레벨 차이를 극복한다고 해도 카무쉬가 본질
적으로 가진 특성을 공략할 방법이 없는 것이다.

용의 무기가 아니면 죽일 수조차 없는 게 '용족'이라는 '불
살의 몬스터'.

해서 눈앞의 케이는 카무쉬를 이길 수 없다.

간단한 결론이었다.

'실제로 나조차 용의 무기가 없어서 저놈에게 한 번 죽었
어.'

당시 레벨이 카무쉬와 동급이던 502였음에도 강서준은 3
시간의 플레이 끝에 죽고 말았다.

그것 때문에 얼마나 짜증 났던지.

빌어먹을. 다시 생각해도 화가 난다.

강서준은 나지막이 말했다.

"레벨 200대의 케이는 용의 무기가 없어요. 죽이는 게 불
가능하다는 거죠.”

그러니 그들이 해야 할 건 하나였다.

"빨리 움직이죠. 그나마 케이가 카무쉬를 묶고 있을 때,

'도깨비보주'를 차지해야 해요."

일행을 닦달한 강서준은 호흡을 정돈하며 차분하게 주변을 둘러봤다. 사실 카무쉬를 무시해도 그들의 상황은 썩 좋질 못했다.

'카무쉬가 아니더라도 우릴 위협하는 건 차고 넘쳤으니까.'

쿠구구궁!

강서준은 큰 소음과 함께 정면으로 뛰쳐나온 한 인영을 보면서 미간을 구겼다.

슬슬 나타날 줄은 알았지만, 정면에서 마주하니 절로 한숨이 나왔다.

"사방이 서준 씨네요."

키아아앗!

최하나의 짧은 평에, 대뜸 포효하는 이매망량.

정면을 딱 막아선 이매망량은 엎친 데 덮친 격으로 일행의 발길을 묶어 두려고 했다.

그래.

그뿐이면 나았으리라.

강서준은 점차 땅이 흔들리는 걸 깨달았다. 건물이 무너지고 사방이 갈라져서 생겨난 단순한 지진이 아니었다.

"……몬스터."

카무쉬와 케이의 전투가 너무 시선을 잡아 끈 탓에, 본능적으로 로테월드의 몬스터들이 전부 이쪽으로 모여들고 있었다.

"끙......."

류안으로 주변을 훑은 강서준은 입술을 잘근 깨물었다. 빠져나갈 틈이 보이질 않았다.

무대에서 만났던 몬스터들의 총합보다 더 많은 듯, 뚫고 나갈 구멍조차 생겨나질 않았다.

그때, 최하나가 말했다.

"서준 씨, 지금이에요."

"네?"

"진짜 이매망량이 누군지 보여 주세요. 미러전을 할 때입니다."

그녀의 말에 라이칸이나 장기용도 기대감이 가득한 시선을 보내왔다. 하지만 최하나의 믿어 의심치 않은 눈빛에 강서준은 한숨과 함께 고개를 가로저을 수밖에 없었다.

"곤란해요."

"......할 수 없는 건가요?"

"아뇨. 쓰고자 한다면 언제든 이매망량은 사용할 수 있어요. 어쩌면 이 상황도 훨씬 쉽게 풀어 나갈 수도 있겠죠."

이매망량의 조건은 그만한 '영혼'을 보유하고 있냐는 것이다. 그리고 도깨비감투엔 라이칸에 의해 희생당한 수많은 영혼들이 봉인되어 있었다.

원한다면 언제든 이매망량이 될 수 있으리라.

하지만 그래선 그가 원하는 결론에 다다를 수 없었다.

'이매망량은 결국 영혼을 소모시키는 기술이니까.'

도깨비감투에 담긴 영혼엔 '젝'에게 사기를 당했던 아이들의 영혼도 포함되어 있었다.

우선 그 영혼들을 분류하질 못한다면 이매망량을 사용하는 건 최대한 자제하는 게 좋은 것이다.

자칫 잘못하면 아이들까지 모조리 소멸될 테니까.

'가능하면 써서는 안 될 힘이다.'

그뿐일까.

'이매망량'이란 스킬은 무척 불안정한 능력이었다. 일전에 한계까지 끌어 쓴 이후로 이틀이나 의식을 잃지 않았던가.

적어도 확실한 사용법을 익히기 전까지는, 부작용이 명확한 스킬을 남발할 수는 없었다.

'다른 방법을 찾아야 해.'

이매망량을 필두로 몬스터들이 포위망을 구축하고 있었다. 이 상태면 곰 탈을 찾기도 전에 그들 먼저 몬스터들에게 잡아먹힐 것이다.

"하지만 서준 씨, 빨리 결정해야 해요."

이매망량이 성큼 다가왔다. 그간 무얼 먹었는지, 덩치가 조금 커진 이매망량이 위협적인 시선으로 강서준을 노려봤다.

설마 영혼을 먹어 강해진다는 특징도 갖고 있는 건가.

아무래도 그간 다른 몬스터들이라도 삼키면서 그 힘을 키워 온 모양이었다.

　'정말 방법이 없는 걸까. 이매망량이 되지 않고서도 이 방법을 타개할 좋은 방법이……'

　키잇…… 키이잇!

　지척에 다다른 몬스터를 바라보며, 강서준은 슬슬 생각을 정리할 필요성을 느꼈다.

　이젠 시간이 없다.

　"서준 씨!"

　키아아악!

　그때였다.

　이매망량을 포함한 몬스터들이 사나운 아성을 토해 내며, 각자의 무기를 꼬나 쥐는 순간.

　놈들의 뒤편에서 무언가 번쩍이는 빛이 터지더니 이내 몬스터들이 도망치듯 쫙 양옆으로 갈라졌다.

　눈부신 빛을 손으로 가렸던 강서준은 슬며시 그쪽을 확인할 수 있었다.

　'……자동차?'

　터무니없지만 그곳엔 낡은 외형의 지프차 한 대가 상향등을 밝히고 위풍당당하게 배기음을 내고 있었다.

　부아아아앙!

　곧 몬스터들의 틈을 비집고 들어온 한 대의 지프차는 빠르게 브레이크를 걸면서 드리프트와 함께 멈춰 섰다.

문이 활짝 열리더니 안쪽에서 다급한 목소리를 내는 사람
이 등장했다.

"이쪽입니다! 타십시오!"

실종된 대위 김강렬.

그가 손을 뻗고 있었다.

지프차는 경쾌한 엔진음과 함께 거침없이 몬스터 사이를
지나갔다. 수시로 울리는 경적과 번쩍이는 상향등 때문일까.

몬스터는 섣불리 다가오질 못하고 주춤주춤 뒤로 물러났
다.

김강렬이 말했다.

"만나서 반갑습니다! 저는 아크 소속 대위 김강렬이라고
합니다!"

꽤나 당찬 목소리.

실종되었다고 말하기엔 너무 쾌활한 분위기였다.

김강렬은 핸들을 빠르게 꺾어 커브 길을 최소한의 감속으
로 지나갔다. F1 자동차에 탄 듯 원심력으로 인해 차체가 기
울었지만, 절묘하게 제자리를 찾아 빠르게 주행을 지속했다.

신들린 운전이었다.

자동차를 난생 처음 타 보는 라이칸이나 아직 민첩 스텟이 부족한 장기용만이 사색이 된 얼굴을 했다.

한편 강서준은 지프차의 정면에 달린 전조등을 눈여겨봤다.

일반적인 전조등과 차이가 보였다.

아무래도 경적이나 자동차가 몬스터에겐 생소한 물건이라는 점보다, 이 불빛 자체가 몬스터에게 영향을 주는 것 같았다.

불빛에 적중당한 몬스터들이 괴롭다는 듯 비명을 질러 대는 걸 보면 확실했다.

과연 뭘까. 강서준의 의문을 눈치챘는지, 김강렬이 으스대며 말했다.

"약점이죠. 이놈들 언데드처럼 빛에 약해요."

도깨비보주는 '영혼을 다루는 도깨비'의 물건이었다. 그리고 언데드는 대개 빛에 약하다는 게 기본적인 특징.

원인이 뭔지 생각해 보면 일리가 있는 약점이었다.

"하지만 저희도 시도해 본 겁니다."

강서준이라고 빛을 사용해 보지 않았을까. 휴대전화 손전등 어플로 몇 번이고 몬스터들을 비춰 봐서 하는 말이었다.

오직 빛만으로는 어렵다.

혹시 빛의 세기가 문제였나?

"이놈들이 반응하는 건 '태양광'입니다. 그것 이외엔 통하지 않아요."

"······태양광?"

유난히 밝았던 전조등의 정체가 '태양광'인 모양이었다. 김강렬은 브레이크와 액셀을 교차로 밟으면서 다시 코너를 돌았다.

"이걸 구하느라 주간 로테월드에선 여러분을 발견하고도 다가갈 수 없었어요. 처음엔 최하나 님을 발견하고 얼마나 놀랐는지 말할 것도 없다니까요? 그때의 기분을 말하자면 날 잡고 밤을 새워도 모자랄······."

하지만 김강렬은 더는 말을 이을 수 없었다.

쿠우웅!

돌연 자동차가 덜컹이면서 자동차 위쪽으로 뭔가가 올라 탄 것이다. 잠시 균형을 잃을 뻔했던 김강렬이 겨우 핸들을 정렬시키며 말했다.

"태양광을 버티는 놈도 있을 줄은 몰랐는데."

지프차의 사이드미러를 확인한 최하나는 위쪽에서 검을 길게 빼어 든 한 몬스터를 볼 수 있었다.

"놈입니다!"

끼기기긱!

중앙으로 파고든 검이 지프차를 종잇장 찢듯 파고들었다. 절묘하게 일행의 사이를 가로지른 검은 다시 위로 뽑혀 나 갔다.

틈으로 살벌한 이매망량의 얼굴이 보였다.

최하나가 빠르게 천장으로 대응 사격을 가했다.

키아아악!

적중당한 듯 비명을 질렀지만 이매망량을 떼어 놓기란 역부족이었다. 놈의 칼날이 다시 아래를 찌르면서, 이번엔 장기용의 어깨를 쿡 찌르고야 말았다.

피가 쫙 터지면서 장기용이 비명을 질렀다.

탕! 탕! 타앙!

최하나가 연신 사격을 가했지만 이매망량은 쉽게 떨어져 나가질 않았다. 김강렬이 놈을 떨어뜨리려고 무던히도 차를 흔들었지만 소용이 없었다.

"이걸 안 떨어지네. 대체 뭐야? 저놈."

최하나는 짧게 혀를 차면서 말했다.

"서준 씨의 분신인데, 어렇하겠어요."

"……분신이라 하지 마세요. 끙. 김강렬 씨? 잠시 급커브를 멈춰 줄 수 있어요?"

"네?"

"저놈 끝장내고 오겠습니다."

차창을 연 강서준은 곡예와 같은 움직임으로 지프차의 천장에 올라섰다. 살벌한 눈으로 그를 쫓는 이매망량의 시선이 느껴졌다.

곧 검이 그를 찔러 왔다.

채애앵!

검을 튕겨 낸 강서준은 생각보다 강한 악력에 미간을 구겼다. 그리고 놈을 견제하면서 빠르게 머리를 굴렸다.

'여기서 놈을 떨어뜨리기보다 완전히 제거하는 게 좋겠어.'

잠깐 못 본 사이에 저만큼 강해진 놈이었다. 영혼을 먹을수록 강해지는 특성이 있는 이매망량에게 더 강해질 빌미는 제공하지 않는 게 좋았다.

하물며 폭주하면 어찌 될지 뻔히 알지 않은가.

강서준은 이참에 저놈을 제거하기로 결정했다.

마침 방법도 떠올랐다.

'태양광이 약점이랬지?'

여태 이곳에서 겪은 수많은 몬스터를 상대하면서 가장 곤란했던 건, 저마다 공략법이 다르다는 데에 있었다.

하지만 공통된 공략법이 있다면?

강서준은 씨익 웃었다.

'이젠 적용시키면 될 일.'

빠르게 찔러 오는 검을 피해 고개를 젖힌 강서준은 놈의 손목을 잡아서 그대로 고꾸라트렸다.

놈이 앞으로 넘어지면서 앞 유리창을 깨고 보닛 앞으로 떨어졌다. 하지만 검으로 보닛을 찔러 끝까지 버텨 내는 놈.

놈을 따라서 보닛으로 내려온 강서준은 손을 뻗어 다시 지프차 위로 올라오려는 이매망량을 가만히 응시했다.

"지겨운 놈. 이젠 그만 사라져라."

강서준은 놈의 머리를 움켜쥐고 그대로 전조등 앞으로 가져다 대었다. 곧, 살이 익는 냄새가 나면서 놈의 얼굴에 불길이 생성되고 있었다.

끼아아아아앗!

비명을 지르며 서서히 분해되는 이매망량의 몸. 흡수했던 영혼들이 공중으로 비산하며 놈은 소멸되고 말았다.

그리고.

우우우웅.

흩어져 나가던 영혼들이 마치 무언가에 이끌리듯 강서준의 인벤토리로 쏘옥 빨려 들어갔다.

"……흐음."

그들이 도착한 곳은 꼬불꼬불한 터널 속이었다. '유성특급'이라는 놀이기구의 중앙. 어둠 속에서 하차한 그들은 김강렬을 따라서 스태프 전용 통로로 이동했다.

"여태 이곳에 숨어 계셨던 겁니까?"

"작전상 잠복이라고 합시다."

내려가고 보니 어둠 속에서 인기척을 내는 사람들이 있었다. 그들은 종종걸음으로 다가오더니 말했다.

"대위님? 괜찮습니까?'

"그래, 난 괜찮아."

"아뇨! 최하나 님은 괜찮냐고요!"

"……"

뒤늦게 발을 디딘 최하나는 자신을 향해 쏟아지는 시선에 멋쩍게 웃었다. 각자 손전등이 밝히자, 서로의 얼굴이 보였다.

"다들 무사해 보여서 다행입니다."

조난당한 걸로 알려진 김강렬의 팀은 전원 무사해 보였다. 여기저기 다친 상처도 많았지만, 실질적으로 당장 위험한 사람은 없었다.

그들은 가슴을 쓸어내리면서 말했다.

"최하나 님이 어찌 됐을까, 심장이 내려앉는 줄 알았다니까요."

"어쩌다 여기까지 들어오게 된 겁니까. 우리 국가는 큰 보물을 잃을 뻔했어요."

"……오라는 구조대는 안 오고! 정말!"

"야! 야! 마실 것! 포션이라도 얼른 꺼내!"

다소 격렬할 정도로 반기는 조원들. 이에 김강렬은 머리를 절레절레 흔들면서 말했다.

"너네…… 지금 바깥 상황이 어쩐지 알고 있는 거냐?"

"네?"

"여기에 S급 몬스터 튀어나왔다. 빌어먹을, 밖엔 지금 케이 님과 그분이 소환해 낸 흑룡이 미친 듯이 싸우고 있다고."

김강렬은 카무쉬가 어떤 놈인지 아는 눈치였다. 그는 심각한 어조로 그의 대원들에게 말했다.

"카무쉬 알지? 케이 님을 한 번 죽인 전적이 있는 흑룡. 그러니까 우린 여기서 시시덕거릴 여유 따위 없다고."

"……잠깐만요. 케이 님이라고요?"

"그래. 지금 이곳에 케이 님이 와 계신다."

강서준은 그들의 대화가 어딘가 엇나가고 있다는 걸 깨달았다. 특히 김강렬은 큰 오해를 하는 것 같았다.

"카무쉬를 케이 님이 상대해 주고 계시는 지금이 기회야. 우린 얼른 던전을 공략해야 해."

다름 아닌 카무쉬와 전투를 벌이고 있는 '케이'를 진짜 케이라고 착각하고 있는 것이다.

강서준은 미간을 좁히며 저들의 행동을 더더욱 눈여겨봤다.

특이한 점은 또 있었다.

'최하나의 정체를 모른다.'

저들은 최하나를 그저 아이돌 최하나로만 보는 눈치였다. 그녀가 다친 곳이 없는지 꼼꼼히 챙겨 보고, 무서웠지 않냐고 묻는 것도 보면 확실했다.

'그러고 보면 최하나의 정체는 아크 내에서도 일부만 알고 있다고 했었지.'

천외천이라고 해도 아직 제대로 성장하지 못한 새싹에 가까웠다. 일찍 신분이 노출되면 위험할 거란 판단으로 그녀의 정체는 기밀로 붙여졌다고 했다.

알고 있는 건, 아크에서도 최상위급뿐.

그래서 이들은 최하나가 현재 이곳에 있는 그 누구보다 강한지조차 모르는 눈치였다.

'뭐…… 됐어. 그게 중요한 건 아니니까.'

강서준은 미간을 좁히며 김강렬을 바라봤다. 다른 것보다 방금 김강렬이 내뱉은 말이 더욱 신경 쓰였기 때문이었다.

'던전이라고?'

강서준은 이곳 어딘가에 던전이 있다는 것 정도를 알고 있었다. 하지만 그 형태나 규모, 어떤 정보도 알지 못했다.

사방에서 느껴지는 에너지의 흐름과 고롱이조차 구분하질 못하는 냄새는 그를 방향치로 만든 것이다.

'이들은 뭔가 알고 있군.'

강서준은 조심스레 김강렬에게 다가갔다. 일행과 대화를 나누던 그는 강서준의 인기척에 고개를 돌렸다.

"묻고 싶은 게 있습니다."

"뭐죠?"

"……당신들, 혹시 던전을 찾은 겁니까?"

거두절미하고 물어 온 질문에 김강렬은 서슴없이 고개를 끄덕였다. 그는 손짓으로 한쪽에서 태블릿 PC로 뭔가를 조작하는 한 사람을 데려왔다.

　태블릿 PC는 다름 아닌 로테월드를 가로지르며 날아다니는 어느 영상이었다.

　"이건……?"

　"드론입니다. 지금 로테월드 상공을 찍고 있어요."

　컨트롤러로 조종하는 드론은 몬스터 사이를 유유히 날아다녔다. 유사시엔 드론에 내장된 손전등에서 충전된 태양광도 발사할 수도 있다고 했다.

　과학은 존재하지 않았던 드림 사이드 1에서는 상상하질 못했던 방식의 탐사.

　김강렬은 차분하게 설명을 이어 나갔다.

　"저희는 이곳으로 들어온 지 벌써 일주일이 됐습니다. 처음엔 던전도 아닌 이곳에서 광범위하게 벌어지는 신기한 일을 우선 파악하려고 했죠."

　김강렬 팀이 이쪽으로 파견된 이유는 버뮤다 구역을 탐사하기 위해서였다. 이 근방에서 알 수 없는 실종 사건이 대량 발생했기에, 아크의 입장에선 어떻게든 정보를 알아낼 생각이었다.

　"처음엔 저희도 엄청 놀랐습니다. 과거로 회귀한 줄 알았다니까요. 하지만 밤이 되고, 야간 개장이 시작되면서 현실을 깨달았습니다."

그들은 강서준처럼 강제로 야간 개장으로 돌변한 케이스
가 아니었다. 로테월드의 시간이 흘러 밤이 되어, 저절로 야
간 개장 '몬스터 파티'로 환경이 뒤바뀐 것이다.

"그러다 발견한 게 바로 이 던전입니다. 솔직히 말하자면
이게 정말 던전인지는 아직 잘 모르겠지만요."

일주일의 존버. 간신히 유성특급 내부에 숨을 공간을 찾아
숨을 죽인 그들은 족히 일주일을 숨어 살았다.

그 와중에 공간 이동 스킬을 가진 부대원을 아크로 보내
정보를 전했고, 기어코 태양광 약점까지 발견한 참이었다.

"대위님, 곧 목적지입니다."

드론은 하늘을 가로질러 어느덧 새로운 구역으로 넘어가
고 있었다. 몬스터가 워낙 많아서 야간 개장 이후로는 족히
시선을 주질 않았던 곳이었다.

로테월드의 옆.

도로 건너에 있는 수십 층의 고층 탑.

가까이 다가가니 그곳을 뒤덮은 검은 장막을 확인할 수 있
었다. 드론은 그곳을 서성이며 영상 너머의 풍경을 모조리
보여 줬다.

"더는 못 들어가요. 저 안으로 들어가면 연결이 끊기거든
요. 마치 다른 세상인 것처럼."

"……던전이군요."

"네. 하지만 보다시피 정상적인 형태는 아닙니다."

강서준은 고개를 끄덕여 긍정했다. 일반적인 던전이라면 던전으로 드나들 수 있는 '문'이 있어야 했으니까.

당장 이곳의 형태만 봐도 '문'과는 거리가 멀었다.

'S급 던전이라도 문은 있어.'

문화가 달라 더 화려해지고 생김새는 달라져도, 문이라는 특징은 불변했다.

하지만 눈앞에 저것은.

"그냥 구멍 같군요. 블랙홀 같은……."

그때 드론이 갑자기 요리조리 움직이기 시작했다. 컨트롤러를 조작하는 손이 바빠지더니, 곧 드론은 힘없이 바닥에 툭 떨어졌다.

"……뭐죠?"

바닥으로 추락한 드론은 더는 움직이질 못했다. 분명히 영역 안으로 들어가지 않았는데에도 벌어진 일이었다.

김강렬이 미간을 구기며 말했다.

"……습격?"

"설마요. 이 드론은 몬스터들도 쉽게 알아차리지 못하는데요."

"세상에 절대라는 건 없어. 눈 먼 공격에 당했을지도 모르지."

드론의 외장재는 몬스터의 피를 묻히고 그들의 가죽으로

만들어 놨다. 운만 나쁘지 않다면 적어도 애먼 공격에 죽을
일은 없었다.

"물론 이번은 단순히 운이 나쁜 정도는 아니겠지만."

드론의 영상으로 터벅터벅 걸어오는 발이 보였다. 아닌 게
아니라, 그건 인간의 발이었다.

"카메라만 따로 움직일 수 있나?"

"한번 해 볼게요."

카메라의 각도를 살짝 높여 발의 주인을 비췄다. 점차 상
반신이 드러나고 얼굴까지 찍고 나서야, 강서준은 저들의 정
체를 알 수 있었다.

던전화 (1)

─빠각!

부서지는 소리와 함께 화면이 뚝 끊어졌다.

드론이 파괴되기까지 불과 1초 남짓하게 찍힌 영상.

빠르게 스쳐 간 놈들의 얼굴을 보면서 강서준은 미간을 구겼다. 고작 1초라고 해도 놈들의 정체를 파악하기엔 충분했던 것이다.

태블릿 PC를 가만히 내려다보던 강서준이 복잡한 목소리로 입을 열었다.

"……컴퍼니."

영상 속의 사내들은 가면을 쓰고 있었다. 특히 드론을 부순 자는 검은 가면이었는데, 그 형태가 낯익어서 어디선가 본 적이 있는 것만 같았다.

'서울에서 가면을 쓰고 다니는 집단을 모조리 컴퍼니라고 규정할 수는 없겠지만…….'

이곳에서 '드림 사이드 1의 케이'를 불러올 만한 놈들이라는 조건을 더한다면? 더할 나위 없이 확신할 수 있었다.

케이를 두려워하면서, 가면을 쓰고 다니는 집단.

컴퍼니 말고 또 누가 있을까.

최하나가 말했다.

"설마 이곳이 컴퍼니 소유의 던전인 겁니까?"

이에 강서준은 고개를 가로저으며 부정했다. 놈들의 목적이야 알 수 없겠지만, 이곳이 놈들의 의도로 만들어진 공간이 아니라는 건 확실했다.

"저놈들이 만든 공간이라면 '케이'가 소환될 일도 없었어야 해요."

구태여 적을 만드는 짓을 할까.

이곳은 놈들의 의도라기엔 변수가 많아도 너무 많았다. 그가 아는 컴퍼니는 이처럼 허술한 집단도 아니었고.

강서준은 미간을 구기면서 말했다.

'좋지 않아. 이 상황에 등장한 컴퍼니는 너무 공교로워.'

어떻게 저놈들이 이곳에 있고, 무슨 의도로 움직이는지 길게 고민할 것도 없었다.

놈들이 뭘 원하든 그 계획이 강서준에게 있어 이익이 될

수는 없을 테니까.

즉.

"뭐가 됐든, 막아야 해요."

하지만 강서준의 말에도 사람들은 대답이 없었다. 그들을 돌아보니 김강렬은 당황한 표정을 짓고 있었다.

"……누가 누굴 소환했다고요?"

그전에 오해를 먼저 풀 필요가 있었다.

"……발각됐군."

가쁜히 드론을 박살 낸 윤병구는 험악하게 얼굴을 구겼다. 주변으로 팀원이 사방을 경계하며 움직이고 있었다.

"팀장님…… 이게 대체 뭐죠?"

"몰라."

"던전인가요?"

로테월드에서 몬스터에게 쫓기길 한참.

'케이'의 등장과 함께 겨우 몬스터들의 위협에서 벗어난 그들은 현재 로테월드를 벗어나기 위해 도로까지 나온 상태였다.

한데, 그 도로 너머로 보이는 게 있었다.

윤병구는 눈앞에서 일렁이는 검은 구멍을 바라봤다. 블랙

홀처럼 보이는 그것은 여태 수많은 던전을 겪어 온 그조차
보기 드문 형태였다.

"확실한 건 이곳에서 모든 것들이 시작된 걸지도 모르겠다
는 거야."

"네?"

"여기다. 버뮤다 구역의 힘이 숨겨져 있는 곳."

윤병구는 눈을 빛내면서 던전을 노려봤다. 이곳이야말로
그가 찾던 '케이의 원천'이 숨어 있는 곳이리라.

"우연이라도 이걸 케이보다 먼저 발견한 건, 운명일지도
몰라."

"네?"

"운명론 따위를 말하는 게 아니다. 이건 우리에게 두 번
다시 오지 않을 기회라는 얘기다."

이곳은 몇 번을 보아도 전혀 파악할 수 없는 곳이었다.

드림 사이드 1의 '케이'가 소환되질 않나. S급 보스 몬스터
'흑룡 카무쉬'가 나타나질 않나.

도통 종잡을 수 없는 곳.

그래서 그만큼 위험했다.

"잘만 이용하면 무기가 될 수 있어."

윤병구는 아직도 폭음이 쏟아지는 로테월드를 돌아봤다.
전쟁터를 방불케 할 정도로 커다란 폭음을 일으키는 존재가
고작 둘 때문이라는 게 놀라울 뿐이었다.

케이와 카무쉬.

둘의 전투는 시끄럽고 치열하게 이어지고 있었다.

윤병구는 팀원을 돌아봤다.

"만약 카무쉬 같은 놈들이 더 나타난다면 어떨 것 같나?"

"······끝내주네요."

"그래. 더는 케이 따위를 무서워할 것도 없을 거야."

어쩌면 수많은 용족을 양산할 수 있을지도 몰랐다. 그건 제아무리 케이나 클라크라고 해도 버틸 수 없었다.

"용족은 불살이 특징이지. 불살의 군단 앞에서는 케이조차 무용지물일 거야."

윤병구는 새삼스러운 눈으로 던전을 보면서 손을 바르르 떨었다. 절로 달아오른 흥분은 좀처럼 주체할 수 없었다.

입술을 핥으며 그는 생각했다.

'뭣하면 여길 폭발시켜도 괜찮겠지.'

그에겐 대량의 던전꽃이 있었다.

그리고 던전꽃이라면 유사시에 던전을 자극해서 '던전 브레이크'를 만들 수도 있었다. 그것이라면 소기의 목적이던 케이를 죽이는 일도 어렵지 않게 해낼 수 있을 것이다.

"우리는 늘 하던 대로 일을 그대로 하면 된다. 던전을 조사하고 우리의 힘이 될 것을 취할 거야."

컴퍼니의 현장 팀인 '브레이크 3팀'의 대략적인 임무는 약소 던전을 '던전꽃'으로 가속시켜, '던전 브레이크'를 조장하는 일.

하지만 이처럼 특별한 던전을 탐사해서 그들의 무기로 탈바꿈시키는 일도 수행하고 있었다.

그중 하나가 최근 케이에게 빼앗겼던 D급 던전 '달리는 유령열차'였다.

브레이크 1팀의 성과.

윤병구는 팀원들을 돌아보면서 말했다.

"이번 일만 잘되면 우리도 1팀처럼 승진할 수 있어. 보너스도 보장받을 거라고!"

"……오오!"

"다들 승진할 준비가 됐나?"

"네!"

윤병구는 팀원의 사기를 진작시키며 기세 좋게 던전으로 향했다. 구멍이 무시무시하게 일렁이고 있어서 들어가면 안 될 것만 같은 분위기였지만, 그들의 승진 욕심을 막을 수는 없었다.

하지만 그때였다.

탓탓탓!

돌연 한쪽에서 수상한 곰 한 마리가 뜀박질을 하며 달려왔기 때문이었다.

"……몬스터?"

잔뜩 경계심을 끌어올리며 무기를 쥐는 사이, 곰은 한 번

도 멈추지 않고 시선조차 던지지 않으며, 바로 구멍으로 몸
을 던졌다.

자세히 보니, 사람인 것도 같았다.

'인형 탈?'

검은 구멍으로 쏙 사라진 곰 탈을 가만히 바라보던 윤병구
는 긴장했던 숨을 토해 내며, 일행에게 말했다.

"뭐 하고 있어? 곧 케이가 올 거다. 놈들이 오기 전에 일을
마무리해. 빨리 안 들어가?"

"아, 알겠습니다!"

윤병구를 비롯한 6인의 브레이크 3팀은 빠르게 던전 구멍
으로 들어갔다.

강서준은 어둠을 틈타 은밀하게 로테월드를 가로지르고
있었다.

한창 '케이 vs 카무쉬'의 전투로 달아오른 로테월드의 몬스
터들은, 맘먹고 조용히 움직이는 플레이어 집단을 발견할 수
없었다.

강서준은 살짝 고개만 내밀어 건널목을 보았다.

오우거 두 마리 정도가 근처를 어슬렁거릴 뿐이었다.

"속전속결로 해치우고 갑시다."

"네!"

서로 돌격 시점을 조율하고, 정확하게 셋을 세는 순간.

미끄러지듯 도로를 내달린 강서준이 오우거의 목을 노렸다. 뒤늦게 놈이 이변을 알아차렸는지 반응을 해 왔지만, 이미 칼날은 목덜미를 반쯤은 가르고 있었다.

쿠에에엑!

돼지 멱따는 소리가 울리면서 거구의 오우거는 머리를 잃고 바닥에 툭 쓰러졌다.

소음에 잠시 긴장했지만 다른 몬스터가 몰려드는 일은 없었다.

아이러니하지만 케이와 카무쉬의 접전이 로테월드를 관통하는 거대한 소음이 되어 주고 있었다.

"그나저나 케이 님. 도깨비보주는 찾지 않으셔도 되겠어요?"

칼에 묻은 피를 털어 내며 가까이 다가온 김강렬이 물었다. 그는 강서준의 정체가 케이라는 말을 듣자마자 작전의 지휘권을 모두 강서준에게 넘긴 바 있었다.

원래 던전에선 플레이어의 레벨과 경력이 전부라는 것이다. 그것이 아크에서 결정한 현 세계를 살아가는 가장 유익한 방법.

강서준은 멀리 폭음이 터지는 로테월드를 돌아보며 말했다.

"던전의 위치를 몰랐으면 모를까. 이제 와서 도깨비보주를 찾을 필요는 없을 겁니다."

도깨비보주는 기껏해야 아이템이었다. 누군가가 사용하지 않는다면 어떤 일도 벌일 수 없는 특수 장비.

한마디로 도깨비보주를 사용하는 놈이 이곳 어딘가에 있으며, 그놈은 컴퍼니나 김강렬 일행이 아니었다.

"던전의 몬스터가 범인일 테니까요."

강서준의 추측에 의문을 품은 최하나가 되물었다.

"만약 인형 탈이 '던전 브레이크'로 파생된 몬스터면 어떡하죠?"

던전 브레이크로 파생된 몬스터는 이미 던전과의 접점이 끊어진 몬스터였다. 던전을 공략한다고 놈이 힘을 잃고 쓰러지는 결과는 없으리라.

"그것 말인데요. 아마 놈은 아직 던전과 연결된 게 아닐까 싶어요."

"……무슨 소리죠?"

"일개 몬스터가 저지르기엔 규모가 너무 크니까요."

그게 가장 큰 의문이었다.

아무리 아이템의 성능이 좋아도 그렇지, 일개 몬스터의 힘이 로테월드 전체를 뒤엎을 정도로 방대할 수 있을까.

단일 개체만으로 그러려면 적어도 B급 이상의 상급 몬스터는 되어야 할 것이다.

"던전이 가진 고유의 힘을 매개로 이곳을 구성하고 있다는 게 제 추측입니다."

"……던전의 힘요?"

"네. 던전의 힘을 매개로 아이템의 성능이 발휘되면서, 다양한 몬스터가 현실로 튀어나오게 되는 거죠."

"그게 가능한 얘기입니까?"

강서준은 어깨를 으쓱이며 답했다.

"글쎄요. 현재 우리가 살아가는 세계에서 그런 질문이 의미가 있을까요?"

이미 서울이 게임이 된 세상이었고, 애초에 드림 사이드는 '절대'라는 말과 어울리지 않았다.

조건만 갖춰진다면,

방법만 찾아낸다면,

'무슨 일이든 벌어질 수 있어.'

어쩌면 이 세계가 게임이 된 데에는 그만한 조건이 성립되었기 때문일지도 모르는 것이다.

'반대로 조건만 갖춘다면 공략하지 못할 것은 아무것도 없다.'

강서준은 그 첫 번째 단추가 바로 이 던전을 파악하는 것이라고 생각했다. 이곳에 대한 정체를 파악해 낸다면 '도깨비보주'나 '인형 탈'…… '카무쉬'까지 차례대로 해결할 수 있을 것이다.

"확실히 일반적인 던전과 그 생김새가 달라요."

그새 도착한 로테타워엔 안개가 낮게 깔려 있었다. 도로 건너편으로 보이는 블랙홀 같은 구멍도 문의 형상으로는 결코 보이지 않았다.

"컴퍼니는 이미 들어간 것 같군요."

강서준은 고개를 끄덕이며 답했다.

"아직 늦진 않았을 겁니다. 부지런히 따라가면 따라잡을 수 있어요."

"네."

강서준은 검은 구멍에 천천히 손을 대어 봤다. 일단 정보를 보고 싶었는데, 아무런 반응도 나타나지 않았다.

"……흐음."

일반적인 던전이었다면 문을 터치하는 것만으로도 해당 던전의 정보를 알려 주게 되어 있었다.

못해도 던전의 이름 정도는 나와야 하는 법.

하지만 이곳은 그 어떤 정보도 나타나지 않았다. 강서준조차 본 적이 없는 광경이니, 완전한 미지의 영역이라고 볼 수 있었다.

'아니…… 묘하게 낯익어.'

강서준은 용기를 내서 그 안으로 손을 집어넣으려고 했다. 뭐든 직접 확인해 보는 것만큼 빠른 건 없었으니까.

하지만 그전에 이상한 소음이 먼저 들려왔다.

크콰카카칵…….

"……!"

강서준은 목덜미를 노리고 다가오는 공격을 피해 빠르게 몸을 움직였다. 뒤로 물러나며 검을 출수해 그를 공격한 무언가를 견제하는 것까지 순식간이었다.

"크윽!"

다행히 불시의 기습에 당한 사람은 없었다. 애초에 미지의 영역으로 발을 딛는 것이라 전부 긴장을 하고 있었기에, 빠르게 대처할 수 있었다.

하지만 시야를 가리는 메시지는 일행 중 그 누구도 예상하지 못했던 내용이었다.

[로테월드 전역으로 알 수 없는 힘이 격동하고 있습니다.]

[1단계 조건이 충족되었습니다.]

[새로운 퀘스트가 도착했습니다.]

동시에 다가온 공격.

강서준은 날카롭게 검을 휘둘러 다가오는 공격을 모조리 잘라 냈다.

그의 현란한 검술은 점차 살벌하게 펼쳐지던 '무언가'를 빠르게 잘라 냈다. 강서준은 거칠게 숨을 몰아쉬며 주변을 둘러봤다.

최하나가 말했다.

"서준 씨…… 여긴."

금방이라도 그들을 찌를 듯 경계하는 줄기나 가시들이 보였다. 검은 구멍에서부터 솟아난 것들은 금세 주변으로 퍼져 나가며 숨 쉬듯 격동했다.

또한 그의 시선엔 새로운 시스템 메시지가 걸려 있었다.

퀘스트 - 던전화

분류 : 서브
난이도 : ?
조건 : 로테월드에 기생수가 나타났습니다. 조건이 충족되면 '던전 인형사 피에로의 테마파크(?)'가 생성됩니다. 던전화가 진행되는 '로테월드'를 벗어나십시오.
제한시간 : 모든 조건이 충족될 때까지
보상 : 생존
실패 시 : 사망

강서준은 말했다.

"……던전화라고?"

⟨❖⟩

치이이익.

기계식 전동문이 열리고 일련의 무리가 조심스러운 걸음

걸이로 어두운 역사에 발을 디뎠다.

나한석 대위.

그는 뒤따라 마중 나온 소년을 향해 정중하게 고개를 숙여 감사를 표했다.

"여기까지 태워 주셔서 감사합니다, 잭 님."

"뭘요. 받은 돈값을 할 뿐이죠."

"그래도요. 덕분에 무탈하게 도착했습니다."

"됐습니다. 죽지나 마세요."

일견 어려 보이는 '잭'이었지만 나한석을 비롯한 아크의 플레이어 그 누구도 그를 무시하질 못했다.

어느덧 D급의 이동 던전을 장악해서 이렇듯 이동 수단으로 쓰고 있질 않은가.

그들과는 사는 세계부터 다른 사람이었다.

"무운을 빕니다."

"네. 반드시 살아 돌아오겠습니다."

잭을 일별한 나한석은 자신을 기다리는 부대원을 돌아봤다.

이들의 정체는 아크에서 파견된 지원 팀. 김강렬 팀을 구조하기 위해 열 일 제쳐 두고 급하게 조성한 나한석의 팀이었다.

김훈이 앞서 걸어가며 말했다.

"안내하겠습니다."

겉보기엔 오랫동안 방치됐을 뿐인 폐역. 하지만 정보를 알고 있기 때문인지 유난히 음산하게만 느껴졌다.

"곧 우리가 들어갈 곳은 '고렙의 플레이어'가 와서는 안 되는 곳이다. 해서 우리 중엔 드림 사이드 1을 플레이한 자가 전무해. 그게 무얼 뜻하는지 알고 있나?"

"경험이 많은 선임 플레이어가 없다는 겁니다!"

"그래. 다들 정신 똑바로 차려야 할 것이다. 이곳에서의 실수는 전부 본인 책임이 될 테니까."

잠시 말을 멈춘 나한석은 어둡기 그지없는 잠실역을 노려보며 생각했다.

'하지만 그렇기에 이곳에선 우리가 필요한 거야.'

드림 사이드에 무지한 그들이라면 '기억'에 의해 생성된다는 특수 조건에서 유리할 수밖에 없는 것이다. 뭘 해도 여태 겪은 수준에 한하여 나타날 테니까.

'뭐든 대처 가능할 거야.'

김강렬은 그 점을 고려해서 지원 팀의 수준을 고안해 냈고, 그 수준에 맞추어 최적의 인원을 선별한 나한석의 팀이었다.

예상대로라면 이들만으로는 특히 위험한 상황에 빠지지는 않을 것이다.

"문제는 천외천으로 추정되는 두 사람이 안으로 들어갔다는 건데……."

이에 김훈이 조심스레 물었다.

"근데 정말 최하나 님이 클라크 님일까요?"

"응?"

"그…… 케이 님이란 분은 전혀 생소해서 오히려 의문이 안 생기는데, 클라크 님이 최하나 님이란 건 솔직히 안 믿기거든요."

나한석도 고개를 끄덕이며 그 의견에 공감했다. 그가 생각하기에도 아이돌 최하나는 '클라크'와는 거리가 너무 멀었던 것이다.

"하지만 만약 그들이 정말 천외천이라면 이곳은 1급 재난구역이라 해도 이상하지 않을 거야. 긴장해."

"……네."

1급 재난구역.

드림 사이드가 현실이 된 이후로 절대 접근하지 말아야 할 특수 지역을 말했다. 서울엔 이러한 지역이 세 개는 더 있었다.

"흐음……."

나한석은 숨을 죽이고 구조팀을 이끌어 조심스레 역사를 가로질렀다. 로테월드로 들어가는 입구는 지하에도 있어 그다지 멀지 않았는데.

여기서 또 문제가 있었다.

"지하가 막혔다는 얘기는 없었잖아?"

"분명 저희들이 이곳에 왔을 때까지는 뚫려 있었습니다."

뭔가에 빽빽하게 막혀서 더는 안으로 들어갈 수조차 없었다. 미간을 좁힌 나한석은 주변을 둘러봤다.

지상으로 향하는 길은 열려 있었다.

"지상으로 간다."

쿠구구궁…….

하지만 지상으로 올라가려고 발길을 돌리는 순간부터 땅이 세차게 흔들리기 시작했다.

지진?

긴장한 얼굴로 재빠르게 잠실역을 벗어난 그들은 로테월드를 보면서 나지막이 침음을 삼켜야 했다.

"나 대위님. 저건 대체……."

크콱! 크콰카카칵!

로테월드 전역으로 알 수 없는 식물이 빠르게 자라나고 있었다. 놀이기구와 건물 외벽을 부수는 검은색 식물.

가시들이 도로의 자동차를 꿰뚫었다.

"……."

그때 검은색 줄기 사이로 커다란 뭔가가 비상했다.

쿠오오오오!

높이 솟았던 한 마리의 흑룡이 입에 뭔가를 문 채로 다시 아래로 내려갔다. 로테월드로 놈이 돌아가니 다시 땅이 흔들리기 시작했다.

팀원들이 황망한 눈으로 말했다.

"……봤어?"

"용이었지? 분명?"

"어떻게 벌써 용이 나와?"

"용은 S급 던전 몬스터 아니었어?"

그들이 드림 사이드 1에 대한 경험이 없다고 해도 정보 자체가 아예 없는 건 아니었다.

용족은 적어도 레벨 500을 넘는 최상위급 몬스터. 아직 서울에 등장하기엔 지나치게 이른 시점이었다.

나한석은 너무 황당해서 나오는 헛웃음을 지었다.

"도대체 여기서 무슨 일이 벌어지고 있는 거야?"

로테월드 정문에서 검은색 줄기가 빠르게 솟구친 건 그때였다.

크콰카카칵!

검은색 줄기는 빠르게 접근했고, 나한석을 비롯한 팀원은 잠시 한눈을 파는 사이 미처 대응이 늦고 말았다.

"으아아악!"

"……모두 물러나!"

한 박자 늦은 대처에 부랴부랴 뒤로 물러났다. 하지만 순식간에 솟아난 줄기는 미처 벗어나지 못한 사람의 몸통을 엮더니 빠르게 돌아갔다.

나한석이 식은땀을 흘리며 물었다.

"······다들 괜찮나?"

"조, 종석이가 잡혀 갔습니다!"

"저흰 괜찮습니다!"

20명으로 구성된 팀원 중 무려 3명이 줄기에 엮여 사라졌다. 다행히 줄기는 일정 거리 밖으로 다가오는 것조차 못하는 눈치였지만.

나한석은 잘근 입술을 깨물었다.

멀리 거대한 식물이 자라나는 광경을 보면서 어렴풋이 현 상황을 짐작할 수 있었기 때문이었다.

"······저거 아무래도 기생수인 것 같다."

"네?"

"본 적 있잖아. 튜토리얼에서 던전화가 진행될 때 나타났던 것들."

자세히 살펴보니 도로의 바닥으로 바퀴벌레 같은 것들이 빠르게 움직이고 있었다. 그 징그러운 생명체도 여지없이 그 이름이 떠올랐다.

'······기생충.'

나한석은 침음을 삼키며 로테월드를 올려다봤다. 믿을 수 없다는 그의 시선은 이내 로테월드 한편에 자리한 로테타워까지 향했다.

하늘을 찌를 듯 높이 솟은 탑.

문제는 그곳도 던전화의 범위 내에 있다는 점이었다.

"이만한 규모의 던전을 본 적이 있나?"

"아뇨. 리자드맨들이 있다는 C급 던전도 이 정도는 아니었어요."

리자드맨 부대가 상륙한 던전도 고작 광화문 앞에 작게 한 구역을 차지할 뿐이었다.

하지만 눈앞의 던전은 어떤가. 무려 로테월드를 통째로 집어삼키고 있었다.

로테타워의 꼭대기까지 빠짐없이 집어삼키는 거대한 규모의 던전이라⋯⋯.

등급으로 따지면 어느 정도일까.

"대위님, 어떡하죠?"

"⋯⋯일단 대기한다."

"네?"

"진입은 포기한다. 기생수가 잠잠해지길 기다려."

이미 잡혀간 동료를 구하는 건 사실상 어려운 일이었다. 활발한 기생수의 움직임으로 보아 희생자만 더 늘어날 게 뻔했다.

대신 나한석의 시선은 불안하게 흔들릴 뿐이었다.

'이곳이 던전이 된다면 서울은 끝이다.'

용을 두 눈으로 확인한 건 둘째로 치더라도, 이만한 규모의 던전이었다. 그곳에서 파생될 괴물들만 떠올려도 벌써 암담해지는 기분이었다.

'막아야 해.'

그러나 생각하는 대로 쉽게 이뤄질 리가 없었다. 가만히 보고만 있어도 이렇게 몸이 떨리는데.

무슨 수로 저 거대한 던전을 막지?

'정말…… 정말 방법은 없는 건가?'

나한석은 타 들어가는 심정으로 그저 로테월드를 바라만 볼 수밖에 없었다.

크콰카카카칵!

돌연 역동적인 움직임을 하는 기생수를 보면서 일행은 경계심을 느꼈다.

구멍에서 시작된 기생수는 빠르게 그들이 있던 자리를 지나쳐 로테월드를 하나씩 점령하고 있었다.

장기용이 바르르 떨면서 말했다.

"이게 다 무슨……."

"던전화가 시작된 거야."

"네? 던전화요?"

다가서는 줄기를 피해 일행은 부지런히 산개했다. 아스팔트를 뚫고 솟아나는 수십 개의 줄기를 피하다 보니 그들이 설 곳은 점차 사라져만 갔다.

"피해요! 기생수에게 먹히면 던전의 일부가 될 겁니다!"

강서준은 다가서는 줄기를 잘라 내며 그들이 설 자리를 만들어 냈다. 본디시의 검이 서릿발을 흩뿌리자 바닥에 살얼음이 끼고 있었다.

그 때문일까.

잠시 기생수의 기세가 주춤했다.

"모두 이쪽으로!"

강서준은 미간을 좁히며 주변을 둘러봤다. 로테월드까지 영향을 미친 기생수는 주변을 초토화시키고 있었다.

'……세 달에 걸친 던전화라고?'

이 정도로 장기간 던전화가 이어질 수 있을까.

적어도 드림 사이드 1에서는 겪어 보지 못한 생소한 상황이었다. 강서준은 퀘스트 내역을 쭉 읽으면서 생각을 정리해 나갔다.

'이곳은 버뮤다 구역이라 불려.'

퀘스트에선 '조건을 충족시킬 경우' 던전화가 완성된다고 했다. 그리고 그 조건이란 것들이 과연 버뮤다 구역과 무슨 관련이 있을까.

'원인 모를 다수의 실종.'

강서준은 이제 알 수 있었다.

어째서 사람들이 이곳만 오면 흔적도 없이 사라졌는지.

"……기생수에게 잡아먹힌 거야."

버뮤다 구역.

던전이 아님에도 던전 같은 장소.

사람들이 의문의 실종을 당하는 곳.

이 모든 것들은 '던전화'로 귀결될 것이다.

'버뮤다 구역은 전부 던전화가 진행 중인 장소였던 거야.'

강서준은 그간 이곳에서 기생수에게 잡아먹혔을 사람의 숫자를 어림짐작해 봤다. 로테월드의 무수한 몬스터의 숫자만 떠올려도 쉽게 알 수 있었다.

그 몬스터들을 소환해 낸 건 이름 모를 플레이어들이었을 테니까.

'……무시무시하군.'

크콰카카칵!

쭉쭉 뻗어 가는 줄기는 로테월드의 외벽을 부수고 놀이기구를 점령해 나갔다. 멀리서 봐도 로테월드는 금세 식물원처럼 수풀이 우거진 형태가 되었다.

불안한 얼굴로 장기용이 중얼거렸다.

"어, 어떡하죠? 이대로 우리도 던전에 잡아먹히는 건 아닌지…….."

"먹히긴 누가 먹혀?"

"하지만……."

"걱정 마. 아직 끝난 건 아무것도 없으니까."

강서준은 로테타워도 올려다봤다.

이젠 검은 구멍 너머에 있는 게 무언지 훤히 보이는 듯했다. 처음부터 그곳은 알 수 없는 미스터리한 공간 따위가 아니었다.

'씨앗방.'

강서준은 확신할 수 있었다.

"아직 기회는 남아 있어요. 놈들보다 먼저 보스 몬스터만 찾으면 돼요."

"놈들요?"

"컴퍼니 말입니다. 그놈들, 분명 던전꽃을 쓰려고 들 거예요."

이만한 규모의 던전화는 조건을 충족시키는 게 오래 걸린 만큼, 던전으로 변화는 과정도 짧진 않을 것이다.

즉 아직 여유 시간은 있었다.

그러니 던전화를 막기도 전에 그 시간부터 빼앗겨선 안 될 일이었다.

"던전꽃이라면 던전화조차 가속시킬 테니까요."

크콰카카콱!

강서준의 격렬한 반항에 잠시 소강상태에 들어갔던 기생수들이 서서히 주변을 옥죄어 오고 있었다.

뱀이 똬리를 틀 듯 검은색 줄기가 퇴로를 막고 점차 숨을 조여 왔다.

다들 걱정 어린 눈만 껌뻑였다.

"저길…… 들어가야 한다는 거죠?"

강서준은 고개를 끄덕였다.

"퀘스트를 회피하고자 한다면 여길 벗어나면 그만이죠. 하지만 그게 해결법이 될 수 없다는 걸 다들 잘 아실 겁니다."

던전은 피한다고 없어지는 게 아니다. 초기에 던전화를 막질 못한다면, 더 큰 화가 되어 부메랑처럼 돌아올 뿐이었다.

희생자는 누구나 될 수 있었고.

그중 가족이나 친인척이 포함된다고 해도 이상하진 않으리라.

"우리가 해야 할 일은 하나입니다."

문득 '몰리'를 죽였던 순간이 떠올랐다.

어쩌면 그때와 해야 할 건 별반 다르지 않다.

플레이어의 역할은 늘 하나였다.

'던전을 공략하는 것.'

그때 강서준은 머리맡에 드리우는 거대한 그림자를 확인했다. 완전히 말려 죽일 셈인지 기생수가 천장을 뒤덮고 있었다.

스스스슷.

바닥 어딘가에서 소름 끼치는 소리도 들려왔다. 정체는 알법했다. 일전에 엘리베이터에서 마주쳤던 무수한 바퀴벌레 떼들이겠지.

……기생충.

강서준은 호흡을 정돈하며 마력을 집중시켰다. 본디시의 검이 그의 마력에 반응하여 서릿발을 사방으로 분출했다.

동시에 강서준은 눈을 부릅떴다.

금빛으로 일렁이는 두 눈이 기생수의 흐름을 읽었다. 그중 가장 얇은 부위가 똑똑히 보였다.

스거거걱!

기생수가 잘려 나가면서 시야를 가렸던 풍경이 드러났다. 로테타워까지 가는 길은 그다지 멀지 않았다.

아스라이 떨어지는 달빛 아래에서 강서준은 힘을 주어 말했다.

"……던전을 부숴 버리러 가죠."

다음 권으로 이어집니다

신컨의 원코인 클리어

아케레스 퓨전 판타지 장편소설

퇴마하는 톱스타

이상한하루 현대 판타지 장편소설

흙수저, 영능력자가 되다!
사짜 직업 중 최고는 퇴마사 아닐까?

불운만 꼬이는 작가 지망생 장태수
쓰러진 노인을 발견한 기연으로 능력을 얻었다
그런데…… 뭐? 칠성문 33대 퇴마사?

영혼이 보상을 준비하고 있습니다.

도움받은 원혼들의 장르 가리지 않는 보답
소설만 잘 쓰면 죽었는데 이것저것 능력이 늘어난다!

퇴마부터 소설, 연기, 연출까지
팔방미인 퇴마사 나가신다!

평행세계 먼치 속의 킨

운천룡 퓨전 판타지 장편소설

힘 따위 숨기지 않는 찐 능력자
유일무이, 전무후무한 세계관 끝판왕이 온다!

압도적인 강함으로 권태감을 느끼던 다크히어로, 강영웅
검사겸사 지구의 위기도 몇 번 구해 줬는데……

어라? 다른 차원의 개망나니인 '강영웅'과 몸이 바뀌었다?
그런데 무력, 지력, 능력에 인벤토리까지 그대로!
약해 빠진 상태의 나라니, 그런 진개는 있을 수가 없지!

느닷없이 시작된 새 인생
이번엔 편하게, 마음껏 즐기며 살아 보자!
(하지만 내 주먹은 참지 않지)

절대적인 존재가 주는 차원이 다른 쾌감!
봐라, 이게 바로 최강이다!

우리 교황님 좀 말려 주세요

판미손 퓨전 판타지 장편소설

비정상 교황님의
듣도 보도 못한 전도(물리) 프로젝트!

이세계의 신에게 강제로 납치(?)당한 김시우
차원 '에덴'에서 10년간 온갖 고생은 다 하고
겨우 교황이 되어 고향으로 귀환했건만……

경고! 90일 이내 목표 신도 숫자를 달성하지 못할 시
당신의 시스템이 초기화됩니다!

퀘스트를 달성하지 못하면 능력치가 도로 0이 된다고?
그 개고생, 두 번은 못 하지!

"좋은 말씀 전하러 왔습니다, 형제님^^"

※주의※ 사이비 아닙니다, 오해하지 마세요!

망한 가문의 검술 천재가 되었다

소구장 퓨전 판타지 장편소설

**역사에서도 잊힌 비운의 검술 천재
최강의 꼰대력으로 무장한 채
후손의 몸으로 깨어나다!**

만년 2위 검사 루크 슈넬덴
세계를 위협하던 마룡을 물리치며
정점에 이른 순간

이대로 그냥 죽어 다오, 나를 위해서.

라이벌인 멀빈 코넬리오에게 목숨을 잃……
……은 줄 알았는데,
200년 후의 몰락한 슈넬덴가에서 눈뜨다!
가족이라고는 무기력한 가주, 망나니 1공자뿐
망해 버린 가문을 살리기 위해
까마득한 조상님이 팔을 걷었다!

설풍 같은 검술, 그보다 매서운 독설로
슈넬덴가를 정점으로 이끌어라!